U0928971

镇江市文学艺术界联合会　镇江市作家协会签约作品

陶然——著

江苏大学出版社
JIANGSU UNIVERSITY PRESS
镇江

目录

一　少年法庭

夏天已经过去了，热度却丝毫不减，整个城市笼罩在“秋老虎”的威力下。幸好青山如黛，长江如练，水蓝、银白、海藻绿的各色招牌，加上大片大片如茵的芳草，使城市有一种视觉上的清凉感。

然而有些人却不止是凉，而是冷到了心里去。庞家声就是怀揣着这样冰封的心情，整个儿被冻在旁听席上。

少年法庭内，一张椭圆形桌子，环设了十来个座位。审判席、被告席、辩护席、书记员各有标识。米黄色代替了一般审判台的深棕色。被告人年纪很轻，未戴械具。“社会调查员”席位上则坐着一男一女两位老人。满室的气氛既肃穆又较为宽松。

被告人庞元元穿着质地普通的T恤，下身着一条浅色牛仔裤，因为太合身了，使人想到老话说的“衣架子”——穿什么都好看。他的表情就没那么叫人舒服了：看似温驯，眼神里却透着无所谓。在这样的场合也不懂得敬畏，庞家声只有更觉得寒冷的绝望。

法官问了一个问题。庞元元答道：“是的。”倒是供认不讳的样子。法官问他还有什么需要陈述。庞元元向父亲看去。由于是不公开审理，那里只孤单单坐着庞家声一个人。庞家声看着儿子，嘴唇哆嗦，几乎想要代他说话。

庞元元没再多说。辩护人照例进行辩护程序。宣判前，法官请“社会调查员”发言。身材高大、六十多岁的罗国兴拿出一叠纸张，明显是有备而来，一旁是气质优雅、满头银发的沈慧欣。

罗国兴朗声读道：“受法院委托，我们走访了被告人的亲友、邻居、社区其他相关人员，对他的家庭情况、生活背景、成长经历进行了社会调查，综合分析了他的思想根源。主要是以下几方面：一是正如他自己所说，不学法、不懂法，法制观念淡薄，只想赚点零用钱花，没有意识到问题的严重性；二是年少无知，缺乏必要的自律，除‘赚钱’外，对所谓‘个性’没有正确的认识，以为做了大多数同龄人不敢做的事就是‘独特’了；三是自幼母亲不在身边，父亲疏于教导……”说着向旁听席上望了一眼。

庞家声避开罗国兴的目光。

罗国兴继续念道：“他父亲感到内疚，意识到自己没有很好地尽到责任。”法官等在倾听。书记员快速做着记录。罗国兴又铺陈了几句，声音略高了些，列举了请求法庭轻判的三个理由：“一是庞元元属未成年人犯罪，符合从轻减轻处罚的条件；二是庞元元系初犯，对被害人尚未造成大的损害；三是案发后能坦白交代问题，认识到自己给社会造成了危害。”罗国兴合上文件，与沈慧欣对视一眼。那是一种默契，非一朝一夕能够达到的。

沈慧欣接口了，语速很从容，声音低沉而清晰：“这些情况，恳请法庭在量刑时予以考虑！”

庞元元头部微垂，看不清表情。

法官审慎地思考了一会儿，认为庞元元的行为触犯了《刑法》第三百六十三条第一款，应以“贩卖淫秽物品牟利罪”追究刑事责任，考虑到辩护人和社会调查员所提供的种种事实依据，判处庞元元有期徒刑三年，缓刑三年。

众人走出法院大楼，庞元元本人倒不怎样，庞家声却有再世为人的感觉。毒辣的大太阳底下，他反觉得暖和。他冷到麻木的感官这时才逐渐苏醒。

罗国兴谆谆告诫：“小庞，这次帮你争取到缓刑不容易，要珍惜啊！”庞元元不答。庞家声在旁答应：“哎，谢谢您了！我是个卖烧饼的，没本事，又没碰上过这种事，空着急，也不知道怎么办。要不是你们，我们家元元就……”一时激动，说不下去。罗国兴说：“今天回去歇歇，明天我上你们家看看。”庞元元说：“不用了。”他这拒人千里之外来得奇怪，又特别无礼，他父亲忙打圆场说：“元元是说，明天上午他到‘关工委’去谢谢你们。怎么好反过来叫您奔波？”庞元元不置可否。罗国兴笑笑：“大概几点来？我和老沈在办公室等。咱们随便聊聊。”庞家声想了想说：“十点钟吧，十点钟不早不迟……”庞元元很突兀地接口：“八点。”罗国兴爽快地说：“行，就八点。”

在他们身后不远，沈慧欣正对一个长相艳丽的女孩子说着话：“小严，你怎么来了？”

那“小严”名叫严芷清，刚满二十，韶龄如花，神情、气质、妆容、服饰却都显得相当成人化，一袭红衣更衬得她如一团灼人的火焰，美得有些酷烈。她说：“我想等着看庞元元有什么好下场，好恭喜恭喜他。”她有意拔高了声音，在场的人全听见了。庞家声顿时色变。罗国兴和沈慧欣很诧异。唯有庞元元知道，她其实是关心他庭审的结果，口头上偏要说得这么难听，便淡淡地笑了笑。

严芷清有今天，和他脱不了关系，但要他勇敢承认，别说嘴上不可能，就是心里想一想也是困难的。他的情绪在歉疚和鄙视之间滑动，形之于外，便是一份复杂的沉默。

沈慧欣不知详情，只隐约听说严芷清的家庭算得上中产阶级。以这样的出身，年轻漂亮却甘心在足疗店里消耗青春，当然是事出有因。但具体原因她却守口如瓶。沈慧欣到店里找过她三次，她要么在忙活，要么眯着一双丹凤眼东拉西扯。沈慧欣料到这是个难啃的骨头，便耐心劝导她一番，给她些意见。她虽不耐烦，好坏还是分得清的，对沈慧欣也多少有几分亲切和尊重。

这时沈慧欣便说：“你怎么这么说话？”

严芷清不再多言，只把尖尖的下巴朝庞元元一扬："你不知道那是个什么人。他好意思说，你们都不好意思往调查报告上写呢！"几句话一说完，转身就走，像一团越烧越远的火苗。庞氏父子朝相反的方向走去。沈慧欣小声说："这小严是怎么回事？"罗国兴望着他们的背影若有所思。沈慧欣推推他说："天不早了，回家歇着吧。每次有孩子判了刑，你就愁眉苦脸。依小庞的情况，缓刑算是从宽发落了。"罗国兴勉强一笑。

他回到家里，默默听着收音机里的新闻。儿子罗昌明走进房来，说："爸，累了吧？"罗国兴说："还好。今天跟老沈到法院去了一趟。听宣判那会儿，我心都揪起来了。"罗昌明问："结果怎么样？"罗国兴说："判了缓刑。"罗昌明说："那也对得起他了，你也不用自责了。这些孩子，够让人操心的。"罗国兴说："国家对他们够照顾了。特地设立了少年法庭，被告不带手铐，也不要求站着。怕他们紧张，又把审判台改成圆桌，不像一般法庭那么一上一下。细节上就看得出用心良苦了。"

罗昌明犹豫了一下说："爸，过两天是小杰妈的……"罗国兴一拍头说："对了，是下个星期吧？"罗昌明称是，又说："你看我们是不是也烧点纸……"罗国兴眉头一皱，立刻打断他说："跟你说了多少遍了，不行！亏你年纪轻轻的，还没我这老头子思想解放。意思到了，情义有了，你媳妇也就安慰了，哪里在乎那些乌烟瘴气的虚礼？"罗昌明为难地说："话是这么说，不过我听人家讲，好几年不烧纸，去世的亲人都会托梦……"罗国兴"哼"了一声说："疑心生暗鬼，牵强附会！"罗昌明依然软磨硬泡："其实烧个纸也没什么。我看到人家还有烧金元宝、银元宝、冥币的。"罗国兴接口说："还有纸扎的童男童女、冰箱彩电、房子车子，要不要一古脑儿都烧了给她？"

罗昌明见父亲发火，站在那里不吭声了。罗国兴叹了口气："昌明，你的心意我明白，我也不是非要跟你对着干。问题是灵活性要建立在原则性的基础上，对亲人的怀念就不该是这么一种形式。”罗昌明向来是温吞水脾气，不管赞成与否，只要人家坚持，他多半会选择息事宁人，于是笑说：“您别动气，我也是随便说说的。我去把中午的菜热热，马上就吃饭了。”转身要走，听罗国兴问：“小杰呢？都七点半了，还不见个影子？”

话音刚落，外面门响，是罗小杰回来了。罗昌明先走了出去。收音机的“干扰”声中，隐约听见父子俩互相招呼了一下，厨房里就有锅碗瓢盆的撞击声传来，是罗昌明下厨去了。有人说生命像七八个话匣子同时打开，各唱各的，偶尔有心酸眼亮的一刹那，随即又是一片热闹的混沌。此刻收音机的播音声、炒菜声和罗小杰咋咋呼呼的童声倒仿佛是为这话作了注脚。

罗国兴关掉收音机，走到客厅，罗小杰已经坐在沙发上晃荡着脚丫子看电视了。

罗小杰瘦瘦黑黑，不如他爸爸清秀，也不如他爷爷挺拔；一颗圆溜溜的小脑袋转来转去，一对黑豆似的小眼睛眨巴个不停，活像八十年代动画片里走出来的小男孩。

罗国兴问他：“怎么才回来？”罗小杰随口撒谎：“被老师留堂了。”罗国兴听了倒有三分信，这小孙子一向不招老师喜欢：“为什么留你？”罗小杰不在乎地说：“上课没认真听讲呗。”罗国兴打量着他说：“嘿，你倒挺勇于承认错误的嘛！”罗小杰说相声似地：“要不怎么改正呢？”罗国兴给他逗笑了：“别贫嘴了，洗洗手吃饭了。”罗小杰答应着要走，罗国兴又说：“明天课堂上要专心啦！晚上早睡，明天早起。”罗小杰笑道：“爷爷你也早点睡，不然一累了，打起呼噜来像周杰伦的一首歌——《东风破》，隔两个房间都听得见呢！”说完赶紧溜进厨房去了。

他这逃遁是多余的，罗国兴压根儿没有惩罚他的意思。看着这罗家第三代的独苗苗，罗国兴掩不住一脸疼爱。

二 交　锋

一个遍身白纱的少女在晨雾中伫立。她长发垂肩，赤着双脚，所立之处，芳草鲜美，落英缤纷。她生着秀挺的鼻子，长长的睫毛，大大的眼睛。她的瞳孔中忽然反照出另一个人的缩小了的影子。那是一个帅气挺拔的男人，宽宽的双肩，窄窄的腰身，修长的双腿。男人的脸部却朦朦胧胧，若隐若现。

男人问道："你为什么在这儿？"少女说："我在等你！"男人说："你知道我是谁吗？"少女摇头。男人说："那你还等？"少女说："是！"男人温柔地叹息："傻丫头！"伸手揽住少女。少女伏在他胸口上，脸上是恬静的幸福。

忽然有一个女声远远叫道："圆圆，圆圆！"少女惊愕地抬头。"圆圆，圆圆"的喊声越来越响，在山谷中回旋碰撞。白色的晨雾凝结得像一片牛奶膜子，又凝成一堵干净的白墙。靠墙放着一张床，床上睡着那个少女。

她睁开眼，表情茫然，似乎还眷恋着刚才的梦境。她母亲姜桦正站在床边。姜桦说："圆圆，睡这么死啊？快起来，上学去了。你看都几点了？"许梦圆嘟囔着："你为什么不早点叫我？"边说边起来穿衣服。姜桦说："你自己说上了闹钟的，倒怪我？你的闹钟还不如我这生物钟呢。不是我来看一下，你一觉睡到中午去了。"说着就往外走。

许梦圆叫住她说："你成天都忙的什么？跟我说会儿话的工夫都没有。"姜桦说："妈的事儿多。你有什么事赶快说。"许梦圆嘟着嘴说："你这么紧着催，我怎么说呀？你对囚犯的那股子热心、耐心、真心怎么不分点儿给你女儿？"姜桦忙纠正："什么囚犯？说得这么难听。再说了，那是工作。"许梦圆半真半假地说："我知道我不该这么说，可我'吃醋'很久了。你别不承认，你哪是把他们当工作？差不多当成你的干儿子、干女儿了！”姜桦笑道：“你再没完没了，真要迟到了。”

许梦圆想起刚刚的梦境，远兜远转地说：“妈，我前天看电视，有个科普节目讲到鸳鸯。这鸟的习性也真特别，总是成双成对的。”姜桦失笑道：“你就要说这个啊？上百度搜搜，再到动物园观察观察去。你们这一代啊，对世界的体验总是第二轮的，先看了电视看了书，才去找活的东西；言情偶像剧看了多少部，自己还是个傻孩子呢！”姜桦正准备出房，许梦圆拉了她一下说：“妈，我做了一个梦，又唯美又感人……”少女的羞涩发自天然，有了心事爱跟母亲倾诉更是天性，她正迟疑着如何委婉表达，姜桦却随口道：“梦有什么好说的？”她看看手表说：“妈来不及了，你也快去刷牙洗脸，上课认真听，啊？”三脚两步出房去了。

许梦圆不满地看着她的背影，把衣服朝对面墙上摔去。衣服滑下来，墙上是一幅画：晨雾弥漫的山谷。

姜桦骑车匆匆赶到单位。许多人对天天上班的地方都会麻木，一草一木好像自盘古开天地以来就长在那里似的。姜桦每次进大门时，却总感到一阵亲切。那是个小院子，院外墙上有个蓝底白字的牌子，上写着“长虹街120号”。院内有一个花坛，一棵大树，初秋时节，这片绿荫尤为可喜。左侧一排宣传栏写着“安全须知”和防火防盗的小知识。迎着院门，正面两间相连的平房，左边一间外面挂着长方形黑底白字的木牌：“临江市平安区长虹街扶风社区居委会”，右边的平房外悬着“临江市平安区长虹街关心下一代工作委员会”的红底白字牌子。姜桦到院子里的小车棚里锁好车，向居委会办公室看了一眼，门已开了，有个四十来岁的男人在里面打扫。

那男人见到姜桦，忙说：“姜主任！”姜桦笑着点头：“你来得真早，我还以为我是第一个呢。”那男人笑道：“我也是刚来。”向外一指，“老沈来了。”

沈慧欣对他们颔首而笑,开了右间“关工委”的门走进去。里面有五张办公桌,靠里的一张放着电话。有一只沙发、一张茶几、一个报纸架、一个柜子。木地板因年深日久裂了口子,走起来有空空的回响——无尽岁月都在那响声中跳荡,反而予人以一种踏实、温厚之感。墙上则贴着一张宋体大标语:立足“三帮”,力争“三无”。这可以说是对“关工委”全部工作的提纲挈领。

姜桦进来朝标语看了看,拿起拖把拖地。沈慧欣微笑道:“怎么跑到这儿搞起卫生来了?”姜桦也笑:“那边有人弄呢,我又插不下手去。”沈慧欣抹着桌子,同时把庞元元和严芷清的情况说给姜桦听,有意不谈自己,把“功劳”全说成是罗国兴的。姜桦深知他们这一代人的朴素作风,心里有数,也不点破,一径儿笑着。

沈慧欣正抹到有电话的那一张,罗国兴走了进来。他一见便说:“我自己来,我自己来。”边说边过来抢抹布。沈慧欣挡开他说:“跟我还客气?”姜桦说:“可不是,你们是最佳拍档,有口皆碑,为多少未成年人争到了改过自新的机会。”

罗国兴把包放下,向姜桦由衷地说:“姜主任,我说这话不是投桃报李啊,现在这么现实的社会,像你这样肯做居委会主任,又兼‘关工委’委员的真是不多了。成天说要树典型,我看你就是个典型。”

姜桦把拖把放好了说:“您都夸得我不好意思了。居委会和‘关工委’本来就是一家人,职能上也有交叉和重叠,看起来是担了两份活儿,其实是做了一回事,我倒觉得讨了便宜呢!”罗国兴笑眯眯地说:“太谦虚了,这叫能者多劳。”姜桦笑了,说:“对了,庞元元说早上八点来的,怎么到现在也没过来?”这一问直接问得罗国兴笑容收敛了起来:“说来不来,不会又……”沈慧欣马上便说:“我相信不会。”姜桦说:“其实小庞的本质倒是不坏。”罗国兴说:“谁生下来就是坏的?总是后来受了污染。他要不是迷恋黄色网站，也不会学得那么流里流气，更不会去卖黄碟了，唉！”沈慧欣也深有所感：“庞元元真是我心头的一块疙瘩：生得体体面面的，偏生不上进，初中毕业就不上学了，将来怎么得了？换了别人，急也急死了，他倒挺沉得住气的。”

门外有人嗓门儿洪亮地说：“哎呀，我来迟了！”跟着便跑进一人，矮矮胖胖，很喜相，正是这里的成员之一王霞。同样是老太太，她和沈慧欣相比，形象气质、言语谈吐都迥然不同。王霞乐呵呵地又说：“你们这么早把卫生都弄好了，叫我干嘛去？”沈慧欣说：“你是一刻也闲不下来。”罗国兴打趣道：“我常说呢，王霞要是给阶级敌人抓了去，威逼利诱都没有用，但是三天不让她干活儿，她保证扛不住，全招了。”王霞大笑：“不错不错，幸亏你是我党的老干部，不然落在你手里，我就活活地闲死了。”一片笑声中王霞又问：“你们刚才在说谁‘沉得住气’啊？”

沈慧欣脸上罩了一层愁云：“说小庞呢。你也见过的。”王霞一拍大腿：“我跟罗主任找过他。这小伙子，要么不说话，要么一句是一句，跟锥子似的。我做了这么多年工作，这样的还是头一个。”姜桦见她岔得远了，便说：“要不再去找他谈谈？”王霞说：“光谈恐怕没用，要另外想法子。”

他们关注的焦点庞元元这会儿仍四平八稳躺在自家的床上，眼睛定定地看着天花板。旧式的木板，淡得看不清的纹路，袅袅地不知延伸到哪里去了，迷茫如他的未来。

庞家声开始还忍着，后来见他只管大模大样地躺着，不禁催他：“还不起来？人家在等你呢！”庞元元淡然道：“等就等吧。”庞家声话里夹了三分严厉：“从前我管你不够，太纵容你，往后我要好好地尽尽当爸爸的责任。元元，做人要有良心。不是人家帮忙，你这会儿能躺在这儿？昨天我说十点，你自己讲要八点……”庞元元不胜其烦，坐起来穿袜子说：“行了行了。”庞家声说：“这次的事是个教训，你再像从前那样，谁也保不了你!”庞元元一边找鞋一边说:“保?我值得你们保吗?”苦笑着摇摇头,意气消沉地说,“虽然不坐监,档案里已经有了。你儿子才十七岁就是个缓刑犯,你以为还能从头再来,当没事人吗?”庞家声惊讶而伤心:“你……你是不打算振作了?待会儿到那边,你可千万别给人家这种印象!”庞元元脸上渗出一丝骄傲:“这你放心。我从来不在外人面前露怯,他们绝对看不出来。”庞家声沉痛地说:“真不知道怎么生出了你这种儿子!”庞元元顺口说:“这你要问问我妈了。”他父亲大怒道:“你说什么你?!”庞元元穿好了鞋站起来说:“当我没说。”

洗漱停当,庞元元不紧不慢地出门,上街。他骑着单车左顾右盼,骑过气派的商厦,骑过清幽的公园,骑过蜿蜒的内河。他加劲儿踩了两下车,如飞般轻捷地掠过,突然之间,双手脱把,只以两臂保持身体的平衡,两手张开作飞翔状。

一位中年人皱眉看他,他若无其事。一位姑娘看了他一眼,他朝她吹了声口哨。

罗国兴在打电话询问着什么,沈慧欣和王霞都在翻着资料,姜桦已不在室内。

五张桌子中有一张始终空着。沈慧欣看看桌子,想说话但终究没说。她的视线移到手表上去了:“庞元元可能不来了。”王霞有些不高兴:“你跟他好说歹说,他虽然不顶嘴,可是一句也听不进去。”沈慧欣不由得又为庞元元辩解:“不过我接触过的少年人里,他脾气要算顶好的。”王霞仍然坚持她自己的看法:“这叫‘软抵抗’,左耳入,右耳出。虚心接受,坚决不改。他……”

罗国兴打断她说:“看样子暂时来不了,我正好有点别的事去处理一下。庞元元到了就叫他在这儿等我。”

王霞见他急匆匆的样儿，追着问了句：“又上哪儿去忙啊，罗主任？”罗国兴手一挥：“哪儿那么多说的？”径自出门去了。沈慧欣说：“罗主任是豪气不减当年。”话音刚落，罗国兴却又折回来了，后边赫然跟着众人正念叨的庞元元。

姜桦刚好从隔壁过来，不由得“咦”了一声。沈慧欣惊喜地笑道：“嗬！老罗啊，难不成你会变戏法？”罗国兴说：“在门口刚好撞到，我就把他拉来了。”转向庞元元说：“男子汉说话算话，要么不答应人，要答应就得做到。不是约八点吗？我们，还有你姜阿姨，等了你一早上。”

庞元元满不在乎地笑笑：“睡过头了，不好意思啊！姜阿姨。”罗国兴正想说话，姜桦向他使了个眼色，显然他们都知道庞元元是故意轻慢，但姜桦不想揭穿。

罗国兴说：“我先有事去。小庞，你等我回来。”急急走出去了。庞元元皮里阳秋地说：“罗主任好像比外交部的还忙。”沈慧欣笑了笑说：“多半也是为了哪个孩子。”姜桦指指沙发对庞元元说：“坐吧。”给他倒了杯水。庞元元道谢。姜桦先在沙发上坐下，庞元元也随着坐下来，神色间依旧是似笑非笑，举止中依旧透着那股潇洒的不耐烦。他有本事一边彬彬有礼，一边暗暗挑衅。

他笑嘻嘻地说：“请问一下姜阿姨，‘三帮’指的什么呀？”说着拿小指头儿点点墙上的标语。

姜桦察觉到庞元元是存心戏弄，却镇静地答他：“也好，我很乐意向你复述一下‘关工委’的宗旨，只是你听了之后要记得住。‘三帮’是帮教、帮扶、帮学……”庞元元抢着又问：“那‘三无’呢？”姜桦说：“那是无失学、无失业、无犯罪。‘三帮’和‘三无’是相对应的，一个是基本手段，一个是大目标。”庞元元步步紧逼：“你们天天就围着我这种未成年人打转？”姜桦淡然答他：“包括但不限于，要是有需要，青年人也在我们关注的范围之内。”庞元元不无揶揄道:“专门做这个不无聊吗?”姜桦对他的冒犯报以沉默。她不说,只好他来说,无形中他已经输了一着:“你们这个委员会成立多久了?”敏感的天性让他意识到自己刚才是落了下风,他飞速地转着念头要扳回一局来。姜桦听他问起,从容应对:“成立二十年了。1984 年 2 月 20 日……”

庞元元极快地接话:“河南省安阳市的老红军、老干部联名写信,建议成立关心下一代协会,发挥余热,对青少年——当然也包括我了,哈哈——对咱们这些矮人一头的青少年进行思想政治和科技文化教育。我说得对吗?”沈慧欣插嘴:“你怎么知道?”庞元元说:“我昨天上网查的。这就是网络的好处。你们知道的,网上全有;你们不知道的,网上也有。”王霞瞪着他说:“嘿,你……”

姜桦不卑不亢地说:“关于‘关工委’你还知道多少?是 1984 年 3 月 18 日正式诞生的你知道吗?那六位老同志是袁觉民、马驰、江振荣、侯占玺、苏伯鸿、品文斗,你知道吗?一时强记的和心里本来有的是两回事。”话说到这里,有给他台阶下的必要,因此停了停说,“不过,你能上网查‘关工委’总是好事……”庞元元差点笑出来,口风一变,陡然显得很尖刻:“我听说‘关工委’里都是离退休干部,是不是在家里憋得慌,出来找点乐子?我奇怪,姜阿姨你也就跟我妈那么大吧,怎么也混在老头老太太里头?”

王霞忍了半天没忍住,一拍桌子,茶杯都震了一震:“庞元元,我告诉你,老头老太太闲了没事,可以打麻将,可以养花,可以养鸟,那都比不上你这么让人操心!我们想趁着还能动弹,再做点儿事,不是吃饱了撑的!‘关工委’是个正式机构,也不是给你小庞消遣的!”茶水溅到了她手上和衣服的下摆上,她浑如未觉,只气呼呼地看着庞元元。有时候,当头一炮也有奇效,事情就此转机也未可知。沈慧欣这么想着,不发一言。

人同此心，姜桦过来安抚王霞，一边劝她一边头也不回地说："小庞，请你把毛巾拿来。"这是个合理的要求，也是个不起眼的要求，然而毕竟是在提要求。庞元元只要照做了，心理上势必会有微妙的变化，从一味对抗、嘲讽变成悄然地和解与配合。庞元元不吭声，姜桦看着他。时钟嘀嘀嗒嗒走过，无声的较量下，庞元元到底理亏，依言拿来了毛巾。姜桦给王霞擦擦手又吸吸衣服上的水渍。

庞元元看着王霞，努力保持微笑，但那笑容是不自然的、僵硬的、死的。

姜桦重新坐下来，特意侧过身，与庞元元面对着面，问他："在想什么？"庞元元说："在想，世界上的人都挺像混蛋，但只有一个人肯定是混蛋。"姜桦问："是谁？"庞元元说："是我。"姜桦简洁地问："为什么？"庞元元说："我不讲人家了，我骂我自己还不成吗？"姜桦开解他说："你别忘了，你是个一米八零的大男人，你自己都看不起自己，还能指望得到其他人的尊重吗？"

王霞定了定神说："庞元元啊，我上你家三次，就被你笑了三次。我们是去帮你的，不是去害你的，你怎么逢人就抵触呢？你笑我们几个老的，随你；你姜阿姨不同，她是放弃了好工作，自愿到居委会来，又兼了咱们'关工委'的工作，你可不能损她呀！"

庞元元虽不大看得起王霞，却相信她不会说假话，看来姜桦真是舍弃了高薪厚职到这儿来做奉献的。这么一想，亲近虽不增加，尊敬却是难免，他望望姜桦，垂下了眼皮。

姜桦在王霞身旁站着，向庞元元说："你知道我们八点半上班，就叫大家八点钟等你，好把我们多晾半个小时，是不是？这些小花样，事后想想，很容易明白。损人利己虽然可耻，理论上还知道是为了什么；损人不利己，甚至是故意伤害、捉弄关心你的人，这是个什么逻辑？又有什么意思呢?”

庞元元抗辩:“口口声声关心关心,你们凭什么关心我?就凭你们没让我蹲大牢?我请你们关心了吗?”

王霞是爆炭性子,闻言陡然站起,柜子门一下子给带开了,她的桌子离柜子最近。柜子里原就挤满了红艳艳的锦旗、黄澄澄的奖章以及大大小小的感谢信和明信片,顿时五颜六色撒了一地。

大家一时间惊呆了。沈慧欣最先回过神来,连忙心疼地蹲下身去收拾。王霞大声说:“哎呀,都脏了,你看这……”也过去帮她。对他们来说,这些都是千金难换的宝贝。

姜桦尽力控制着情绪说:“是啊,庞元元,你没有请我们……”她指指地上的锦旗、奖章,“他们也没有请我们,是我们自己愿意,哪怕没有理解,只有嘲弄,甚至……”她蹲下身,轻轻拾起一本证书,脑中瞬间闪过了许梦圆不满的言语:“你成天都忙的什么?跟我说会儿话的工夫都没有!”她摇了摇头,仿佛想把不愉快的回忆都一股脑儿地甩掉,却不由自主地想起她的前夫许达成决绝的话语:“我们离婚吧!”她深吸一口气,把证书递给沈慧欣,那么轻柔,那么小心。那珍而重之的态度产生了一种难以言喻的力量。

庞元元坐立不安。王霞热辣辣地剜了他一眼。姜桦镇定下来,继续说:“不归家的孩子归了家,不上学的孩子上了学,不积极的青年开始自食其力,被社会认可、肯定,我们就打心眼儿里高兴。有没有人请我们关心,不重要!”她拾起一面锦旗,递给稍远的王霞,旗面在空中略一铺展,扬出红红的一条细浪,和严芷清的红衣服一样浓艳,却又如此不同。他,严芷清,还有许许多多同龄人,是靠了姜桦他们真心实意地帮助才涉过冰川,走上坦途。他的报答仅仅是不合作和激他们发火、动怒,让他们寒心吗?

庞元元终于坐不住了,走过去,从姜桦和沈慧欣手中接过东西,送到柜子里。姜桦和沈慧欣对看一眼，眼中都是希冀。王霞不擅掩藏心事，更是喜上眉梢。

这时却有一个学生家长领着女儿走进来问道："请问这儿有个施老师吗？"王霞快嘴接口："有有有，进来坐。"又说，"不过老施病了，这两天没来。"家长失望地向女儿看看，问："那她大概什么时候来呢？"不等王霞回答，又说，"这样好吧，我留个电话给您，施老师一来，您就通知我。"王霞爽快地说："行！"那家长边写电话号码边说："上回她给丫头补习了两个月，物理成绩就上了十几名。"写完了，把号码递给王霞，"您可千万别忘啦！拜托！"王霞忙说："哪儿的话！"她把家长往门口送，险些与一对年轻夫妻撞上。小夫妻俩手里还拎着东西。

沈慧欣第一个认出来说："小丁！"那青年丁盛笑着说："您还认得我？我当爸爸了……"王霞忙问："哟！男的女的？"丁盛喜滋滋地说："是女儿。我来给大家送点巧克力和牛奶糖。"丁盛的妻子一把一把地发糖，笑得既骄傲又腼腆。庞元元只觉好奇。

王霞对丁盛说："你不在网上开店了吧？"丁盛脸上渗出一点红晕："哪儿能啊？我发过誓，要再点着鼠标骗人就把手剁了！现在天天跑运输，忙还忙不过来呢。你们不信问她。"他向妻子一指。沈慧欣笑道："我记得丁盛的女朋友还是姜主任请婚介所给他介绍的，现在都添了千金了。"姜桦也十分欣慰："是啊，真快。"王霞提醒丁盛两口子："还不谢谢你俩的大媒！"丁盛携着妻子的手对着姜桦诚挚地说："谢谢姜阿姨！"姜桦笑了："既然叫阿姨，就不准这么生分。"她今天情绪几起几落，笑得不那么自然，生怕丁盛夫妇以为她对他们不够亲热，额外拉着丁盛妻子的手问长问短，叮嘱她产后好生保养。

电话响了，沈慧欣接起来说："喂，施老师不在，病了，哦，没事，过两天就能来了，你不用担心……没事，都是为了孩子嘛！"

接二连三几件事，把一上午的紧张空气冲得荡然无存。室内有一种崭新的宽松气氛，人在其中，像鱼在水里，自在、舒展、坦然。

庞元元的脸色松动了，不等任何人问他，自己开口说："我想跟你们说说我的事，有兴趣听吗？"还是负气的口吻，但却是交心的前奏。众人顿时安静下来，姜桦、沈慧欣都静静地聆听。丁盛和妻子悄悄向众人挥手，退出。

庞元元恍若不见，低低地说："我们初二发了一本教科书，《青春期常识》，当时好多人想看不敢看，我看了，他们笑我'不学好'。他们一笑，我反而想对着干，又因为好奇，我上过一次……色情网站。就有'耳报神'向老师打我的小报告。老师在班会课上当众说我下流。我爸一听，连老师都骂我下流，哪还'上流'得起来！一骂骂了我大半个月。再以后同学们见到我就挤眉弄眼，各科老师都对我特别'注意'……好不容易撑到初中毕业，我就不念了。其实同学当中有人早就谈恋爱了，却当着老师的面骂我骂得最凶！哼，反正下流的名声已经传出去了，我就偏要泡妞，再甩了。我爸看看没了指望，也不大管我了。"

姜桦插口问道："你母亲呢？她不跟你们一起生活，难道对你就不闻不问吗？"庞元元说："她哪有脸来管我。她……"他咬着牙笑道，"再婚了，跟我爸的朋友。"王霞"啊"了一声。姜桦歉疚地说："对不起！"庞元元佯装轻松："没事，跟这种人较什么真儿？你们罗主任只知道我妈不在我身边，可不知道她是干嘛去了——我爸好意思说吗？说我妈看上了他的朋友，主动勾搭人家，绝食、出走，什么手段都使出来才跟我爸离了婚，完全不顾还有个才几岁的儿子？像她这样当妈的，也算天下少有。"他顿了顿，说"所以我从小就觉得感情这东西靠不住，都是挂在嘴上的虚伪的谎言，说着好听而已。"

沈慧欣咳嗽了两声，慈祥地说："也不能一竿子打死一船人呐！再者说了，就算有人虚伪，你也不该拿自己赌气。就说你的老师，她方法虽然不对……”庞元元接口道：“但出发点是好的。”与沈慧欣互相看看，忽然都笑了。王霞也跟着不知所谓地笑起来。姜桦却带着同情，关切地看着庞元元。庞元元抿了抿嘴唇。

笑声渐停，气氛有些凝滞。好在罗国兴从院子里走了进来，转移了大家的注意力。姜桦倒了杯凉开水给他。罗国兴喝了口说：“明天上午我不过来，直接从家出去，有事打我手机。”沈慧欣把最后一面小锦旗折好了塞到柜子里去，头也不回地问：“上哪儿去？”罗国兴说：“北郊监狱，有个小胡勇得看看去。”庞元元说：“胡勇怎么了？”罗国兴有点意外。庞元元见了他疑问的神色便说：“他是我朋友。”罗国兴说：“他没衣服换了，他家里也不管他；这么长时间了，也不带点吃的去看看他，说是对他死了心了。”庞元元轻蔑地一笑，嘴角弯出小小的弧度。

沈慧欣觉得是个机会，想了一想说：“小庞，你待在家也没什么事，不如明天跟罗主任一起去。胡勇喜欢吃什么、穿什么，你也比我们了解些。当然，这要你自己愿意，如果你不反对……”庞元元说：“什么时候去？”

姜桦在心里为沈慧欣的急智喝了声彩。

三　萌　　动

教室里在上“兴趣课”，参加这个文学兴趣小组的，都是作文出色、语文成绩亮眼的学生。陆文咏在讲台上专注地讲课，中外经典，如数家珍。

他并不是他们班的老师，而是校方特地请来的校外辅导员。从“临江大学”毕业后，他先开了家书店，随后又办起了网上书店，一方面出售教材，一方面——也是更主要的方面，是推出许多文、史、哲类的名著。时不时地，他会以他的诚意和活络请到省内外的名家来签名售书，开个小讲座，搞些小互动。他自己闲暇时写的一本小册子,在书店里卖着玩儿,居然也卖得很好。这样有品位又跟得上时代的自由职业者,被当地作协注意到,吸收他加入进去。学校成立文学兴趣小组,要请外援,一周活动一次,为期一年,第一个就想到了他。书店最难的是创业时期,现在上了轨道,琐事自有员工打理,他是抽得开身做些想做的事的,接到邀请,便一口答应了。

姜桦的女儿许梦圆是班上最有写作才华的,陆文咏年轻,课讲得却相当生动,平时她总是听得津津有味,今天,因为昨夜的绮梦,却有些心不在焉,看似在笔记本上认真记录,实则是画着一些只有她自己看得懂的图案。同桌吴以兰把头伸过来看,许梦圆推开她。吴以兰小声说:“两朵荷花,两个乌鸦。”许梦圆也小声说:“呸,是一朵并蒂莲,两个鸳……干嘛要告诉你?”那是一对鸳鸯。

陆文咏突然点了许梦圆的名:“许梦圆,请你告诉我们,‘商女不知亡国恨,隔江犹唱后庭花’这两句是什么意思?诗人流露的是什么样的感情?”许梦圆猝不及防,起身紧张地抠着课桌。吴以兰轻轻提醒:“悲愤。”许梦圆犹如抓住了救命稻草,忙说:“一种悲愤的感情。”陆文咏点头,进一步提问:“悲什么,愤什么呢?”许梦圆吞吞吐吐地说:“他悲……悲……”吴以兰又提醒她:“愚昧。”许梦圆发挥道:“他悲愤下层人民的愚昧和麻木不仁。”陆文咏带着点笑意说:“坐下吧。你这个状态,我倒真有点‘悲愤’了。下课到办公室来一下。”

下了课,许梦圆磨磨蹭蹭走到办公室去。陆文咏已经在那里等她了。校长把一张没人用的桌子临时给他用,还送了一盆少见的橘色的小仙人掌,一套檀香木的笔筒、笔架,以示礼遇。陆文咏在乎的不是这些,他肯当辅导员,纯粹是想培养更多的创作苗子,许梦圆就是他眼中的可造之才。

他看了许梦圆一眼说:“你今天怎么了,神不守舍的?上兴趣课还开小差,问题答得颠三倒四。”许梦圆答不上来。陆文咏说:“你们班主任说,你是尖子生，还是副班长，从来不要老师烦心的。”许梦圆心虚地说：“我以后不了。”陆文咏笑笑说：“课堂上我尽量不使你难堪，课后的创作你可不能让我难堪哦。新一期的校刊就要出了，我等着你的短篇小说。”

旁边桌上，另一位老师方静萍说：“许梦圆，我现在虽然不教你了，可也当过你们初中的班主任。你跟陆辅导、方老师说实话，到底为什么事分了心？”许梦圆说：“真的没什么，就是……心情不好。也说不出是为了什么事。”陆文咏说：“没有原因的原因最难克服。”许梦圆心想：“陆辅导随口一句话都像格言警句，难怪那么多人夸他有才气。”

陆文咏哪里知道她这时候会私底下赞美自己，方静萍更想不到了，自顾自地说下去：“你高二了，不用我们提醒，也知道应该抓紧。校长办兴趣小组是想让你们轻松轻松……”后面的半截话她咽了下去。照她的看法，高中课业沉重，事关学生前途，根本不必再搞什么兴趣小组。校长是碍于外界批评学校只抓升学率，忽视素质教育，又想打打学校的知名度，现在陆文咏坐在旁边，总不能当着和尚骂秃子，只得转移话题：“许梦圆你说你心情不好，你还是学生，生活的压力一时还轮不到你来承受；像我们，难道一天到晚就没个烦心事？可是一上讲台，自然就要调整。人不能成为一个情绪动物，明白吗？”许梦圆说：“明白了。”又问，“方老师，你也心情不好吗？”陆文咏听了微笑。

方静萍笑了笑：“你从初中到高中一直都是语文课代表，再这样下去，可就谁也不能代表了。你关心老师，老师很高兴，但只有你成绩上去了，老师才会真高兴。”许梦圆点头，又怯怯地问她：“您不高兴，是不是因为严汉和？”陆文咏不知严汉和是谁，但想总是方静萍的私事，忙制止说：“许梦圆！”方静萍略带羞惭：“哦，也不全是……”她朝陆文咏说：“没事，你让她说，掩耳盗铃也没意思。”转向许梦圆说：“老师儿子的腿有点问题，在工厂做工，被人家退回来了。”许梦圆说：“方老师，我妈说不定能帮上严汉和，她天天就忙这些。我帮您问问她?”方静萍很意外,她知道姜桦是居委会主任,在她印象之中,居委会似乎不管这一类的事。

许梦圆见了她的神色,已知其意,解释说:“我妈还兼‘关工委’的委员。”方静萍考虑了一下才说:“‘关工委’? 那……你问问,也好。”许梦圆欣喜地“哎!”了一声。这一声特别响亮,迸发出的与其说是灿灿的喜悦,不如说是明晰的善良。陆文咏看着许梦圆,目光中不无赞赏。

方静萍沉浸在刚才的思绪中,顺口说道:“其实芷清也可以……”许梦圆没听清,问她:“您说什么?”方静萍忙说:“没什么,你去吧。”许梦圆朝陆文咏看看。陆文咏点头。许梦圆便出了办公室。陆文咏清清楚楚地看到许梦圆吐了一口气,还拿玉色小手绢擦擦额头的汗——手绢一角绣着百蝶争春的花式。这个小动作使他由衷地觉得这个学生单纯而可爱。

方静萍坐在办公桌后出神。曾几何时,严正、方静萍、严汉和、严芷清是一个令人羡慕的四口之家,虽然严汉和先天残疾,但四个人也还融洽和谐。自从严芷清性情大变,人人侧目,往日的温馨便不复存在了。丈夫严正痛心地问她:“我们上辈子是作了什么孽?!”问了一遍又一遍,直问到她哭出声来,问到严汉和一瘸一拐地来劝解。

一杯茶搁在方静萍面前的桌上。方静萍叹了口气,向桌前的陆文咏说:“谢谢!”陆文咏善解人意地笑着,并不打听她在想些什么,只说:“方老师,该下班了。”

下班的洪流中也有姜桦,她在非机动车道上骑着车。隔着护栏,一辆轿车始终努力与她平行。

手机响了,她拿出来听:“喂,哦! 黄俊贤? 是吗? 就在我旁边?”她朝左边一看,车内的人向她挥了挥手。隔着车窗玻璃,看不清那人的长相,隐隐约约是个中年男子。姜桦右手握手机,左手扶车,骑得别别扭扭的:“今天没应酬吗? 我? 还好吧。那就这样……我得回家……嗯,给圆圆做饭……什么模范母亲？圆圆老怪我不关心她呢！……不了，改天吧！……明天也没空，这阵子不得闲儿。”

轿车开走了。她没有再朝轿车看，脸上似喜似愁。她的口气干脆利落，心中却千丝万缕。

骑到十字路口，她停下来等了片刻。绿灯亮了，她和其他行人一样，匆匆向前，仿佛有什么事情急等着要办，其实并没有。只是经过一家超市时，她才想起该给许梦圆买点东西。

正值回家的高峰，超市营业的黄金时间惯例是晚上七八点钟，这时候人还不太多。姜桦找了辆手推车买东西。一层一层的商品，一架一架的货物，在琳琅满目的回廊间穿行，她感到一种安稳和满足。

经过烟酒柜台，姜桦稍看了一会儿。各种品牌的中外名酒比邻而居，衬着华贵的紫红色丝绒托面，衬着射灯投下的金色光圈，愈显得醇烈堂皇。酒瓶的形状千奇百怪，高的、矮的、瘦长的、半圆的、细脖子细腰的、葵花状大脸小身子的……应有尽有。从前，一家三口来逛超市，许达成就最爱在这里流连。他喜欢酒，也擅长送酒，如同他喜欢享受，也擅长利用别人追求享受的心理去达到目的。

夏天才过，空调已经卖不动了。营业员带着焦躁的神情游说那些犹犹豫豫的顾客，一边说一边透出绝望，好像明知这番口舌是白白浪费。姜桦看到旁边几种电扇，倒有眼前一亮之感：盈盈纤巧的身姿，淡淡悦目的色泽，连遥控器都设计得那么精巧。她还记得刚结婚那会儿，用的是老式的台扇，体型笨拙，出风时发出“嘎吱嘎吱”的可疑的响声，摇头时往往中途卡住，固执地罢工，要许达成猛击一掌才不情愿地继续。这令人发笑的回忆，镀上了一层回忆的柔光，平添温馨，也平添了惆怅。

姜桦听见那边有吵架声，走快几步去看。原来是在排队买减价鸡蛋，一个老太太、一个小伙子互不相让。小伙子怪老太太插队，老太太说她在这儿排了半天了，刚才是去上厕所。小伙子问谁替她证明，摄像头拍到了吗？老太太怒斥他不懂尊老敬老，小伙子反说她为老不尊。老太太掉转枪口抱怨前后就没个人出来说句公道话，给她作个证。有人泛泛地劝了两句，多数是事不关己地保持沉默。世上的是非原本难分，引火烧身更加不明智，小伙子的强壮和老太太的虚弱是各自的筹码，得罪了哪一方都后果难料。于是旁观者的态度出奇地一致。卖蛋的营业员认为发生纠纷是保安的事，她犯不着无缘无故掺和进去，也只当看不见。姜桦看不下去，上前劝了这个劝那个。她长期做思想工作，调解纠纷是本色当行，牛刀小试，不过三言两语就说得双方妥协了。老太太勉强跟小伙子打个招呼，小伙子默认她现在所在的次序，看似复杂的局面一下子理得妥妥当当。

姜桦走到零食专柜，发现如今的食品包装得都像工艺品般精美。巧克力放在足尖型半透明的塑料容器里；什锦糖红绿间夹，外面打着艳丽的橙色丝带；奶昔、大果冻包在线条圆润、白底蓝杠圆点的纸盒子里，乍看倒像一尊瓷器。姜桦选了红枣味的酸奶和一款新出的椰子糕给许梦圆，另买了牛奶、方便面和些日用品。

从超市出来不久，天色就暗了。姜桦奋力蹬着自行车，车篓子和后架上放满了东西，重心不易掌握，摇摇晃晃的。一人一车，身影很是寥落。忽然间，毫无征兆的，整条路的灯全亮了！只一刹那，这灿烂的光芒就照彻了她的心。姜桦紧锁的眉头舒展开来，轻吁了一口气。明亮的街道上，她骑得十分有力。

四 探 监

严正躺在病床上休息，方静萍坐在床边削苹果。病房门吱呀一响，严芷清进来叫了声“爸。”方静萍抬头，俨然有三分惊喜，好几天没见着严芷清了。她转头去望严正，含蓄地示意他有话好好说，不要和女儿谈崩。严正的回应是闭上眼，不言语。严芷清又叫："爸！"在床边重重坐下。

严汉和拿着两盒药进门，很明显地跛着，他的神情中有一种不自信的人所特有的瑟缩。他说："芷清，小点儿声，这是医院。"

这间内科病房布置得简单清爽，严正旁边的床位空着，正可以在暂时没有"病友"的情况下静心修养。但严芷清一出现，严正显然是无法静心了。

严芷清看着方静萍："爸到底是怎么回事？"方静萍说："他肝脏一向不好，不能动气。昨天知道你去找庞元元闹……"严芷清说："谁传话的？是那姓沈的？"方静萍犹豫了一下摇摇头。严芷清冷冷一笑："我看人家也不像是打小报告的人。是庞老头吧？"她说的是庞元元的父亲庞家声。严正没有睁眼，却开了口："静萍，你不懂，她不是去找那个姓庞的闹，是担心人家判得重。天下竟有这么没骨气的女孩子！做人总要有点人格！"严芷清脸涨得通红："我怎么就没人格了？"严正冷笑道："你不想想他是怎么对你的？你又为他弄成了什么样子？人家判刑你还赶过去慰问，你哪一点配得上'芷清'这个名字！"严芷清胸口剧烈起伏，站了起来。

方静萍忙拦住她问："到哪儿去？"严芷清说："找人疼我去。"方静萍说："什么意思？"严芷清嘲弄地说："没意思，家里一个大教授，一个语文老师，我要是在你们面前搞什么句子含义，不成了班门弄斧吗？"方静萍说："那你现在准备住哪？你不是借住在朋友那儿吗？总不能把那边当成家。"严芷清语速极快地说："怕什么？那不正中你们的下怀吗？登报跟我断绝关系好啦，划清楚河汉界，从此你是你，我是我，就当你们只生了哥哥一个，也比有我这么个破鞋女儿强啊！"方静萍气得说不出话来，半天才说："你……你……你都在说些什么？"

严汉和鼓起勇气轻声说："芷清，你为爸想想，就知道你的所作所为他有多不能接受。”方静萍劝道：“是啊，你先不要冲动，一家人打断骨头连着筋，你不知道我们心里的苦。”听她这么解释，严芷清便“哼”了一声，略有点回转，站在那里没吭声。严正气愤地说：“你还跟她浪费时间？她要干嘛你就让她去，反正也就这么回事了！”

方静萍一听严正的话就知道事情要糟，还来不及做任何反应，就见严芷清迅速走向门口。严正睁眼，低声但极严厉地说：“你走了就别再回家！”严芷清说：“我这就去跟朋友说，不借住了，改合租！我这就算死了。你称心了吧，严教授?!”方静萍还想再劝，严芷清已经掉头而去，甩上了门。

方静萍带着哭腔叫了声：“芷清……”

严芷清从医院走廊里疾速跑过，高跟鞋敲出一路急促。顾医生从一间病房里探头张望，不满地摇摇头。

病房里，是沈慧欣和她家的保姆小敏。沈慧欣问：“什么事？”顾医生转过头来说：“一个女孩子，不晓得怎么回事，就这么砰砰嘭嘭地乱跑。也不看看时候，也不看看地方，一点公德心没有！”沈慧欣存了个心，问：“看清什么样子了吗？”顾医生见问得奇怪，便说：“高高的，一身红衣服。”沈慧欣沉吟着说：“别是严芷清吧？”顾医生说：“您认得她？”沈慧欣说：“我和罗主任带她来看她爸爸的。她爸爸发急病入院，她早前不知道，还是我去通知她的。”顾医生微带不屑：“又是个问题青年？”沈慧欣嗔怪地说：“别这么说！”顾医生见沈慧欣不快，忙岔开话题说：“林院长好几天没见到您了。”沈慧欣说：“我最近很忙，今天正好带严芷清来医院看她爸爸，就过来瞧瞧。”顿了顿，凄然一笑，看着病床，“老林要是看得见我，倒好了！”病床上躺着昏睡数年的林院长——她的丈夫。

罗国兴进来，看了一眼林院长。沈慧欣说：“你药拿好啦？”罗国兴点头：“也是维持现状罢了。我这白内障不是眼药水滴得好的。”顾医生建议："其实还是动个手术来得彻底。"罗国兴用力挥了挥手："那得多少日子不能做事，还不一定除得了根。"顾医生笑着说："可是……"沈慧欣说："你随他去吧，多少年的老顽固，他肯听人劝也不是罗国兴了！"又向罗国兴说："早点回去，明天你还得陪庞元元去看胡勇呢！"

第二天，在临江市北郊监狱外，一辆车停了下来。车上罗国兴侧头看了看庞元元。庞元元竭力做出满不在乎的样子，但脸色微微发白。他胆子再壮，毕竟没有来过这样气象森严的地方。

进了大门，罗国兴和庞元元下车，驾驶员自去停车。只见剃着光头、身穿灰色劳改服的一队犯人在管教的监督下走过。

庞元元眼睛只朝地面上看。罗国兴故作随意地说："今天我们是来看你朋友，又不是你自己来改造，紧张什么？"庞元元没吱声。他没嘴硬说他不紧张，在罗国兴看来，是个好兆头。

一个干部装束的人迎上来，与罗国兴握手，也和庞元元握了握手，是事先就联系好的。他在前面引路，带他们到未成年犯管教所，同时与罗国兴交谈，庞元元跟随在后。罗国兴把手上的两包衣物顺手递给庞元元。

来到接见室，罗国兴拍拍庞元元的肩膀，就和那干部谈话去了。庞元元明白他是有意留出空当给自己和胡勇，还故意做得不着痕迹，照顾自己的感受，心里对"关工委"不免又多了些好感。

他慢慢走到左起第二个位子坐下，过了一会儿，胡勇无精打采地来到了他对面。隔着一层厚实的玻璃，庞元元拿起通话器与胡勇通话。一格一格，有好几名犯人在与他们的亲朋讲话。看守在入口处笔直地站着。室内的空气若有颜色，该是森严的黑与惨淡的白。胡勇的服装与别的犯人一样，脸色非常憔悴。

庞元元半晌才说："你现在……怎么样？"胡勇难过地说："能怎么样？"庞元元说："你以前嘴那么刁，那么偏食，里边的伙食吃得惯吗？"胡勇苦笑了一下:“还有什么惯不惯的?都到了这个份儿上了。”庞元元不语,过了片刻才说:“罗主任听说你家里人不来看你,就带了点东西来。我知道你的口味,挑了几袋牛肉干和五香豆腐干来。”胡勇说:“谢谢!”又重复一遍,“谢谢你!”蓦然流起泪来。庞元元望着他,张了张嘴,没说话。

胡勇哭了一会儿才说:“元元,我嫉妒你,嫉妒死了!你不晓得,能天天看到太阳,能经常给风吹给雨淋,想上哪儿去上哪去,是一件多好的事!”他的话感染了庞元元,庞元元的爱莫能助反过来又感染了他,他哭得更伤心了:“我……我要是没坐牢,我不知道逛商店、看电影是多大的福气!”他激动得撞了下玻璃,发出“砰”的一声。庞元元不由得往后一让。

看守扬声说:“怎么回事,那边?”

庞元元说:“你冷静点吧,不然没得谈了!”胡勇拿袖子擦擦眼泪。庞元元慢慢地说:“都是我害了你。”胡勇惊愕地说:“你?”庞元元点头:“你是看了黄碟,才强……奸女同学的吧?”胡勇说:“那关你什么事?”庞元元说:“我判了缓刑,就在前天。我卖碟,还赚了点钱,还以为我比人家有性格。”胡勇擦干泪水,轻声说:“别傻了,我看的碟又不是你卖的。”庞元元说:“有什么区别?没区别。”顿了顿说,“我干了件龌龊事。”

胡勇不大理解地望着他说:“真不关你的事。你肯来看我,又带牛肉干来,已经很好了!”庞元元瞧着他,嘴角浮起一丝怜悯的微笑,不是为了他和他分处两种环境,是为了他悟到的东西,胡勇依然懵懂未觉。

从接见室里一出来,庞元元便深深吸了口气。罗国兴正在外面等他,见了他,招招手。庞元元跑过去,跟着罗国兴和那位干部往回走。

管教干部把二人送到门外,边送罗、庞二人上车边说:“今天还叫你们特意跑一趟。”庞元元诚恳地说:“没什么,我要谢谢您!”管教干部说:“谢我干什么?罗主任退了休不在家里享清福,整天为你们跑东跑西,你该谢谢他。”庞元元正要说话,罗国兴一摆手说:“客气话不说了,我还得给人家还车呢！人家卖我的老面子，我可不能刘备借荆州，误了人家的事。”

上了车，罗国兴说：“回去给你爸赔个不是，一家人和和气气的，啊？”庞元元空前顺从地应了一声。罗国兴说：“还有，你这么逛来逛去也不是事，你想继续上学啊还是……”庞元元说：“我不上学！”他意识到自己不大礼貌，把声音放得柔和了些说，“我去找工作。”罗国兴说：“也行。等你安定下来，想念书的时候再深造吧。现在成人考试、自考很多，条条大道通罗马。”

汽车疾驰，公路笔直地通向远方。

“关工委”办公室里，只有沈慧欣、姜桦两人。姜桦随口问：“老王呢？”沈慧欣笑：“大概又去收毛线了。”姜桦也笑了：“老王再这样下去，怕要改行了。人家不了解情况的，还以为她专门收荒货。”

说闲话是为了稳定心神，沈慧欣还是把她的担心说了出来——以一种迂回的表达：“我眼皮子跳。”姜桦说：“您心里跳得更厉害。”沈慧欣老实承认：“可不！好不容易把庞元元给说动了，又是老罗亲自出马，再不灵就计穷了。”姜桦说：“您放心吧，我估摸着总有七八成把握。关心归关心，您有慢性气喘，自己也要保重。”沈慧欣叹了口气：“庞元元这样的小年轻最叫人不放心，可以说是徘徊在悬崖边上，不，是在悬崖边的钢丝上。你拉他他还往前挣呢！”她摸摸眼皮，“姜主任，是左眼跳有祸还是右眼跳有祸？”姜桦一笑：“您也信那些？”沈慧欣有些惭愧地笑着：“不踏实，心里不踏实啊！”

正在这里说着，罗国兴风风火火地进了门，姜桦和沈慧欣急忙迎上。姜桦说：“罗主任回来啦？”沈慧欣却说：“怎么样老罗？情况怎么样？”罗国兴有意卖关子说：“哎哎，总该让人喝口水吧？”姜桦忙倒来一杯温开水。罗国兴一口饮尽，看看着急地围在左右的沈、姜二人，扑哧笑了：“看来有效果,肯跟他爸道歉,也肯找工作了。”

沈慧欣悬着的心落回肚里:“人呢?”罗国兴说:“请司机顺路把他捎回去了。”姜桦说:“不对,您是怕他单独回家,半路又拐到网吧去吧?”罗国兴大笑:“什么都瞒不了你。”

他把白天的好心情一直带到家里。儿子罗昌明围着“围腰”在厨房里忙碌。“围腰”是红色的,男人围着显得非常滑稽。“嗤”的一声,油烟升起。罗国兴呛得连连咳嗽,皱眉笑道:“昌明啊,让我来吧,你烧顿饭整幢楼的邻居都要抗议。”罗昌明咳着说:“您歇着吧,忙了一天了。”心里嘀咕,“奇怪,抽油烟机开到顶大了嘛!”罗国兴看不过眼,上前帮忙。

罗小杰不知打哪儿钻了进来说:“爸,晚饭什么时候好啊?饿惨了。”罗国兴笑道:“我看你精神头儿挺足。”一边手上仍在收拾。罗小杰笑道:“谁说的?再过一刻钟,如果还吃不到饭,准得出人命。明天晚报上头版头条:本市杰出青年罗小杰活活饿死在他家厨房门口。”罗昌明很认真地纠正儿子:“头版都是大事,二版三版都轮不到你,顶多在报屁股上占一小块。”罗小杰嘟嘟囔囔地说:“一点幽默感也没有。爷爷,您老人家最有情趣了,罗昌明到底是不是你亲生的?”罗昌明恍若不闻,仍在手忙脚乱地烧菜。罗国兴端盘子出门说:“别挡路。”罗小杰长叹一声说:“现在我相信你们是亲父子了。”罗昌明一手托着一盘菜出门。罗小杰大叫着“好香啊!”跑到客厅里去。

三人一边看电视一边吃饭。罗小杰说:“明天我去报考记者,第一篇新闻就报导我们的‘光棍之家’。标题是:奇,一家三口竟无一女;惊,浓烟滚滚厨房惊魂。”罗国兴笑了:“你小子累不累?这一会儿工夫,嘴就没停过。”罗小杰笑嘻嘻地说:“报纸上不就是那样的吗?把一点芝麻绿豆大的小事,用稀奇得要命的口气报出来。在网上这就叫‘标题党’。”罗国兴敲敲他的饭碗:“你聪明,你聪明怎么不用在学习上呢?”

“学习”是罗小杰的致命伤，他急忙插科打诨：“调节调节气氛嘛。在一个没有女主人的家庭里，男人们更要学会自己找找乐子。”罗国兴逗他：“你也算男人？”罗小杰不服气了：“咦，难道我是女人？再过几年，砍了人都够资格进大牢了。”罗昌明气得拿筷子狠狠打了一下罗小杰的筷子：“什么玩笑不好开，说这种疯话？爷爷在外面挽救失足青年，你在家说什么砍人坐牢？”

罗小杰起哄：“后院起大火，爷爷的主任也没脸当喽！”罗昌明生气地把菜盘从罗小杰跟前拉开。罗小杰忙举起双手做投降状：“不敢说了，不然没饭吃了。饭要吃，眼前亏不吃。”罗国兴不指责罗小杰，反怪罗昌明：“小孩子说着玩的，你这么顶真啊？”

饭后，罗国兴回房歪在床上歇息。房门本来就开着，罗昌明却仍敲了敲门。罗国兴说：“我是你爸，又不是你的首长，这么刻板干嘛？”罗昌明说：“怕您正在有事，干扰您嘛。”在床边坐下来，半天不吭声。罗国兴有点急了，说：“我就见不得这种小心翼翼的样子，什么事啊，到底？”罗昌明说：“爸，我年纪还轻，小杰也该有个人照顾。你看我饭也烧不好……”罗国兴知道了他的用意：“有人帮你介绍对象？”罗昌明说：“见过一面，长得还好，我想哪天带回来吃顿饭，让您见见。”罗国兴说：“只要对孩子好，别的都随你。这么着，日子定下来你通知我一声，最好是晚上来。周末白天我不一定在家，晚上见个面的时间总是有的。”罗昌明点头说：“爸也真是忙。我说句话，您别不高兴，您也六十几岁的人了，又有白内障，发挥余热当然不错，也不用这么拼命。”罗国兴说：“你又不是不知道你爸的脾气：要么不做，要做事就尽量做好。”

罗昌明无奈地点了一下头：“明天是小杰他妈去世三周年，您事多，又是大老远的，就别去了，我带小杰去公墓看她……”罗国兴感到一丝内疚。儿媳妇的音容笑貌犹在眼前，却已人鬼殊途好几年了，自己忙于公事，对儿子关心得着实太少。他说："真快，一转眼三年了……想她生前对你、对我、对小杰，真是没得说的。可惜，好好一个人，去献血会染了毛病。"罗昌明低头不语。罗国兴说："庞元元那边，请老沈或者姜主任他们多关心吧。我跟你们去扫扫墓。"罗昌明颇有些欣喜："哎！她看到您也去，一定挺安慰的。"罗国兴看着罗昌明说："你呀，就是心太实了！"目光中饱含父亲的温情，似乎罗昌明还是个小孩子。

五　不同的休闲

电视开着，洗衣机也开着，沙发上散着几页纸。姜桦一会儿去照看衣服，一会儿回来看纸，偶尔瞄几眼电视——只有画面，没有声音。

许梦圆走来，在姜桦身边坐下："妈，你看电视怎么不把声音放出来？像看哑剧似的。"姜桦笑笑："我要听着洗衣机呢。"许梦圆说："洗衣服又不是烧开水，要你这么聚精会神地听？"她懂事地分析，"你是怕影响我学习。"姜桦微笑道："知道就好。"

许梦圆想了想说："我还知道你为什么老开着电视。"姜桦问："哦？"许梦圆说："家里人少，我又要看书，你怕孤单。"姜桦摸着女儿的头发："嗯，妈是怕孤单……"想想又改口，"只要有圆圆在，再孤单妈也不怕。"许梦圆依偎到姜桦怀里说："爸爸最近跟你联系过吗？"姜桦说："打过一次电话。"许梦圆问道："他怎么样？"姜桦说："还好，他问你的情况，我就说一切都好。"许梦圆不无讥讽地说："他打多少电话也不回咱们家了，好啊坏的，对他也没分别。"姜桦不想女儿怨恨父亲，便说："不许这么说，他好歹是你爸爸。"

姜桦一径儿出神，想起了许达成说的"小桦，我们离婚吧"；想起了前年生日那天，同事、亲戚们和许梦圆都在祝她"生日快乐"，桌子上首却空着一个座位;想起了许梦圆在得知家庭即将破裂时的爆发——“咣啷啷”摔碎了大花瓶。那摔破的瓶身上,镌着十个小字:圆圆考第一,爸妈都开心!——那些往日欢快的残迹。

那天从民政局大楼出来,姜桦问许达成:“你给她买了一处三室两厅的房子?”许达成躲躲闪闪地说:“现在就别说这些了。”姜桦说:“你这么张扬,也不怕人知道?她比你小十几岁,看上的是你的人吗?”许达成的反应是恼羞成怒:“谢谢你的提醒,我许达成做的事我自己负责!”姜桦冷笑道:“你做的事,当然要负责任。你好自为之吧。”许达成也冷笑:“这种时候你还说这种话,可见我的选择没错:事业型的女人永远是只可敬,不可爱,何况你那工作算个什么事业啊?”不容姜桦辩解,许达成抢过话头,“你别总是委屈得不行。一年到头,你在家陪我几天?朋友请客,你陪我去过几次?你能像她那样以我为生活的绝对重心吗?”那一刹那,姜桦是真正被刺伤了,她平生没有那样激烈过。她想也不想,对许达成流水般地讲了一连串的话:“是的,我不会撒痴撒娇,也不会小鸟依人,不会拆散别人的家嫁给一个岁数够做自己父亲的男人,省略了过程,去享受成果!我要自立,要活得有意义,所以不可爱……你跟一个不可爱的女人生活了20年,真是委屈你了!你终于找到符合你审美趣味的好女人了,出去能陪你应酬,在家能给你照顾,但愿你以后的全副家当不会给她‘照顾’光了。祝贺你从此开始新生活!”

他的新生活她再没打听过,然而她的新生活呢?就是和女儿相依为命。好在许梦圆渐渐长大了,也越来越疼妈妈,算是一个凄清的安慰。

许梦圆推推姜桦说:“妈,你在想什么?你又伤心了。”姜桦像往常一样否认。今天的电话里,许达成对她说:“小桦,我以前说你只可敬,不可爱,你别往心里去。人在气头上说的话、做的事,都不能当真。”她却说:“说的话可以不算,做的事却不可以。”这些话当然是不能给许梦圆说的。

许梦圆从姜桦怀里挣出来说:“妈,不是我咒人,我觉得爸爸和……那个人的婚姻一定不长久。”姜桦不想讨论这个问题:“圆圆,如果你爸爸又回头了,你还能再接受他吗?”许梦圆偏头想了一下说:“不能。”姜桦叹息道:“我也不能。”

许梦圆问:“妈,‘睿航集团’你坚决不去,是因为黄叔叔,还是丢不下现在的工作?”姜桦不料她突然提到这个,当下以不容置疑的口气答道:“当然是因为工作!每挽救一个失足青年,我心里就松快好几天。虽然很累,但我喜欢这工作。就像过滤器,净化生命,净化人心。这不比在你黄叔叔那里更好吗?”

许梦圆反驳说:“可是黄叔叔对我们真好啊!我看,你有多喜欢这份工作,他就有多喜欢你这个人。”姜桦说:“圆圆!”许梦圆坚持说:“本来嘛!你为什么不给他机会?你要是接受他那才‘喜大普奔’呢。”姜桦问:“什么‘喜大普奔’?”许梦圆笑道:“喜闻乐见,大快人心,普天同庆,奔走相告。”姜桦说:“这叫什么词儿啊?”笑了一回又说:“感情的事要靠缘分。我对你黄叔叔没感觉,你叫我怎么办?他的确很优秀,白手起家,生意做得那么大。但佩服和喜欢毕竟是两回事。”

许梦圆沉思着说:“喜欢一个人,人家也喜欢你,真是好难好难啊!”姜桦拍拍她脸说:“你知道什么?早点洗洗睡吧。”许梦圆抗议:“你别老把我当幼儿园大班啊,我都上高中了!”姜桦笑了:“好好好,大人更不该叫妈操心了,还要妈哄着你睡啊?”许梦圆沉默了一会儿,才下定了决心似地说:“但是……我真有件事想跟你说。”姜桦说:“妈累了,以后有的是机会,过阵子再说吧。”许梦圆赌气不语。姜桦拿起沙发上散落的几页纸,喃喃地说:“适合庞元元的工作无非就这么几类……”她的思维又回到一贯的轨道上去。许梦圆只得转身进了房间。

她往床上一躺,双手垫在脑后,无意识地望向空处。这是一间小小的睡房。书桌上有音乐盒、台灯、带锁的墨蓝色日记本。墙上悬着一幅水彩画:山谷中雾气弥漫,林木茂盛,水流蜿蜒。许梦圆对着那幅画发呆。窗外是一轮清辉流溢的皓月。

月光在灯火辉煌的酒店面前就黯然失色了。一排轿车停在外面。透过落地大玻璃窗,可以看见穿着酒红色旗袍的小姐正来去穿梭。大厅中觥筹交错,笑语喧哗。

大厅中部,有一条通往斜后方的走廊,铺着葡萄紫的地毯,两侧都是包间。其中有一间叫“梅花厅”的门打开了,一个喝得满面红光的客人出来方便。“梅花厅”内,七八个人众星拱月般争着讨好贵宾位上一名英挺精干、气度不凡的四十来岁的男子,他就是姜桦和许梦圆刚刚议论过的黄俊贤。黄俊贤身后一边是三十来岁的刘秘书,她化了浓妆却不显得俗艳,巧笑倩兮,却掩不住遍身的精明与犀利;另一边是他的助手杨经理,看起来淳朴干练,踏实可靠。

一人笑着向他敬酒:“黄总,以后小弟的生意全仗你照应。”黄俊贤得体地微笑着,不过分亲昵,也不特别疏远:“哪里?互相照顾!”二人碰杯。那人敬过了酒,引见旁边的人:“黄总,给你介绍个小朋友,才二十七岁,办起事来不含糊,算是青年才俊。我老跟他说,要想出人头地,没别的,就是跟黄总学习。他这两年历练出来了,但是也要有黄总这样的伯乐,他才真正进得了圈子。”

年轻人恭恭敬敬地递上名片。黄俊贤接过,看了一眼,放入皮夹,抽出一张自己的名片递过去,很谦和。年轻人受宠若惊地接了名片,仔细看了一下,那神情几乎可说是“拜读”。

服务员过来上菜,走路扭扭捏捏,手上的汤也泼泼洒洒,显然是不习惯穿旗袍。黄俊贤等服务员出去,才调侃地说:“从《花样年华》公映后,人人都穿旗袍,都学张曼玉。”大家都笑。黄俊贤又说:“不过从众心理对我们商家来说，倒是可以利用的。”他自知失言，一笑说“我是三句不离本行，落下职业病了。吃菜，吃菜。”

先前敬酒的那人不失时机地对身旁的年轻人说：“看见没有？看见没有？又学了一招。我就说，跟黄总一起，随时随地都能学到东西。”

话是好话，目的性太强，听着未必悦耳。刘秘书深知黄俊贤的性情，当下便款款起身，想要打岔。那人却快嘴快舌地说下去：“黄总，还有笑话呢：前几天听见人讲，农民是‘小磨’麻油，小市民是‘淘大’酱油，知识分子是半瓶醋——酸，歌星影星甜腻腻的像白糖，咱们经商的像味精——调剂社会。哈哈，您看，还就数对咱们的评价高。”黄俊贤笑了笑：“有些人有小聪明，没大智慧，闲着没事就编段子损人。咱们不说这个。”先前说话那人忙附和：“对，对，这种人说他干嘛？”黄俊贤笑着，但眼神有些寂寞萧索。他的思绪已经离开了包间，离开了酒店，到了姜桦家门口。他恍惚地想要敲门，却又止住了怕打扰她的休息。即使是在想象里，他也不能对她有丝毫的伤害。

这一层曲折的心理，就不是刘秘书所能猜到的了。尽管她早就看出“黄总”对姜桦的垂青。说实话，她没觉得姜桦有多出色。长得自然算有气质，心地好，热心助人；但这些实在不足以支撑起黄俊贤这样一个不普通的男人的爱。

先前敬酒的男人，同另一个隔得较远的客人艰难地交头接耳，悄悄问对方要不要足疗，又说了一个熟悉的足疗店的名字。对方会意，做了个“OK”的手势。

席散后，二人果然去了那家小店。粉红色光线笼罩全室。一张沙发、一台电视、三张小床，半新不旧的。内室的门敞着，后面大概层峦叠嶂，另有洞天，黑漆漆的，是张开了的欲望和利益的大口。

一人坐上沙发，迫不及待和一个年轻女人打闹，另一人却指定“那个穿红裙子的”为他服务。红衣女回过头来，清炯炯的眼神，目光凛冽，正是严芷清。和严正闹翻后，她越发坚定地留下来做这份“工作”，越是不堪，她越能体会到报复庞元元和父母的快感。她完全不知道自己在人生的旅途上迷了路，只觉得自己坚定得很，也正确得很。

严芷清按腿捏脚的动作很熟练，脸上的表情却是木然。客人说：“小姐，我看你怎么有点眼熟啊？”严芷清说：“我长得大众化。”客人说：“不是，就是觉得见过，你说怪不怪？”严芷清大咧咧地一笑：“你还跟我学起宝哥哥林妹妹来了，搞得上辈子有什么姻缘似的。”客人一竖拇指：“小姐你真厉害，还看过《红楼梦》。”严芷清半骄傲半自嘲地说：“我们家那是书香世家。”客人涎笑道：“真的假的？收我当徒弟吧，好好跟你这个国际级的大教授学两招。”他这奉承的神色就同席间敬黄俊贤酒时一模一样。

严芷清因为他父亲严正的关系，听不得“教授”二字，手停了下来：“你说什么？”客人呆住了，不知哪一句话得罪了她。严芷清恨恨地说：“我最讨厌人家提教授！就你这副熊样，也配说什么先生学生、教授论文的？恶心他妈给恶心开门——你恶心到家了你！”在这样的场合，出现这样的疾言厉色，任谁也想不到。那客人一时没想到生气，而是感到莫名惊诧。另一个年轻女人忙做好做歹地把客人稳住。

严芷清“霍”地起身出了门。清凉的夜风拂过脸庞，她这才感到门内的空气是那么混浊。望着楼顶上的月亮，一瞬间，多少往事涌上心头，眼眶也潮了。但她立刻咬紧了嘴唇，倔强地想：“人家无情无义，我要是流一滴泪就是窝囊废！”

黄俊贤等三人与众人道别后，去了一家全市著名的温泉，疏解身体的疲乏和精神的紧绷。那一带地理条件得天独厚，背依青山，地下水含有丰富的矿物质，稍作整修，就对外开放了。

温泉分室内室外，室内上方是蒙古包般的巨大穹顶，水蓝玻璃镶着点点碎钻，做成夜空群星的效果。下面是四五个池子，每个里面都浸着药袋，旁边有饮料桶、小圆桌和躺椅，一棵棵人造的棕榈和芭蕉四季常青。

刘秘书殷勤地为黄俊贤倒饮料、换浴袍，对杨经理就留着分寸，亲切中含有矜持。

杨经理是实在人，不能体会这其中细微的差别，黄俊贤看在眼里，并不多言。他对杨经理和刘秘书同样的信任，同样的倚重，说是左膀右臂亦不为过。杨经理的实干稳健，加刘秘书的精细灵活，恰成互补，为他省下了无数的精力。不出意外的话，他将在年内战胜董事会里仅存的对手，摆脱他们的羁绊，安排杨经理担任副总，让刘秘书任总裁助理，级别与副总一样。如此才对得起他们对他的忠诚和多年辛劳，也方便把公司往他设想的方向力推。

他和杨经理之间情同手足，和刘秘书则男女有别，稍有避忌。刘秘书对他的尊崇和倾慕，他只以上司的亲和与威严来化解。他心里的位置，早给姜桦占住了。在温热的池水中半浮着，听杨经理、刘秘书有一句没一句地闲聊，他自顾自地想到和姜桦初见时的情景。

那是一个上午，罗国兴带着姜桦和一个刑释青年来找他。罗国兴试图说服他接受那青年做职工。他乐意帮忙却又踌躇不决。一来员工中出现一个有案底的人，叫人难以放心；二来传了出去，有损公司的声誉。杨经理是主张接受，刘秘书则竭力反对。在僵持中，一直没开口的姜桦对他说："黄总，可以和您单独谈会儿吗？只耽误您几分钟。"

在那几分钟里，他发觉她有相当了得的表达能力和一下子抓住问题本质的清晰思维。他没有立刻答应她，但留了余地，随后又接触过几次。他原想借这个过程把她争取到公司里来，让她发挥潜力，做一个中层。哪知主客易势，他反被她的人格魅力打动了。她不是把工作当职业来干，而是当成毕生志愿来付出的。高薪挖角在她那里根本没有实现的可能。罗国兴的风骨固然令他钦佩,姜桦因是女性,且年轻一辈,却更多了柔韧的质地,多了沟通的默契。他接受了那个服过刑的青年,与姜桦顺理成章地做了朋友。当他得知她离异单身还带着一个女儿时,一半是怜惜,一半是欣喜。他窥见了自己心里的秘密。

他没有明说,但行动上表现得非常坦率。姜桦始终不明确回应,甚至不正视这一现实。她是怕感情上再受伤,还是怕拖累他,或是有其他缘由,他不得而知。

“黄总,我们去外边泡吧,外边凉快。”

氤氲水气中刘秘书的笑容朦朦胧胧。

杨科长也说:“里头虽然有空调,还是比不上自然风。”

披上浴袍,三人坐电梯下楼,穿过透明阶梯,来到室外。先是选了“薰衣草”的池子安定心神,又换了据说能养颜美肤的“玫瑰汤浴”。刘秘书随身带了手机和两个不怕水的袖珍音箱,这时就在池边高处搁好,接线,选歌,柔美抒情的音乐声缓缓响起。

杨经理笑道:“你想得还真周到。”刘秘书笑着说:“黄总有句名言,忙的时候多享受工作,闲的时候多享受生活,我是把领导的话牢牢记在心里的。”黄俊贤笑了:“小刘永远这么会说话。”刘秘书说:“我也三十朝外的人了,您还‘小刘’、‘小刘’地叫,弄得多有代沟的样子。”杨经理笑说:“这倒奇怪了,人家生怕被喊老了,只有你,算你是‘小刘’你还有意见。”刘秘书一笑不语,无声胜有声。她是不愿黄俊贤在心理上与她拉开差距。

黄俊贤故作不知,指指远处说:“看那儿。”

室外的温泉建在小山头上,隔着长长的沟壑,对面的山峰上是一片浮雕,当中唯有一朵硕大的莲花凌空凸出,分外立体。这边的灯光从最刁钻的角度遥射过去,那面的浮雕和莲花就亦真亦幻,若隐若现,缥缈幽丽。

刘秘书和杨经理顺着黄俊贤的手势看去,伴着音箱里潺潺的乐声。

情境如斯美好,连杨经理也感受到了:“跟黄总打江山这么多年,能像今晚这样谈谈天、看看风景,也就够啦,不求别的了。”刘秘书笑说:“难得我们老杨也感慨起来了。这会儿是挺浪漫的。”黄俊贤说:“浪漫也好,现实也好,一辈子能有你们两个贴心的朋友和得力的属下,能有公司今天的规模,就算圆满了。”唯一的缺憾是爱人早逝,而姜桦不愿接受他的情意。

刘秘书轻轻扑起一朵蓝色的水花,看那荡漾的余波,眼角扫着黄俊贤说:“黄总,您再盯着看,那莲花可就活了。”黄俊贤嘘了口气说:“莲花在佛教里是有说法的,具体象征我说不上来……”刘秘书倒听说过这方面的知识,但老板不了解的她怎么能说知道?既为了上司的脸面,也为了男人的自尊,刘秘书一言不发。她暗想:“聪明的女人会适时装傻,只有傻女人才无时无地不卖弄她的聪明。”

黄俊贤并没留意刘秘书和杨经理,自顾自顺着说下去:“……不过关爱大众的人不一定是出了家的。”

“他又想到了那个人。”刘秘书心中一酸,同时也灵机一动:看来黄俊贤之钟情姜桦,一个重要的因素是她热心公益。那何不由自己倡议,策划一个大型的慈善活动来讨他的欢心呢?这般打算着,她瞄了一眼那朵莲花。以她的条件和手腕,她不信九色莲座上端坐的会是别的女人!

六　邻　居

山上密密的满是墓碑,虽然丽日当空,空气清新,鸟鸣啁啾,依然觉得一种非人间的气氛——与世俗的一切拉开了距离。人走在这里有一种不应该的感觉,仿佛会打扰了谁似的。

罗小杰回头向罗昌明说:“有点阴阴的。你们觉不觉得?”罗昌明不答。罗国兴却说:“我只觉得到这儿来一趟,人会看得开些。作恶也是一世,行善也是一世,为什么不多做点好事,造福社会?”罗小杰说:“今天是来看我妈的,不是上思想品德课的,快走吧!”他脚下像装了弹簧,一路蹦跶在前面。罗国兴喊:“哎,别瞎跑啊!你认不认识啊?”罗小杰笑说:“自己的妈还找不到?”上坟上得像他这么欢天喜地的,也是少见。

罗昌明手里拎着篮子,回想儿子的话,眉头一皱:“你说小杰会不会反对我再结婚?”罗国兴觉得罗昌明是多虑:“这孩子调皮归调皮,还不至于这么不懂事吧?过几年他也要成家了,难道留下你跟我做伴儿?”罗昌明忧心忡忡地说:“我就怕我带人家回来,他要捣蛋。”罗国兴说:“我看是你扯淡。我们老罗家的子孙,没有这么不讲理的。”两人边走边说。罗小杰已经找到了母亲的墓碑,在那儿等着父亲和爷爷。

罗小杰说:“爷爷走不动,爸你也走不动啊?这么半天!”俨然是为自己的捷足先登而得意。

罗昌明不理他,径自看着妻子的墓碑,百感交集。阳光透过松树的松针撒在他脸上,没哭也像是满脸泪痕。罗国兴无声地站在后面。罗小杰为这肃穆所慑,也安静下来。

太阳蓦然间躲到了云背后,山上罩上了一层阴晦。

罗昌明把篮子里的酱牛肉、生煎包等都拿了出来,用报纸垫着,摆在墓前,轻轻地说:“这都是你爱吃的。”罗国兴说:“好媳妇,我和你男人、你孩子又来看你来了。小杰,来,给你妈鞠两个躬,说说话儿。”罗小杰三步两步跑上来,也不顾地上有灰,趴下来磕了三个头,嘴里念念有词。罗昌明诧异地说:“你干嘛呢?”罗小杰说:“祷告!”罗昌明问他:“祷告什么?”罗小杰说:“讲了就不灵了。”他站起来拍拍膝上的灰尘。

罗昌明对墓碑说:“你看看,小杰都长这么大了,你刚走那会儿他还拖鼻涕呢。”罗小杰见爸爸提到他的“丑事”,瞪了罗昌明一眼。罗昌明继续道:“我现在一切还好,爸身体也好。你爸你妈前两天我才去看过他们,二老也挺健康。只要我在一天,我一定代你把他们照顾得好好的,你就别担心了。”

罗国兴把带来的食物收回篮内,把一枝扎着绸带的天蓝色假花递给儿子。罗昌明把花小心地放在墓前,看了看,又扶扶正。罗国兴在身后慈爱而伤感地看着儿子和“媳妇”,暗想:“你保佑昌明再找一个好的,上孝敬父母,下抚养小杰,和昌明长长久久地过完下半辈子。”

他念头才起,太阳破云而出,满山晶亮。他从不信什么预感、征兆的,此时也不禁为了这恰到好处的阳光感到高兴。

沈慧欣在阳台上看看太阳,又抬头向楼上一瞥,便拿了包去上班,叮嘱保姆小敏:“我走了。你马上上医院看看爷爷。”小敏应了。沈慧欣手扶着门把手,微笑转头:“小敏,你说万一……我是说万一啊,会不会哪天医院打电话来,说爷爷自己清醒过来了?”小敏没有把握地说:“应该会吧。”沈慧欣笑得有点勉强了:“他这一躺也有年头了,不知道哪天才能恢复知觉。”小敏傻傻地笑着,想投合沈慧欣的期待说两句好话却不知怎么表达。

沈慧欣不再说什么,拉开门出去,刚到门口,楼上陡然一阵极大的乐声劈头盖脸地砸下来。沈慧欣吓了一跳,小敏顿时愤愤不平:“他倒是挺准时的。这才几点!您看看,又跳上了,就不知道这次是一个人跳还是一帮人跳了!”沈慧欣没作声。

楼上的住户程天已经从楼梯扶手上滑了下来。他见到沈慧欣,一笑说:“沈奶奶,衣服掉你家了。”这个“从天而降”的出场并不影响沈慧欣对他的客观:一个中等个子的少年,很俊秀的一张脸,皮肤雪白,穿得时尚前卫且有品位,把实际年龄提升了好几岁;然而在沈慧欣阅人无数的慧眼中,不难看出他事实上比罗国兴家的小杰大不了多少,与姜桦的女儿许梦圆约略相仿。这个年龄段的孩子说大不大，说小不小，心思百转千回，神经高度敏感，自以为成熟却常做出幼稚的举动，总体上青涩偶尔却有不亚于成人的锐利眼光。与罗小杰不谙世事的顽皮有异，程天即使满脸笑容，还是不知从哪里渗出一丝凄楚。

小敏去阳台上拿了衣服还他，没好气地说："麻烦你以后顾顾邻居，音响声音开小一点。"程天说："没问题。"又向沈慧欣客气地说："再见。"沈慧欣也说："再见。"程天挥挥手，很有风范地上楼去了。

小敏在家打扫卫生，洗了衣服，又往外晒。正在那儿夹木头夹子，楼上忽然一阵"天女散花"，落下很多糖纸、果皮。小敏气得大骂，上面音乐声震天，也不知听见没有。小敏无奈，把衣服收进来重洗过，看时间已经不早，就按每天的惯例到医院去了。

林院长身上插着输液管，小敏在一边剥桔子吃。海蓝色的窗帘，一扇小小的白屏风，病房里陈设得洁净爽目。

不知不觉已是下午六点，沈慧欣走进来。小敏站起来说："您下班了？这时间过得可真快。"沈慧欣说："爷爷今天怎么样？"小敏说："挺好的，查房的说呼吸、心跳都还平稳。"沈慧欣点点头。小敏却告状说："就是楼上那个男的实在讨厌，家里不知道来了些什么人，瓜皮果壳朝下瞎扔，我刚洗的衣服，又弄脏了。"

沈慧欣却未显出半分愠怒，心平气和地说："那孩子叫程天，父母都在国外，又有钱又没人管。"小敏说："程天？不如改名叫'成天逃学'吧。我帮他仔仔细细算了一下，他一个星期只上一天学。"沈慧欣倒笑了："你怎么算法？"小敏掰着手指头算给她听："每天早上，他是要开音响乱蹦的，这个只能当闹钟了；但是每天下午三点多钟，大概他是睡午觉睡到那时候才醒，也要起来摇滚几下子，头都大了。哪有学校三点钟就放学的？肯定是逃学在家里玩了。"沈慧欣明白了："你是说七天里只有一天下午是安静的?”小敏说:“是啊!”沈慧欣道:“说不定安静的那一天,他是在外面玩呢?”小敏说:“倒也是,反正是个不学好的。要在我们那儿,就叫他‘二流子’了。”沈慧欣阻止她道:“别这么说。我看他脾气还好,见了人也知道打招呼,不是那种没有教养的。”小敏说:“这在我们乡下叫‘骗子嘴’。”沈慧欣笑着说:“别说了,哪天我再找他谈谈。上个星期我上他家去过一次了,他态度不错,有什么事也不隐瞒。”小敏说:“也只有您,有这样的好耐性三番五次去和他磨。”沈慧欣说:“这有什么?我晚上还要请他来吃饭呢。”小敏张大了嘴,合不拢。

当天晚上,程天第一次来到沈家做客,打量着沈慧欣窗明几净的家,半晌才说:“沈奶奶……”小敏说:“嘴倒挺甜。”程天故意加大声音喊:“沈奶奶,找我什么事儿?”沈慧欣随意地说:“没事,叫你下来吃顿便饭。我想你一个人在家,也不会烧饭的。”程天说:“那倒是。我经常下馆子,不然就买点熟食回来吃吃。”他转向小敏说:“你是小阿姨吧?今天的饭是你做?谢谢你啊!”

沈慧欣说:“什么小阿姨,跟你也差不了几岁,叫她小敏好了。”又对小敏说:“你去吧,菜用我下班刚买的,新鲜。”小敏“哦”了一声,背着沈慧欣白了程天一眼。

程天说:“沈奶奶,小敏的眼睛有点不对。”沈慧欣说:“是吗?”程天说:“她眼白太多。”小敏气恼道:“你才多。”程天很真诚地推荐:“有一种眼药水你可以试试……”还没说完,小敏已经进厨房去了。

沈慧欣问他:“你平常喝什么饮料?”程天说:“我随便,越冰越好。”沈慧欣“哟”了一声说:“那可不行,夏天贪凉,老喝冰的,损伤胃粘膜。应该先把饮料拿出来放一会儿再喝。”程天说:“您是医生吧?”沈慧欣说:“从前是,后来回国没几年就到‘关工委’去了。”程天问她:“‘关工委’是什么?”沈慧欣加重语气说道:“关心下一代的机构啊!”程天摇头说:“没听说过。怎么没看见爷爷?”沈慧欣勉强笑笑说:“……出长差去了。”程天问她:“爷爷是做什么的?”沈慧欣说:“跟我一个单位,他是院长。”程天笑了:“您的上级。”沈慧欣笑了一笑。

程天的问题比常人来得多,有点打破砂锅的劲儿:“您刚才说‘回国’,以前是在国外的?”沈慧欣点头。程天说:“我爸妈也在国外。”沈慧欣说:“你为什么没跟着去?”程天却换了一种古怪的声调说:“不是我不去,是……是因为我想独立。”沈慧欣笑了:“是不想有人管你吧?”程天一笑:“这个只占很小的部分。信不信由你。”沈慧欣循循善诱,把话题朝自己预先的计划上引:“身边没个亲人,感觉是不是真的那么好?”程天想了想说:“也不全是。好比说……”

沈慧欣代他说出来:“好比开家长会的时候啦,生病躺着的时候啦,夜深人静的时候啦……”程天惊奇:“你怎么知道?”沈慧欣脱口而出:“我儿子以前就这么跟我说的。”这个回答却不是她事先想好了的。她减缓了语调,慢慢地说:“以前我跟我爱人在国外,我儿子也是自个儿在家里。”程天说:“他现在人呢?在外地呀?我从来没见过他嘛。”沈慧欣出神:“我也有好久没见他了。”程天把头搁在桌上,小小年纪,竟也大有愁态:“我也好久没见我妈了。开家长会倒是小事,反正我也不怎么上学。不过生病和半夜刮……嗯,有时候感觉的确不大好。”

小敏出来说:“煤气好像有点儿问题。”沈慧欣回过神来说:“明天我请我们单位的罗主任来看看,他会修。你先用电饭煲和微波炉对付着烧吧。”小敏刚要走,沈慧欣又叮咛:“把煤气关好了啊!”小敏答应了。程天叫住她说:“小敏。”小敏鼓着嘴说:“小敏是你喊的吗?”程天说:“我是想告诉你,有一种眼药水叫‘润洁’,治你的白眼可能有效……”小敏嘀咕一句“神经病”走了。

程天说:“沈奶奶,小敏好像不喜欢我。”沈慧欣趁机便说道:“那也难怪，比如说吧，你如果是她，辛辛苦苦洗完了衣裳……”程天笑着道歉：“沈奶奶真对不起，我朋友就这素质，下回一定不了，他再乱扔东西我就训他。他们都听我的话。”沈慧欣直觉他不是吹牛，这孩子是有几分首领的架势，举手投足还多少有点小贵族的味道。

小敏忽然跑出来说：“还有，你们家的音响，地震似的，而且一天震几回。”程天打趣她说：“对，常有邻居上我家抗议，不过都不像小敏姐你说得这么文雅，”他看着小敏土气的穿着，接下去说：“像大家闺秀一样。”

小敏朴实，沈慧欣却听出来话音不对，岔开去说：“菜好了吗？”小敏说：“就好了。”程天叫她：“小敏。”小敏捂着耳朵说：“不听不听。”程天说：“说正经话。你每天早上不是买菜吗？”小敏警惕地回应：“干嘛？”程天绕着圈子说：“菜场附近有个花店。”小敏说：“怎么了？”程天说：“花店右边是个药店，店里有一种眼药水叫‘润洁’……”小敏拔腿就走。程天闷着头直笑。

七　名山胜景

这天学校组织文学兴趣小组的学生旅游，许梦圆、吴以兰等二十来个同学随着陆文咏去焦山。大家普遍很兴奋。为着课业沉重，虽离市区不过几公里，却有一大半人从没去过。学校租的大巴足可坐四五十个人，因为人少，车上大家散散地坐着，一个人占一排座位，极其惬意。有的三三两两地说笑，有的趴在窗户上看天空，有男生索性就躺下来玩手机。

陆文咏坐在第一排，时而照应着后面的学生，时而跟司机简短地搭两句话，以免冷落了人家。许梦圆和吴以兰说了会儿话，跑过来坐到陆文咏旁边笑道：“陆辅导，您今年花这么多时间在我们这班学生身上，不会误了您卖书吗？”

他们开头是叫他陆老师。有次被方静萍听到了，大不以为然。方静萍为人正统，觉得陆文咏明明只是校外辅导员，不图名利培养学生的确不错，但相比真正的老师含辛茹苦、起早贪黑、几十年如一日地熬心血，还差得远呐！她跟校长反应，校长暗想："多此一举！"但怕寒了众多老教师的心，于是为陆文咏钦定了一个称呼"陆辅导"。陆文咏开始听着有点哭笑不得，一学期下来也就麻木了——习惯的力量是谁也无法抗拒的。

许梦圆关心陆文咏的书店，陆文咏倒有几分感动，便笑道："一个星期才见你们一次，不算多。我雇的帮手很负责也很能干，这点儿时间还是有的。"许梦圆便问："听说实体书店的生意越来越差？"陆文咏想想说："有这个趋势。你想，网上书店卖的也是正版，价格只有实体店里的三分之二，还送货上门，怎么可能不对传统的书店造成冲击呢？"许梦圆从陆文咏的态度里感到他是拿她当一个平等的对话者，一个类似朋友那样的角色，很是开心。陆文咏猜不到她曲径通幽的心路，接着说："不过实体店有实体店的优势。"许梦圆双手托腮，认真聆听。窈窕少女活动起来青春洋溢，沉静时又有另一种可爱。何况是许梦圆那样清丽的女孩子。她心悦诚服地听着，她面前的男子因而就更有谈兴了："据我所知，有一大批人，包括我，还是喜欢逛实体店的。我要是到哪个城市去玩，首先是找最大的书城。你在一架一架齐墙高的书籍间行走、停留、挑选、阅读，这个过程本身就是享受。书的墨香本来是轻淡的，但那么多本合在一起，会织成一片网，构成一个'知识场'，找个角落坐下来翻阅，全身心都会满足。网购呢，是直接冲着'买'这个最终目的去的。三下五除二，效率、方便都有了，唯独缺了回味。"

许梦圆目中流露出共鸣的欣喜，欣喜渐浓，变成崇拜，崇拜流转，化为软软的倾倒。她想，网上成天说什么"男神"，陆辅导这样阳光清俊又有内涵的才当得起"男神"二字。

到了目的地，许梦圆作为兴趣小组组长，买了套票，除司机留在车上睡觉，其余都谈谈笑笑地进了景区。

焦山高约70米，素有“中流砥柱”之称。朱漆大门前一对石狮，楹联上写着“长江比天堑，中国有圣人。”原先的山门照壁上刻着“海不扬波”四个大字。吴以兰问是什么意思。陆文咏说：“就是佛家说的清平世界。”吴以兰还待追问“清平世界”是什么意思，许梦圆已把一粒剥好的什锦糖塞进她嘴里。吴以兰发出含糊的“呜呜”声表示抗议。

坐上汽轮，随着一声长长的鸣笛，众人往水中央的岛屿上驶去。船内设有座位，但对许梦圆、吴以兰他们来说形同虚设。众人走上船头，远远眺望，一片翠绿，如同浮玉，依稀有钟声传来，却看不见房舍。有个男生之前来过，便对女同学卖弄说：“这就叫‘焦山山裹寺’，山把寺围起来了。”

陆文咏微笑旁观。中学时他看过郁秀的《花季·雨季》，得过中宣部“五个一工程奖”的，里面有句话，原话记不清了，大意是说：“男生在女生面前特别像男生，女生在男生面前格外像女生。”好些年了，还记忆犹新。大学时代，他和杜云倩确实就是如此。只要杜云倩在场，陆文咏打篮球就极拼命。而有他在时，杜云倩的笑声也分外娇柔。当然高中和大学是不同了……云倩，她怎么样了，此生是否有重聚的一日……江水滔滔，东流去的不仅是帝王将相的千秋功业，还有黎民百姓的离合悲欢。

他很久没想到杜云倩了，也许是潜意识里回避想她。但搁置并不是消融，碰到合适的机会，那隐藏着的东西便又蠢蠢欲动。而要回避一件事，最简单的方法就是投入地做另一件事。船身微微一晃，触到堤岸边用于减震的轮胎。他跨步上前领着学生们下了船，进了定慧寺。里面是典型的明代风格，大雄宝殿里则有宋代的彩绘，图案富丽工巧，如同秦观的婉约词。

许梦圆悄声问陆文咏：“这座寺庙很古老吧？”陆文咏说：“一千八百

多年了。”许梦圆还没说话，旁边的吴以兰已经“哇”地喊了出来。许梦圆忙食指封口，“嘘”了一声。吴以兰捂嘴，连连点头。陆文咏看了许梦圆一眼，是嘉许的神色。

出了寺，观赏碑林。历朝历代，名家云集，三百多方书法碑刻美不胜收。有些放在室内，有些是在曲曲折折的回廊壁上。回廊中间立着几竿翠竹，竹身修长，竹叶飒飒，暑气全消。许梦圆向吴以兰耳语：“活像到了潇湘馆。”这个典故吴以兰知道，便打趣说：“你以为你是林黛玉啊？”许梦圆做思考状说：“我的身体没那么坏，蕙质兰心、细腻敏感倒有点接近。”吴以兰被她逗得“哧”地笑了出来。

陆文咏在那边接口笑道：“太敏感了不好。”停了停又说，“当然，在你们这个年龄，敏感是一种标签。”许梦圆笑哼了一声说：“您是暗示我们多愁善感，为赋新辞强说愁吧？”陆文咏笑了：“是你自个儿说的啊！”在教室里，无形中有种束缚，强化了各自的身份，提醒着彼此的鸿沟；一到外面，“自然人”压倒了“社会人”，互相开起玩笑来自然得很。

有同学问为什么不用玻璃罩子把碑刻保护起来，先前卖弄“山裹寺”的男生跳出来解释：“咱们南方湿度大，一盖起来反而捂坏了。”他为能再次露脸而感到非常开心。

《瘗鹤铭》是必然要看的，吴以兰却直言无忌地说：“我觉得还不如乾隆的书法漂亮，那么圆润饱满。”许梦圆私下里也喜欢乾隆手书的秀丽堂皇，但她来之前查过资料，知道《瘗鹤铭》号称“大字之祖”，是传世瑰宝，在书法界的地位比乾隆的书法不知高了多少倍。在陆文咏旁边她不能露怯，可也不愿违心去驳吴以兰，当下笑而不语。

众人穿过月洞门出去，参观了清代的抗英炮台。这是爱国主义教育的绝好教材。许梦圆一边听陆文咏讲解，一边却联想到她母亲和罗国兴、沈慧欣、王霞等一干人。看似风马牛不相及，实则对国家的爱、对社会的责任感是相通的。只不过一个是轰轰烈烈、荡气回肠，一个是润物细无声、细雨湿流光。她甚至主观臆测，也许很多年后，有人会为“关工委”建一个小小的纪念景点也说不定。

大家到西南山腰上看壮观亭。几个男生健步如飞冲在最前。吴以兰撇撇嘴说：“以为自己是刘翔啊？照这么跑法，没几步就累趴下了。”意犹未尽，又追加一句，“就会出风头。”许梦圆在后面笑了，见陆文咏走过身旁，便拿随身带的“加多宝”给他。陆文咏接过，洒脱地说声“谢谢”，开口即喝。

许梦圆把刚才看炮台的感想复制给他，陆文咏擦擦额上的汗水说：“我以前对‘关工委’一点也不了解，这算是我来你们学校的一大收获。你想得不错，平凡的英雄也是英雄，一样值得尊敬。”许梦圆顺石阶攀上几步，回身说：“但平凡英雄的儿女们就可怜啦。”虽是开玩笑的口吻，可并不完全是开玩笑。陆文咏体察到她话中的意味，笑笑说：“要多理解和体谅你母亲。”许梦圆俏立树旁，微微喘息，顺手把一缕长发拂到颈后：“理解是理解，体谅归体谅。”陆文咏轻捷地往上攀登，抬头笑道：“这是怎么个说法？”许梦圆等他到了同一层台阶，并肩向上，一面笑着说：“理解是理智上可以，体谅是感情上难以做到。”陆文咏把她的话咀嚼了一番。从来没细想过两个词有什么不同，此刻许梦圆一解说，竟然颇为透彻，他不能不欣赏她的悟性和灵机。

又走了一程，上到壮观亭，吴以兰等早已在那里摆姿势拍照了。有照相机的频按快门，没带相机的用手机补救。从亭子上望下去，长江浩渺，气势磅礴；西面的金山寺半隐在波涛间，烟树迷离。陆文咏指着江对岸说：“那里就是扬州。考考你们，想到哪句诗了？”许梦圆忙说：“京口瓜州一水间！”众人七嘴八舌地笑道：“对！”“就是这句！”吴以兰笑推许梦圆说：“就你嘴快！”

许梦圆躲闪着说:“别推推搡搡的,掉下去你就少一个好朋友了。”吴以兰“呸”、“呸”了几声说:“大吉大利,陆辅导,你批评她吧,还有人这样咒自己的!”陆文咏双手抱肩,笑望远方。

许梦圆避开众人,拿手机给姜桦打电话。美景当前,造化奇丽,她想第一时间把激动和喜悦与母亲分享。姜桦的手机先是“不在服务区”,后来忙音,最后“已关机”,两分钟内出了三种状况,总之是不能接听。许梦圆大为扫兴,心想:“妈妈指不定又在哪个信号不好的地方帮扶帮教呢!”到底不甘心,又打到“关工委”去。这回通了,是中气最足、嗓门儿最大的王霞接的。她极响亮地告诉许梦圆:“你妈妈不在。”像宣布大楼的奠基仪式正式开始。没认识王霞以前,她还以为“声如洪钟”是专门形容男性的。

挂了电话,沈慧欣问:“是圆圆啊?”王霞“哎”了声拔腿就走。沈慧欣说:“上哪去?老施看到了又该说你‘急脚鬼’了。”王霞笑道:“有事情呢!”风风火火地跑出去了。

她穿过两条街,走进一个小区,随机选了一个单元进去敲门。里面的门拉开了,防盗门还锁着。住户疑惑地看着这个老奶奶:“你找谁?”王霞忙说:“你好,请问你们家有多余的毛线吗?”住户没好气地说:“毛线不是钱买的?凭什么给你?”甩上了门。

王霞敲对面那一家的门,没人应声。

她爬到上一层楼再敲。一个小女孩开了门,愣愣地不说话。王霞问:“你一个人在家呀?”小女孩点点头,怯生生的。王霞说:“快回去吧,不是家里人的声音不能开门,问清楚了再开。”小女孩又点头,关上门。

王霞锲而不舍地继续去敲对门,才敲了一下门就开了。一个光着膀子的男人问:“干嘛?搞传销的?”王霞辩解:“不是,是想问问你们家有没有不穿的毛线衣、毛线裤、毛线坎肩。”男人稀奇地问:“收旧衣服?多少钱一件?”王霞说:“不是啊,是想请你献爱心……”男人嗤之以鼻的样子,不发一言。王霞苦口婆心地解释:“这些衣服是为了给一些孩子……我是长虹街‘关工委’的……”男人说:“关公？我还张飞呢！该干嘛干嘛去。你这种人我见得多了,不是看你年纪大,我真说出不好听的来了。”王霞还想再说,男人已经要关门。王霞用身体抵住了门说:“我跟你买,买总行了吧?”男人笑了:“你早说呀！就知道你是想压压价。不过你这点子想得绝,还关公呢,哈哈!”

王霞从皮夹子里掏钱给他,拿了毛线衣就走。那男人还在那里笑着。

她回到办公室,还没来得及喘口气,施玉芬前脚接后脚地走了进来。

“关工委”五个人里,施玉芬是经常生病的一位。生理影响心理,她的脾气不大好,爱计较细节,说话也尖酸。尤其对她眼中的“老粗”王霞,更是动不动要给两句冷嘲热讽。幸而她对孩子们的热忱不输于其他人,大家便都容让着她。

王霞看施玉芬的脸色最多,但她天生的今天事明天忘,“恩怨”、“记仇”之类从不在她的字典里,于是笑脸相迎:“老施来啦？哈,提到这个名字我就想笑。好像准备好了占人的便宜,什么不好姓,偏偏姓施,弄得每个人见了你都要喊‘老师(施)’。”王霞是说着玩儿,施玉芬偏要当真:“名字是父母给的,难道找他们去?”王霞笑了,沈慧欣等都不言语。施玉芬意识到久病重逢,不该立刻摆脸色,缓和了语气说:“我本来就是老师嘛,又没叫错了。难道退了休就不是老师了?”径自到桌边坐下。

沈慧欣在那边问她:“病好了吧?”施玉芬说:“好了。”沈慧欣说:“也是前一段时间老帮那些孩子补课,伤了元气,这两天要注意睡眠。”施玉芬笑笑:“我睡眠还好,吃得少。”

王霞说:“那就买点补药吃吃,补补血呀,补补脑呀——你可是党和国家的重要财富,走了三天,就有五六个家长找你,这个金字招牌是打出去了。”这句话让施玉芬十分受用,她笑着说:“承你的金口。”沈慧欣却说:

"药补不如食补。你就算胃口不好,还是各样东西坚持吃些。"施玉芬点头,向王霞说:"你夏天就织上毛衣了? 织到哪天算个头啊?"王霞说:"只要孩子愿意穿,织到哪天也不算头。早早地预备好了,冬天一到就能给他们穿上,省得临时抱佛脚。"施玉芬淡淡一笑:"你这未雨绸缪绸得太早了。"王霞把手一扬:"看看这件,怎么样?"她在胸口比一比:"怎么样?"她紧着催问,施玉芬便说:"还好。又是废物利用的吧?"王霞说:"是啊,你猜我手上这个本来是什么?"施玉芬说:"面目全非,看不出来了。"王霞笑道:"是两件毛线裤。我看颜色一模一样,就拆了重打的。"施玉芬凑上去看:"这真是'打成一片'了。"

沈慧欣想起来打罗国兴的手机说:"老罗,有件事要求你。我们家的保姆昨天烧晚饭发现煤气有点不对头,你哪天有空去看一看好吧? 我记得你修这个挺拿手的。"罗国兴说:"今天就有空,下了班我去瞧瞧。"沈慧欣说:"那谢谢你了,帮我解决了吃饭问题。"罗国兴说:"你要这么上纲上线的,我就给吓回来了。"沈慧欣笑了。

隔壁居委会里,四张桌子,三女一男,最靠里一张桌子上坐着姜桦。

那男人说:"姜主任,你听听,那边又笑开了。"姜桦一笑:"他们精神状态真好。"话音才落,王霞的笑声又传过来了。

一个中年女人说:"也奇怪呢,他们都比我年纪大,可都比我有活力。我坐在这儿就懒得动。"姜桦说:"所以你发胖了呢!"站起来伸个懒腰说:"生命在于运动。"走出去了。

沈慧欣正在院子的宣传栏那里读报,见了姜桦,招手叫她过去说:"到老树下面待会儿去。"姜桦便知她有话要说。

二人来到树下。花坛在他们右侧。

沈慧欣拍拍树干:"练气功的人总说跟树在一起'交流'能吸收灵气。我是学西医的,不大相信这些,不过在这儿站一站,人是舒服些。"姜桦说:

“古人不是说吗？‘法天顺自然’。中国人讲和谐，这里面多少有点道理。”

沈慧欣笑眯眯地说：“顺自然，这话不错，凡事还是自然而然的好，不要机缘来了，又有意地躲。”姜桦脸红了：“您又来了！”沈慧欣说：“说句心里话，这么多年了，我没见过比黄俊贤更优秀、更洁身自好的男人。像他这样的成就、这样的相貌，要多少女人没有？他就把持得住。难得对你又是一片真心……”姜桦说：“您这口气倒跟我们家圆圆差不多。她也是天天把‘黄叔叔’挂在嘴上。真是，我就不知道他哪儿来这么好的人缘，老到您老沈，小到圆圆，个个对他赞不绝口。”沈慧欣笑道：“可见群众的眼睛是雪亮的。”

姜桦笑笑，正色道：“其实我最感激他的还是他在工作上对我的支持。这两年，陆陆续续安排了不少失足青年上他那儿去了。”沈慧欣收了笑容说：“我听说有人借这事儿做文章，话说得很难听。”姜桦说：“我也听说了。有时候，我觉得欠他的债是越来越多，简直……无地自容。”沈慧欣说：“好多孩子身世怪可怜的，咱们不关心，谁关心？你又不是为了你自己，也犯不着无地自容。”她笑了笑，又说：“何况黄俊贤也不是外人。我都把他当成咱们‘关工委’的女……亲戚了。”她原想说“女婿”，临时改口，成了不伦不类的“女亲戚”。姜桦笑着转过头去。

王霞一路嚷嚷着过来：“好，躲这儿说什么悄悄话呢？快招。”但是不等姜桦和沈慧欣答话，她已经把手上的毛衣展开，喜滋滋地说：“看！”沈慧欣眼前一亮：“啧，好鲜亮！”姜桦也看住了。

那是一件暖黄色的厚毛线衣，黄底子上用红布镶着一颗心。

施玉芬走来说道：“我一找不着王霞，就知道是她跑到哪儿展示手工去了。”沈慧欣总怕哪一天王霞突然开了窍，听出了施玉芬的调侃和挖苦，针尖对麦芒，擦枪走火，所以她随时随地预备着做润滑剂：“不过你别说，她这手针织功夫真是没话说。我看了都想穿。”王霞笑她:“好意思说,织给孩子们的。”施玉芬反唇相讥:“这人也是经不起表扬,老沈看在同事份上夸她两句,她就飘飘然了。”王霞笑着说:“又积满了五件了,明天就给孩子们送去。”施玉芬笑道:“搞不好人家前面收了后面就卖了,你再买回来拆了重做,倒形成个循环。”沈慧欣在背后向姜桦做了个无奈的手势。

当晚罗国兴到沈慧欣家里修煤气。沈慧欣在他后面弯腰看着。小敏倒了茶来说:“罗爷爷,喝茶。”罗国兴说:“哎,谢谢!先搁那儿吧。”嘴里嘀咕着:“要有个扳子就好了。”沈慧欣说:“我们家是没有。要不到楼上去问问吧。”罗国兴不知道“楼上”意味着什么,便说:“也行。”

小敏大惊小怪地说:“啊?跟那个程天借啊?他们家肯定没有!”沈慧欣笑了:“你不去怎么知道?”小敏说:“我知道,奶奶想帮他,这又找了个接近他的理由。”沈慧欣笑道:“你也比刚进城时机灵多了。走,咱们一块儿上去。”小敏像要进屠宰场似地抵死不从:“我在家陪罗爷爷吧!”沈慧欣说:“怕什么?他又不吃人。你总要学会跟他相处的。”小敏大惑不解:“为什么?他又不是咱们家的人。”沈慧欣说:“先去了再说。”罗国兴问:“那我呢?”沈慧欣说:“你看家。”

一老一少上了楼,楼道内伸手不见五指。小敏有些胆寒:“怎么这么黑?”沈慧欣说:“大概是灯坏了。”敲了敲门。小敏说:“今天倒是静悄悄的,又不晓得搞什么花头。”

门“吱呀”一声开了。里面黑灯瞎火。沈慧欣喊了声:“有人吗?”却是鸦雀无声。小敏帮着喊:“程天。”仍然无声。小敏越来越怕:“怎……怎么回事啊?”她影影绰绰看见里面有什么东西飘了一下。

到此地步,沈慧欣也有点惊疑:“别是出了什么事吧?你下去把罗爷爷喊上来,我在这儿看着。”小敏巴不得地应了一声儿,忙往楼下跑,跑了两步,又回过头说:“奶奶您当心点!”沈慧欣说:“我没事儿,你快去!”

小敏下楼的脚步声才停，她和罗国兴上楼的脚步声随即就响起来了。

罗国兴喘着气问："怎么回事?"沈慧欣向门里指指："不知道，怪瘆人的。我担心那孩子出事。"罗国兴手里拿着榔头说："进去看看。"当先走进。沈慧欣随后跟入。小敏战战兢兢地走在最后。罗国兴说："能摸到电灯开关就好了。"

室外有一缕微微的蓝光照进来。小敏惶恐地左右看着，猛然间有什么擦过脸上。小敏"啊"的一声轻呼。沈慧欣吓了一跳："怎么了怎么了?"原来墙上挂了一条长长的白丝带。罗国兴说："没事，有我呢!"小敏忽指着对面地下："那边，那边躺了个人!"沈慧欣说："糟了，糟了!"小敏正在发慌，桌子下面忽然冲出一个东西，她不禁尖声大叫。

与此同时，灯火通明，室内哄堂大笑。

五六个年轻人，有的从沙发下出来，有的从房间里出来，冲向小敏的是一架遥控飞机模型，躺在地上的人也坐起来，他旁边站着他们的"头儿"——程天。

罗国兴哭笑不得地说："这帮孩子!"程天笑着，半炫耀、半道歉地说："本来不是想吓你们的。我们约了个朋友，叫他七点钟来，想跟他开个玩笑，哪知道你们抢在前面来了，只好……"旁边一个竖着立领的青年笑说："只好将计就计了。"程天继续解释："真没想吓你们。"

小敏怒道："那你听到我们的声音还不赶快开灯？就会使坏!"

沈慧欣说："算了小敏，别说了。"向程天说："我是想问你家里有没有扳子。"程天急于将功补过，忙说："有啊。"向一个头发很长很"蓬松"的男青年命令："毛头，去拿。"那人领命去了。

这里沈慧欣对着程天嗔怪道："以后不能这样了，有句俗话，人吓人，吓死人。你朋友要是个胆小的，不知道是个什么后果呢!"程天笑而不答。一个女青年说："没事儿，那人吃得消吓。"说着笑起来。沈慧欣说："万一其他人来了,就比如像我们这样的,他不是先进来看看,而是冒冒失失地报了警呢?”女青年与众人面面相觑,都说:“那倒蛮麻烦的。”

“毛头”拿了扳子来了。罗国兴接过来掂掂:“还好,还顺手。”沈慧欣说:“谢谢,我们先走了。”小敏说:“还谢呢……”沈慧欣说:“走吧,小敏。”

回到家里,罗国兴边修煤气边说:“这些孩子够淘气的。”沈慧欣说:“真是的,这种玩笑不能乱开。真要有人报了案,一波一波,多少程序要走!”罗国兴说:“你为这个小邻居,大概没少操心。”沈慧欣说:“我还有个想法,说出来你给我参谋参谋。”罗国兴边干着活儿边说:“说来听听呢。”沈慧欣说:“我想把他叫到我家里来住。”

小敏大惊失色:“奶奶!”罗国兴也有点儿吃惊:“你经得起他折腾?我看还是算了吧。我们是要关心下一代,不过也要关心关心自己。”沈慧欣笑道:“你们怎么把程天说得跟催命无常似的。他父母不在身边,他整天不上学,再这么玩下去,虽然不一定就学坏,但肯定不会学好。你不知道,这孩子聪明着呢,我希望他不但成人,还要成材。”

罗国兴说:“你是人老心不老啊!”敲了两下:“嗯,好了。”沈慧欣说:“谢谢你啊,晚上在这儿吃个便饭。”罗国兴笑道:“你不说我也在这儿吃了。你看看,七点多了,等回家都饿瘪了。”

八 屡败屡战

罗国兴和庞元元从一家单位走出来,庞元元脸色沮丧。

罗国兴拍拍他说:“大小伙子了,鼓起劲儿!”庞元元说:“我鼓了好几次了!”罗国兴说:“腰板挺直罗!小年轻,受点挫折也是一种训练,哪能这么容易就趴下了?好比打仗,谁也不能保证每战必胜,像你这样,不如自己投降算了,还指望反败为胜呢?”

他们来到一家商场，找到部门经理。不等罗国兴介绍情况，经理先说："这事有点难处，你知道，像他……"朝庞元元看一眼，庞元元斜了他一眼，他打了个寒噤："像庞先生这种……条件，一旦成为我们的员工，被外界知道了，是要流言满天飞的。就是内部，同事之间相处，也……"

罗国兴说："我知道，我知道，不过请您帮帮忙，给他个机会。这小庞，还是很有事业心的……"经理说："实在不好意思，本来我们不该拒绝，请你体谅我们的难处……"

庞元元陡然站起来走了出去，声音从外面传来："你肯要，我还不伺候呢！"

无功而返，庞元元是愤愤，罗国兴是快快，转念想到一个多小时前还叫庞元元要勇于面对挫折，忙给自己打了打气。他陪庞元元又去了一家单位，这回居然是庞元元把人家回掉了。罗国兴生怕他气馁反弹，故态复萌，干脆陪他回家。庞元元说了句"爸，罗主任，我睡觉去了！"便进房躺下。庞家声见了，就明白今天的求职不顺利。

庞家声关上房门，和罗国兴在客厅里商议。

罗国兴说："一开始几家，人家都不同意。"庞家声皱着眉头说："像元元这样的，我要是个老板，我也不要他。"罗国兴不悦地说："这叫什么话？你是他爸，都这么讲他，不怪外人不接受他了。"他父亲叹了口气："不然怎么样呢？这两天我也没闲着，到处求人，可人家都是知道底细的，一听缓刑，谁肯要啊？"罗国兴说："问题不在这儿。"他父亲不解："那是怎么回事？"罗国兴说："小庞是那种心气儿特别高的小伙子，给几家单位一拒绝，他就生了抵触情绪。我后来找到一家，待遇是低了点，但是对方已经答应要他了，他自己反而不愿意了。他说，'他们老挑拣我，我也要挑拣挑拣他们。这几个钱，是打发叫花子呢？'这就难了。你帮忙劝劝他。"

庞家声叹道："就怕他不听劝。我的话，对他没多大用啊！"

庞家声所料不错，庞元元心灰意懒，不只不听他的劝，索性跑到朋友的单身公寓里，关起门来，一个人也不见。那朋友刚结了婚，单身公寓还没脱手，给庞元元提供了一个临时安身地。

这天上午，罗国兴骑着车来到一幢土灰色旧楼前，爬上三楼，敲了敲门。那正是庞元元暂住的地方。里面无人应声。罗国兴知道庞元元在家，隔着门开导了半天，庞元元却始终不吭声。罗国兴对着紧闭的大门叹道："小庞，我来了不止一趟了。该说的话我都说了。你现在不想见人，我能理解，但是下回再这样就不行啦！我先走了，你自己好好想想，就算不为你，也为你爸爸想想，他那烧饼，一个一个都是为谁卖的？"

连罗国兴都被拒之门外，所有人都说庞元元这孩子叫人头痛。王霞听到了，自告奋勇要去说服庞元元。沈慧欣、姜桦互望一眼，都觉希望渺茫。施玉芬语调怪怪地说："老王去好啊，说不定能出现奇迹。"

王霞没听出话里的骨头，当真跑到庞元元那里敲门，敲了十来分钟，大门坚定地沉默。王霞说："庞元元，你怎么这样？不看别的，就看我们比你爸爸还长一辈，你也不能不理人哪！有话敞开来说嘛！"门里传出极不耐烦地一声："你谁啊？"王霞见他肯出声了，忙说："你忘啦？我是长虹街'关工委'的，我姓王啊。"门里庞元元说："你走不走？你不走我报警啦？"王霞本以为他肯说话是有了转机，还想趁热打铁，不料他说出这句话来，气得大着喉咙说："咦，你比我还有法律意识啦？"

她一边下楼一边忿忿地叽咕："不干了，干不下去了！"但是一回到办公室，她就开始同罗国兴热烈地讨论起要如何才能软化庞元元。施玉芬早料到王霞此行是徒劳，这时不便再说什么，只觉好笑。

姜桦从罗国兴那里搜集了庞元元的资料，她自己又是早就研究过他，也和他正面交锋过的，这天她手里拎着一个保温瓶就准备去庞元元家。

临走前王霞非要看看瓶里装着什么,一看竟是各种荤素菜。施玉芬笑道:“好,这是第三波了,真说得上是前仆后继了。”沈慧欣说:“姜主任,你烧了菜去是想感化他?”姜桦说:“也不全是,我想他一个人关在里面,大概也好几天没吃过热的了,那不把胃都弄坏了吗?”沈慧欣说:“那倒是的,年轻的时候不保养,年龄大了就有苦头吃了。你这一趟,不知道能不能让那孩子回心转意?”

罗国兴说:“我看一定成功。他也憋了好长时间了,最初那股子劲儿也该泄了。”他知道姜桦工作上是一把好手,万一自己办不成的事,姜桦办成了,众人面前,不免脸上难看,所以先把话说在前面。姜桦深知他这一层心意,笑道:“是的,时间长了他就撑不住了。所以啊,就算说服了他,也是因为有罗主任和老王前面做了许多工作,我是站在巨人的肩膀上。”施玉芬笑说:“姜主任是真会说话。”

姜桦到庞元元的单身公寓外敲门,无人应;再敲,仍无声。姜桦因为有充分的心理准备,所以半点儿也不着急,只说:“庞元元,我知道你在里面,你开开门。”门内悄无声息。姜桦平静地说:“你不开吗？我跟你发誓,你不开,我是不会走的。”她继续敲了七八分钟,手关节都发痛了。

门“豁啦啦”一声开了,里面一片黑暗。姜桦一来想不到他这么“轻易”就开了门,二来眼睛一时适应不了,想不到家里这么黑,本能地退后了一步。庞元元的头伸了出来:“是你？你们还没完了?”说着就要关门。姜桦伸手抵住:“你今天把我挡回去,又会有别的同事来,不如你让我进去跟你谈一谈,你要实在不愿意,我担保‘关工委’以后不再来烦你,永远不来,好吗?”

庞元元想了想,把头朝里一扬。

姜桦走进屋去,室内所有的窗帘都放下来了,一幅一幅,隔断了光,也遮住了外面的世界。

姜桦走进厨房，锅碗瓢盆脏乱得不堪入目。姜桦摸索着开了厨房的灯，找出一条旧围裙，系上，熟练地洗锅刷碗。庞元元狐疑地问："你干什么？"姜桦说："没什么，习惯了，看见这么脏不顺眼。"她把带来的菜拿出来，倒进洗净的碗里，仔仔细细地拌匀。

庞元元看着她，慢慢后退，在沙发椅上坐下来。

姜桦说："你朋友呢？没人来看过你吗？"庞元元讪讽地笑着说："没工作的人配有朋友？当然，借这个房子给我的兄弟例外。"厨房里，姜桦一愣神，手被滚热的汤汁烫了一下。她没有声张，继续同他聊天："亲戚呢？"庞元元笑了笑："都差不多，全是势利眼。"

姜桦端着两只菜碗走出："来，吃饭了。"庞元元站起来，不解地问："你为什么要这样？"姜桦笑了："不为什么，你应该很久没好好吃过饭了。"又到厨房端了两盘菜来，盛上饭。庞元元惊诧地看着满桌菜肴发愣。姜桦自己坐下，招招手说："这不是饭店买的，是我自己在家做的。我女儿说比厨师的手艺强呢！给我个面子，尝尝看。"庞元元迟疑地走过来，却先拐到厨房里关了灯，才走回来说："我习惯黑了。"他搛了一块白菜，嚼了两口。久违的家常味道抚慰着他的味蕾，产生了一种几乎是痛楚的愉快。他忽然大口大口地吃起来，很快就有盘子见了底。

庞元元继续很香地吃着，满头大汗。姜桦不无怜爱地看着，不时往他碗里搛菜，一边提醒："慢点，别噎着……"庞元元没有抬头，但动作明显变慢。姜桦关切地说："怎么了？"庞元元闷声说："想起了我妈。以前在家，她吃饭时也这么看我，也给我搛菜……"姜桦知道他母亲抛夫弃子的往事，避而不谈："一个多月了，你天天就在这里？"庞元元说："不想出门。"姜桦说："我知道你郁闷，不过老这么不分白天黑夜地把自己锁在家里也不是事儿。我说句实话，你这是一种怯懦的表现，你知道吗？"

庞元元破例没顶嘴，但也没接话。

姜桦说:“不要给自己任何沉下去的理由,也不是所有人都像你那些势利的亲友。只要你愿意,我、罗主任,还有其他许多许多人,都是你的朋友。”庞元元看着姜桦,似乎在审视姜桦的诚意。一个月前,在“关工委”,他们曾经对视过。这是第二次,一双迷茫的眼睛看着另一对真挚的眸子。

姜桦说:“怎么,不愿意交阿姨这样的朋友?”庞元元却很突兀地问:“喝不喝水?”姜桦尽量随意地说:“来一杯。有饮料更好。”庞元元有点高兴:“可乐?”姜桦有意挑三拣四:“有没有橙汁?”庞元元说:“巧了,除了可乐只有橙汁。”他摸着黑熟练地走来走去,拉开冰箱门,里面的灯光照在他脸上,映出他苍白的皮肤和颓唐的眼神。杯子碰出细小而清脆的“叮叮”声,冰块似的,光听着就有一种凉意。他在把大瓶装的橙汁倒入玻璃杯里。冰箱门关上了,光线又暗下来。

庞元元把橙汁递给姜桦,姜桦笑说:“谢谢!”又说,“你在想阿姨跟你交朋友会不会有什么目的,对吗?”庞元元说:“我不知道跟我这种人交朋友能达到什么目的。”姜桦说:“什么叫你这种人! 前几天我们罗主任来找你,你在里面一声不吭。他不但没生气,还直为你担心,再三叮嘱要我好好照顾你。还有那个喉咙挺大的老王,回来气了半天,末了说,可惜没看见你的身量,不然好给你打件毛衣冬天穿。如果说我们有什么目的,那就是一个:要你鼓起勇气,面对生活,要你重新树立起做人的信心和决心! 你是不是应该承认,你其实根本没再去好好地接触世界,一吓就躲回来了?”

庞元元脸色阴沉:“谁说我没接触过? 我跟着罗主任到处跑,到处招人嫌,我努力过了……”姜桦说:“这就算努力过了? 百折不挠你听过吗? 对了,你喜欢看香港电视剧吧?”庞元元惊疑不定:“你怎么知道?”而且她的问题提得那么稀奇。他跟着便想明白了,笑了一声:“你是不是把我当一个特别难做的几何题来研究啊?”姜桦只照自己的理路往下说:“那个很有名的演员古天乐你总知道吧?”庞元元说:“古仔?怎么了?”姜桦说:“他不仅是‘古仔’,年轻时还是个古惑仔,犯过事,坐过牢。人家没拉窗帘,没关黑屋子,没有搞自我封闭。他振作了,他就成功了!”她突然站起来“哗啦、哗啦”把所有的窗帘都拉开了。下午三点钟的阳光一瞬息照亮了全屋。

庞元元急忙抬手挡住双眼,他已不适应如此的强光。他双手这么一遮,世界完全黑暗。可是姜桦的话仍在滔滔地涌过来:“你眼睛难受,对吗?但是你不能为了怕刺激就自愿做个盲人!法院判了你三年有期,你却要给自己终身监禁!在监狱服刑是一种惩戒,在家里坐牢却是个天大的讽刺!”庞元元大吼:“别说了,不要说了!闭嘴,闭嘴!”姜桦说:“你不想听,为什么不捂上耳朵?可是你只有两只手,既想挡光线,又想遮声音,你捂得过来吗?”

一片黑暗中依稀裂开了几条光芒的纹路,那是庞元元渐渐张开的手指缝。光亮进来了一块,又是一块。终于,庞元元放下了手,他看到了姜桦满是关怀的脸。

姜桦叹息着说:“你爸爸长年累月地卖烧饼,他为了谁?这一个月他来敲过多少次门,是为了谁?这几天他又累又急,病倒了还不准我们告诉你,又是为了谁?你就躲在这里逃避现实来报答他吗?”

庞元元不知道父亲病了,且似乎病中还在为他着想,怕他担忧,蓦然间心头涌上一阵歉意,眼泪冲出来,又努力控制住。姜桦柔声说:“我陪你去找你父亲,好吗?”

庞元元没有抗拒,和姜桦一前一后走到了他父亲家附近的小巷子里。巷子很长很曲折,庞元元不时地指点:“左拐”、“不拐弯,直走”。

开始没有人注意他们。有人在公用水池边“哗哗”地放水洗菜,有人坐在门口用老式的暗红色木盆搓洗衣服,有白色的泡沫溅到地上。有几个孩子追逐打闹着从后面超过姜、庞二人，又从前面嬉笑着过来。姜桦避让着他们，庞元元则凭着本能在走。在向右转了一个直角后，地势宽敞了些。同时有大爷大妈、中年妇人用异样的眼神看着庞元元。其中两个女人交头接耳，窃窃私语，显然是熟人。

庞元元想跟一个七十岁左右的捧着饭碗的老人打招呼，刚要开口，老人已经不经意般地掉过头去，嘴里叫道："大柱，给我添碗饭。"庞元元报以一句冷嘲："多么爱憎分明的大爷呵！"

姜桦看出他的不平，主动打岔道："庞元元，你们家挺难认的，远倒是不远。"庞元元随口应付："是啊。"姜桦说："跟九宫八卦图似的。你就是告诉我门牌号码，我一个人也摸不到。"庞元元对这个话题产生了兴趣："小时候同学上我家来做作业，不管多晚，都要我送他们出巷子，都怕迷路。"

走了一程，庞元元拿手指指："那就是我爸家了。"

那是一座老旧的平房，房前有个废旧油桶改做的烧饼炉子。庞元元的父亲庞家声弓着腰，正在满头大汗地揉面。

姜桦说："咦，生着病呢，怎么就起来了？"庞元元望着父亲说："不起来，全家吃什么呢？"姜桦叹道："你觉不觉得，他比同龄人显老？"她话里的意思庞元元知道，他喊了声"爸"。

庞家声抬头仔细看，良久良久，叫了出来："元元？"庞元元说："嗯！"庞元元和姜桦走进了烧饼的香味中。庞元元走到离父亲四五步的地方，停下来，站在那里。庞家声也望着儿子。夕阳的余晖照在这一对父子身上，像一对温暖的金色雕像。

姜桦说："给你爸帮帮手呀！"庞元元卷了卷袖子上前，庞家声急忙挡开："今天不做了。我把炉子熄了。"他艰难地伏下腰去，显然腰椎不大好。姜桦推推庞元元，庞元元上前打理一切，动作麻利。这门手艺他从小看到大,并不陌生;实践虽然不多,但他天生机敏,做得有模有样。庞家声假装擦汗,其实擦了一下眼角:“姜主任,屋里坐吧。”

爷儿俩把姜桦让进屋。屋内陈设简陋,客厅里只一桌二椅,一个大木箱子。客厅如此局促,房间之小,可想而知。

三人聊了片刻,姜桦灵机一动,说:“既然庞元元会做烧饼,为什么不让他也像你一样做个小本生意呢?”庞元元从没想过接过父亲的“衣钵”,露出极意外的神情:“我卖饼?”姜桦激他:“怎么?瞧不起你父亲的职业?怕养不活自己?”庞元元傲然道:“才不是!我怕什么,我什么都不怕!我就是吃饼长大的,怎么会瞧不起?”庞家声说:“这个……收入实在说不出口。你看我挣这个辛苦钱,就是想让元元舒服点。要是让他也干这个……”跟着便是一阵咳嗽。姜桦看看庞元元。庞元元上前给父亲轻捶了几下。也不知是不习惯这么做,还是当着外人不好意思,他的动作僵硬得像机器人。庞家声也是一副消受不起的样子。

姜桦笑了,说:“庞元元能长得这么高高大大,一表人才,是你起早贪黑苦出来的。你做烧饼,他吃现成,他能舒服吗?我相信庞元元不是这样的人。再说你也不能养他一辈子。”庞元元说:“谁要他养了?卖饼就卖饼!”

姜桦说:“这不是赌气的事,做什么事都得有个计划。楼要一层一层地盖,路要一步一步地走。我有个想法,你们也商量商量看。”庞元元父子都瞧着她。姜桦说:“现在烧饼卖得不好,是因为地点偏僻,只能做做邻居和附近小商贩的生意。不认识的人想进来买烧饼还得请个导游呢。”庞家声咧了咧嘴想笑。姜桦继续道:“要是找个市口好的地段,租间小小的门面房,庞元元做饼,你包馄饨,搭配着卖,还愁没人上门吗?”庞家声欣喜地说:“是哎,我怎么没想到!馄饨、水饺、锅贴我都会弄。”庞元元说:“但是市口好的地方怎么轮得到我们?租金也交不起啊!”姜桦说:“这个由我帮你们联系。要能离我单位近一点就更好了。我们买早餐也方便了，正好一举两得。”她说着笑起来了。

庞家声不向姜桦，却向庞元元说：“元元，这辈子你要记住人家的大恩大德。”姜桦忙说：“只要庞元元以后好好的，我们就高兴了。”庞家声说：“他一定会的，这点道理他还晓得。”庞元元点了下头。

庞家父子一定要留姜桦吃饭。姜桦因为要给女儿烧饭，庞家声的气色又很不好，所以婉拒后急急告辞了。她在这里，妨碍庞家声进房休息。

姜桦奉行的是“兵贵神速”，她别的不怕，就怕庞元元三分钟热度，热乎劲儿过了又打退堂鼓，还是及早弄成个既成事实，让他踏实下来。他踏实了，大家才能踏实。

她和罗国兴连日为庞元元的事奔忙，到所有铺垫完成，她才陪着庞元元去拿营业执照。庞元元想到即将拥有一家自己的店铺，兴奋之色溢于言表。

二人到了工商局，姜桦在几个窗口走了一下程序，手里拿着东西转身。庞元元满以为还得几十分钟耽搁，见她这么快地办妥，不敢相信：“弄好啦？”姜桦微笑道：“拿好，这是你‘元元小吃店’的营业执照。丢了我可不管。”庞元元说：“办得这么顺！我听人家说……”姜桦陪他一边往大门走一边说：“人家是谁？谁是人家？人家说的未必靠得住。你是不是听说工商局、工商所都挺难缠的？”庞元元说：“是啊！”

走出大门，天空蔚蓝，因有几天没下雨，洒水车响着“妈妈再爱我一次”的音乐缓缓驶过，地上、护栏上和矮矮的常绿植物上都潮潮的，反射出润泽悦目的光。姜桦且走且说：“……所以有许多事不要想当然，既要做坏的打算，又要朝好的方向努力。天气预报说今天是阴天，可是你看看。”庞元元看看天，笑了。姜桦说：“连天气预报有时还会不准，何况别的？还没面对，自己先把自己吓住，就太失策了。”庞元元想了想说：“姜阿姨，我们去看看店面吧,今天已经开始粉刷了。”姜桦爽快地说:“行啊。”庞元元忽觉不安,自家的事,一次次麻烦别人,他不是那种时间长了就麻木,进而心安理得的人,这时便说:“算了,我自己去吧。你事情多,还老为我们家的小事跑。”姜桦说:“没关系,让我也看着高兴高兴。”说着大步跨向前去。

二人来到一间小小的门面房前。庞家声自己在粉刷,地上放着个涂料桶。虽然四壁空空,却有一种万事起头的振奋感。庞家声热情地说:“姜主任,你来啦!没有你,元元没有今天呐!”姜桦笑着说:“瞧你说的。外因是次要的,内因才是决定性的。庞元元要是不想上进,多少人推也推不动啊!”这话说进了他心里,他笑呵呵地说:“也对,也对。”

庞元元最怕他父亲一见了姜桦就把自己从前的劣迹说个没完,他打岔说:“过两天刷好了,把这股生漆味吹掉,就能开张了。”庞家声说:“嗯,要多通通风。”

姜桦四面打量了一下:“我平时最怕漆味,一闻就要呕。今天倒没反胃,反而精神一振。这味道就像大年初一早上的鞭炮味,叫人觉得日子很有盼头,觉得后面还有无数的好时光。”庞家声说:“我也觉得,就是嘴上说不出来。”向庞元元说:“以后千万别乱来啦,气伤了我,你罪过小;对不起姜阿姨,你的罪过就大了!”

庞元元早知道庞家声会有此一说,话是好话,就是当着姜桦,抹不开面子,于是含糊而稍显生硬地说:“知道了!”

“元元小吃店”开张,就在姜桦他们上班的地方附近。小店很快就变成了罗国兴的“定点单位”。他不仅自己买烧饼,还给大家买,还介绍附近的幼儿园、小学野餐的时候去买。“关工委”一度丰富的提神点心,比如王霞爱买的馒头,沈慧欣喜欢的花卷,施玉芬常买的包子,统统被烧饼取代。好在庞家父子的手艺不错,烧饼的品种也较丰富,罗国兴还不至于良心太过不安。

九　少女心事

许梦圆在桌前温书，但老是走神。她托着腮帮叹了口气，拉开书桌抽屉。一本席绢的言情小说《追寻今生的最爱》躺在里面。封面颜色鲜艳。她左手摁着桌上的课本，右手翻着抽屉里的小说，不但不走神，而且很专心了。

许梦圆读言情小说的口味和大多数女孩子们有点两样。她嫌郭敬明“四十五度仰望天空”的文体太做作，也不喜欢安妮宝贝“看了一本就等于看了全集”那种不断重复的贫血的伤感。往前回溯，她意外地发觉和上一代的青春小说作家席绢十分“投缘”。那幽默俏皮的语言、简明清奇的情节、爽利隽逸的人物，都令她着迷，一腔情怀从此在席绢的小说里找到了寄托。

房门一响。许梦圆飞速地拔出右手，肚子一顶，把抽屉推了回去。几乎与此同时，姜桦走了进来。许梦圆强作镇定：“进人家房间也不敲门。”姜桦笑道：“跟妈讲起礼仪来了。你进我房间也没见你敲过门。”许梦圆说：“反正……反正下次进来要先敲门，敲三下。”眼光瞄一眼抽屉。姜桦走近说：“行啦，知道啦。你在看什么？”低头一看，是高中化学教材，拿起来翻着说：“现在中学的课本真深，这些题目我都不会做。”

许梦圆发现姜桦把右臂伸得长长的，皱眉看书，便说：“妈，你眼睛都开始老花啦？”姜桦搁下了书本笑笑：“可不？妈也是四五十岁的人了，老喽。”许梦圆一手搂着姜桦的腰，说：“你再不抓紧机会，就真要孤单到老了。”姜桦说：“你又想暗示什么？”许梦圆说：“是明示好不好？说的黄叔叔嘛！你老不理他，他一绝望，从此隐姓埋名，浪迹天涯，你再也找不到这么好的人了。”姜桦微笑着说：“小鬼头儿，人小鬼大，你知道什么？对了，你最近怎么对感情问题这么感兴趣？”这话正触到了许梦圆的心病，她慌张地掩饰:“哪儿有啊?还不是为了你的幸福绞尽脑汁!”姜桦没有注意到女儿的异样,她对工作中遇到的少年心细如发,对自家的女儿总想着朝夕相处,有的是机会,反倒大而化之:“你还是多操心你自己的学习吧。”

许梦圆喝了口水说:“哦,对了,妈,我以前的班主任方静萍有事要找你呢。”姜桦说:“找我?”许梦圆说:“是为了她儿子严汉和的事。她们家经济条件还好,不过她儿子是残疾,被工厂开掉了,成天憋在家里。残疾青年是你们的帮助范围对吧?”姜桦点头说:“你把方老师的电话给我,我直接跟她联系。”许梦圆笑说:“姜主任,你真伟大。”姜桦说:“这是你妈应该做的,任何有良知的人都会伸出友爱之手。”许梦圆说:“不见得吧?熟视无睹的人多了。要真是每个人都乐于助人,全社会都互帮互爱,‘关工委’就功德圆满,可以解散了。”

她这童言无忌倒不能说一点道理没有,姜桦斥她:“瞎说!”又加上一句,“总会越来越好的。”主语是什么她没提,大约是指“世道人心”。

次日是周五,惯例下午两节课是各兴趣小组分头活动。文学组的陆文咏跟大家问了好,聊了几句闲话就开始讲课。他穿着白上衣,休闲裤,简单、干净、得体。所谓“腹有诗书气自华”,说的就是他这一类。他的课讲得很生动,不时把学生们逗得笑起来。许梦圆木木地看着他,没怎么听进他说的内容。每当陆文咏的目光扫过她这一片,她就触电似地低下头去。

铃响了。陆文咏说:“下课之前,我想谈一个奇特的现象。”同学们都盯着他看。陆文咏说:“我刚才结合课文讲了个笑话,全班只有一位同学横眉冷对,是不是要竞争新版《神雕侠侣》的小龙女啊?”全班都笑,知道小龙女是冷若冰霜的代名词。陆文咏继续说:“我讲了笑话而她不笑,这有两种可能,一是我的语言表达能力不够好;不然就是她没有用心听。我在大学里参加过演讲比赛,口才应该还可以吧?你们说呢?”他说着望望许梦圆，许梦圆更不敢与他眼光相接了。陆文咏说："希望没有认真听讲的同学以后改正。其实我一直觉得，我的课讲得还是不错的。"这次语调轻松，许梦圆也笑了。陆文咏说："好了，下课。作文没写好的晚上再补，实在写不出不要硬挤。我不是你们的班主任，不给你们任何硬性规定，一切顺其自然。像苏东坡说的：'大略如行云流水，初无定质，但常行于所当行，常止于所不可不止。'课间多出去跑跑跳跳吧，不要搞得未老先衰。"

大家哈哈大笑。许梦圆笑望着他。

当晚许梦圆在台灯下写日记，笔动得极快，笔尖"沙沙沙"的疾响着划过纸张。她写的是："大家没有说错，陆辅导真帅；大家也没有说对，因为他除了帅气之外，还很有才华，很有亲和力。他风趣、渊博、会说话、有方法，即使批评了你也不会让人反感。我相信这也是同学们共同的感觉。"

此后两周的周五，她的日子都是这样度过——白天，她瞧着陆文咏，晚上，则在日记中写道："陆辅导的年纪一定不大，也许，比我大不了几岁。要是有个这样的大哥该多好啊！我有堂兄、姨兄，可他们没理想、没追求，没有对文学的灵性，怎么能和陆辅导比呢？"

女孩子的羞涩是无所不在的，连在日记里也戴着面具。她一径儿地绕圈子说话，仿佛对自己也有矜持的义务。直到这天，她才终于坦白起来："我有一个梦想，没想到会变成现实。原以为离我很远的东西，没想到会一下子变得好近。以前，我总以为言情小说虽然好看，现实中却很难发生。现在我知道了，席绢的作品也是来源于生活的，只不过经过了想象与加工。我不喜欢琼瑶《窗外》那一型的小说，一个很老的男人加一个清纯少女，一点儿也不般配。年轻，意味着活力与激情，只有另一个年轻才比得上！"这一段时间，她一直是紧绷着，自己同自己拔河，这时候精神上一放松，当夜便做了个梦，与她曾经想告诉姜桦而没有说成的梦境似是而非：

遍身白纱的许梦圆在晨雾中伫立。她长发垂肩,赤着双脚,所站之处,芳草鲜美,落英缤纷。她大大的眼睛中忽然反照出另一个人的缩小了的影子。那是一个帅气挺拔的男人,宽宽的双肩,修长的双腿。男人的脸部却朦朦胧胧,若隐若现。

男人问道:“你为什么在这儿?”许梦圆说:“我在等你!”男人说:“你知道我是谁吗?”许梦圆摇头。男人说:“那你还等?”许梦圆说:“是!”男人温柔地叹息:“傻丫头!”伸手揽住她。她伏在他胸口上,脸上是恬静的幸福。

男人突然问道:“你想见见我的样子吗?”许梦圆惊喜地问他:“你愿意吗?”她抬头用力辨认。一缕阳光忽地刺破晨雾,射到男人脸上,连每一根茸毛都清清楚楚。那个微笑着的男人,她第一次看清了,是陆文咏!

这天是个周末,许梦圆约了吴以兰逛街,不知不觉走出两条街外。许梦圆指着右侧说:“咱们跑得够远的,到临江大学了。”吴以兰一本正经地说:“既来之,则玩之。”

临江大学是陆文咏的母校,许梦圆有意无意走到这里,自己也说不清是不是一种模糊的故意。

校园闹中取静,在寸土寸金的市中心独占了一块幽静开阔之地。但正因在市中心,范围便不可能太大,比许梦圆所上的高中,只多出一方游泳池,一片树林,和那个省内著名的小剧场。

剧场里有时上演大学生自编自导的校园剧,古灵精怪,浪漫绮丽;有时是引进外地的实验剧,普通观众觉得晦涩,而评论界和莘莘学子却很爱好;有时又会上演主旋律作品,积极向上,催人奋进。不管哪一种,都是那类型中的翘楚。也因为小剧场挑选作品的严苛,久而久之,便成了一个品牌。能够在这里演出,往往成为一种荣耀。当然这和临江大学“戏剧文学系”教授众多、实力强大和剧评出色密切相关。

许梦圆、吴以兰逛到图书馆门口，凑到预告牌那里一看，今天演的话剧剧名只一个字——《寻》，编剧是省内顶尖的一流高手。吴以兰颇为失望：“还以为有校园剧看的。”许梦圆“嘁”了一声说：“你成熟点行不行？老看那些小清新，你不审美疲劳啊？这个编剧很有名的。我决定了，就看五点钟那场。”吴以兰哀求：“饶了我吧！”许梦圆说：“上诉无效。”吴以兰愤而表示：“杀了我吧！”许梦圆说：“那倒可以。”气得吴以兰跳过去假装掐她的脖子。

时间还早，她们悠悠闲闲地散步，在学校博物馆里浏览了会儿，顺着岔道深入小树林，再循着满地浓荫走到锈迹斑斑的大钟前。钟身古旧，泛着青苔，下午的阳光透过枝枝叶叶的缝隙照上来，光碎影流，日色迷离。吴以兰左右张望了一下说：“我可以敲它吗？”许梦圆慷慨地说：“行啊！然后保安来敲你。”

许梦圆抚摸钟面，感受它凹凸的纹路和沁凉的手感，有种异样的触动。吴以兰皱眉说：“啧啧啧，不嫌脏啊？”见许梦圆不答，拿手在她眼前晃了晃说，“中了邪啦？”许梦圆收回右手，拍拍灰尘说：“是忽然觉得生命短促。一辈子几十年，很快就跟这口钟一样老了、朽了。”吴以兰掏纸巾给她擦手说：“人活得还不如这钟长呢，更比不上校门口的银杏树。”许梦圆沉吟着说：“那你说，活着有什么意思？”吴以兰拉着她边走边说：“树不会走路吧？你会。钟没有喜怒哀乐吧？你有。活得充实、精彩就今生无悔啦。”许梦圆脑中闪过陆文咏：“这倒是真的。应该做自己想做的事，别留下遗憾。”吴以兰说：“我怎么觉着你有特定的指向啊？”

两人在荷花池边的大石头上坐下。许梦圆凝视着水中的朵朵红莲、白莲，看着蒲扇大的荷叶和随风聚散的浮萍，眉心微蹙。吴以兰笑问：“怎么了？该不会是感情问题吧？”许梦圆一惊：“什……什么感情？”吴以兰万料不到随口一句玩笑激起朋友这么大反应，忙说：“喂，你真的……”许梦圆起身就走。

一路上吴以兰百般打探，半为好奇，半为担心。许梦圆心里藏着这个秘密已久，吴以兰又是她最要好的朋友，思来想去，终于在吴以兰耳边轻轻说了。吴以兰当场愣住。许梦圆三分害怕，三分害羞，又有三分吐尽心事的畅快。她咬唇笑着，眼中却慢慢生出泪来。

吴以兰半天才回过神来：“别傻了！你以为你真喜欢他呀？你这叫‘情感投射’。可能过几天你就迷上李敏镐、金秀贤了！”她说的都是时下最热的韩国男明星。许梦圆说：“我才没那么肤浅。”吴以兰拉住她的手说：“那句话怎么说来着？别把秋天的果子拿到夏天来摘。”许梦圆擦擦泪嗔道：“只是想想而已嘛！”吴以兰说：“想想也不行！都怪那口钟，回头就把它砸了！”许梦圆失笑：“跟钟有什么关系？是你说要活得充实、精彩，你才是教唆犯。”

“谁是教唆犯？”

许梦圆一回头，怎么也想不到会看见姜桦。刚才的话也不知母亲听见没有，看样子不像，但还是有些心悸。姜桦笑道：“怎么了？平时伶牙俐齿，数你能说。给你们介绍，这是庞元元，这是丁盛。”又向房、丁二人介绍：“这是我女儿，这是她同学吴以兰。”

四人彼此打量、问好。许梦圆这才想起问母亲来大学做什么。姜桦说：“今天有一场话剧，你黄叔叔、沈奶奶都说感人，我请小庞、小丁陪我来吸收吸收正能量。”丁盛忙说：“姜主任太客气了！”庞元元明知姜桦是让丁盛和自己来接受正面的熏陶，“陪她”云云，是给自己和丁盛留面子，当下笑吟吟地不言语。许梦圆鉴貌辨色，猜到两个青年是“关工委”的帮扶对象，便笑着说：“正好我和吴以兰也想看呢。我们一块。”

五人绕过教学楼，转过体育场，经“逸夫馆”往小剧场去。庞元元说：

"邵逸夫死了吧?"姜桦纠正:"去世了。"庞元元一笑:"活那么大岁数,又那么有钱,也够本了。"许梦圆说:"而且还有成就。107 岁,名副其实的世纪老人。"姜桦说:"好人有好报,他捐款总数超过 100 亿港元,这样的人,在世受人尊重,身后有人怀念,一生帮了那么多人,可算圆满。"丁盛说:"您和罗主任也帮了那么多人……"姜桦接口:"将来也有人怀念?"丁盛吓得双手乱摇:"不不不不!"他的窘态令四个人哈哈大笑。吴以兰笑得扶住许梦圆的肩,对丁盛说:"阿姨跟你开玩笑的。"庞元元笑道:"丁盛老实,要是我我就说'姜阿姨长命百岁,比我长寿,想怀念也轮不到我'。"丁盛悻悻地说:"谁像你那么滑头!"

姜桦和许梦圆、吴以兰走在前面,庞元元故意落后了些,拉拉丁盛说:"八卦一下,你当初是怎么走上那条路的?"他突如其来这么一问,丁盛脸色随之一暗。庞元元悄声说:"姜阿姨跟我说,我们方便时可以互相说说以前的事,好互相警惕一下。我想她这话蛮有道理。"凡是他觉得不对的,刀架在脖子上也不会屈服;凡是他觉得正确的,那就非做不可,九头牛都拉不回来。

丁盛虽不愿回首不堪的往事,但自结识庞元元后,两人十分投契,庞元元要听,他再难堪也不会拒绝:"我是因为有一次看到网上购物,价格非常便宜,就汇款去买个压力锅。结果半个月没回音,打电话老是呼叫转移。我当时很气,过后想想,人家能骗我,我为什么不能骗别人?"他看了庞元元一眼,继续说:"我电脑一直不错,我想我要是哄人,比那家伙还要高明一点呢,何况这样来钱也快……"

庞元元笑笑:"然后你就开了几个网站,放些半价或者超低价产品的广告?"

丁盛惊讶:"你怎么知道?"

庞元元说:"很难猜吗?"

丁盛点头说："其实我手上一件货品都没有。我在广告里说送货上门，货到付款，但送货或看货前要付定金，拿了定金我就消失。"

庞元元说："怎么就真有人受骗呢？稍微有点脑子也不会上当。"丁盛说："还不是爱贪小便宜？像我一开始被人家耍了，也是因为那个压力锅只卖一般压力锅价格的三分之一。其实哪有这样的好事？天上不会掉馅饼，只会掉陷阱。"

一阵风来，他身上落了些草屑。庞元元帮他拈起来弹掉。这无意间的举动里含着自然的友爱。他对丁盛说："看来我还是比你有职业道德。我卖的光碟虽然不是什么好东西，起码不会像你那样空手套白狼，还能准时准点交货。"丁盛被他的自嘲逗笑了。

姜桦回头问什么事好笑。庞元元说完成了她交办的任务。他不明说是和丁盛交流了以前的事儿，偏要含糊其词，存心想看看姜桦是不是能反应过来。姜桦略一推算便笑了，说："你们的动作倒快得很。"有女儿和吴以兰在，她没再多说。但这份敏锐的思考能力还是让庞元元折服。他笑着对丁盛说："以前我爸骂我交的都是不三不四的朋友，我就回嘴说我宁可跟聪明的坏人打交道，也不跟愚蠢的好人多啰嗦。这个世界偏偏有人又聪明又好。"许梦圆笑挽着姜桦的手臂说："妈，有人夸你，虽然铺垫太长了些。"

进剧场坐下，姜桦把说明书分给众人。丁盛兴奋地说："从来没看过话剧。还以为大学里的剧场也要收钱的。"吴以兰笑说："但愿你别打瞌睡。"丁盛信以为真，悄问庞元元："会不会很无聊？"庞元元边看演出说明书边说："你信她呢。"

演出开始了。这是一部三幕话剧。从序幕到尾声，一气呵成，高潮迭起。那炽烈的冲突、饱满的人物和洋溢着的大爱情怀牢牢摄住了大家的心。当男主角隐瞒自身病情为全厂职工谋福利，当误入歧途的男二号感动回头，当所有人在漫天飞雪中送男主角走完人生的最后一程，吴以兰和丁盛都流泪了。庞元元紧抿着嘴，暗中对自己说：要当就当一个男主角那样敬业守责、让人喜欢和尊敬的人，哪怕赔上他一条小命。

许梦圆偎在姜桦身上，感到母亲激动得有点发颤。她想到两小时前和吴以兰的那番未结束的对话，心想，怎样的人生才叫充实、精彩，才能一生无悔呢？是台上的，亦或心中的？她不由得深深地矛盾起来。

十　浪子回头

一天中午，沈慧欣吃了馄饨和烧饼回来，在室内走来走去，一副有什么事下不了决心的模样。罗国兴见了，问他能不能帮忙。沈慧欣便先跟罗国兴说了，问他意见。罗国兴有点犹豫，沈慧欣忙细细摆出一堆理由。罗国兴被说服了，上隔壁找了姜桦过来。

他先是远兜远转地夸庞元元好，又故作沉重地说："这么灵透的人，就开一个小饭店，可惜了。"沈慧欣在旁暗笑，想罗主任平时何等干脆，难得绕一次弯子，居然还声情并茂！

姜桦懂了罗国兴的意思："让他开店是第一步，肯定不是长久之计，您觉得他这会儿干什么好呢？"

罗国兴朝沈慧欣看了一眼。沈慧欣便说："要是能到哪个公司去，做保管员也好，做保安也好，对他都是个鼓励。社会参与度也高，有利于他重塑信心。"他俩一唱一和，姜桦便知道是一对二的局面。理论上她知道他们是对的，但一般公司哪会轻易接纳庞元元，说来说去，还不是要找黄俊贤？

沈慧欣继续说了些看法，又和罗国兴一起殷切地望她。这眼神比话语还叫她难以拒绝。姜桦打了个电话给黄俊贤，嗫嗫嚅嚅了一会儿才说：

“有个小庞，初中学历，没什么事做，也没什么特长——不过个子倒是挺高大的。”黄俊贤在那边问了她一句什么，她忙说道：“责任心啊，我觉得当真叫他做事，他还是能用心的……警惕性，那是绰绰有余了，我只嫌他对人缺乏信任呢……真的？那就太好了，我想他能胜任大楼保安！那跟谁具体联系呢？杨经理？好的！不过……我是不送他去的……还是和以前一样，请罗主任或老沈送他过去……为什么？还用问吗？”她顿了一顿才说：“免得以后他表现好，加了薪或是受了表扬，又有人说是我的关系。我知道我老是叫你为难。谢谢你了……不，要谢的，已经不是第一次了。”她搁下电话，如释重负。

沈慧欣征询地看了一眼姜桦，姜桦点了点头：“有八成指望。”罗国兴抚掌笑道：“这就好，这就好！”

庞元元那边，当然是喜从天降。庞家声生怕他担心自己，直劝他答应下来，说自己顾得过来：“你又不是上十二个小时的班，但凡有空儿的时候就过来帮帮爸爸。平时我先顶着，生意真好了，再找个帮工。”庞元元说：“帮工要付工资呢！”庞家声说：“用你的工资抵他的工资好了。”说得庞元元笑了。

等到两边接洽好了，就择了日子由罗国兴、沈慧欣送庞元元去公司。

姜桦进来探问：“还没去呢？”沈慧欣说：“就走了。”王霞说：“就等罗主任这台老机器上油了。”罗国兴放下茶杯站起来说：“好了，好了。”沈慧欣说：“其实姜主任你就跟我们一块去也没什么……”姜桦忙说：“不合适，还是你们去吧，要不我帮你们到路口打个车吧？这大热的天。”沈慧欣忙说：“坐公交最好。‘睿航集团’离长虹街又没多远。”

罗、沈二人走到公交站台，等了不到五分钟，就来了一辆公交车。他们刷了老年卡，发出“嘟”的一声。如今60岁以上的本地居民可以申办老年卡，免费乘车，是一项惠民的政策。公园免票、博物馆免票、药品降价、的士降价、草绿色投币公用自行车遍布街巷，一系列的便民之举令罗国兴和沈慧欣感到是太平盛世才有的光景。

公交车语音提示说："车辆起步，请您站稳扶好！"罗国兴和沈慧欣拉住扶手，并排站着。车身在行进的过程中一晃一晃。

左边一对情侣模样的男女站起来让座。罗国兴说："谢谢啊！"他和沈慧欣并排坐下，侧过头来说："老沈，你说要是所有青年都像那对小夫妻多好！"沈慧欣说："小点儿声，人家说不定没结婚呢——要真像你说的那样，咱们也就功成身退了。"

罗国兴忽然指着车窗外，发现了新大陆似地："你看！"沈慧欣说："什么？"罗国兴说："那边那个男的！"车很快地开过去了，沈慧欣说："没看见嘛！"

罗国兴说："区'关工委'的梁主任，咱们的顶头上司。一头汗珠子，又不知往哪边去。"沈慧欣笑了："一头汗珠子你也看得见？你不是白内障么？"罗国兴说："他是秃顶，太阳照了会反光。"沈慧欣笑着向车窗外看了一小会儿，直到看不见为止："梁主任从副检察长的位置上退下来也有不少年啦？"罗国兴说："记是记不清了，只知道他也不小啦！"沈慧欣说："他是一退休就到了'关工委'吧？"罗国兴说："是啊，算起来比我还大几岁。咱们这一拨是一刻也停不下来了。"

车到目的地，公交车语音提示："'睿航集团'到了，请下车。下车请带好随身物品，请不要横穿马路。"以"睿航"做站名，可见黄俊贤的公司在本市赫赫有名。

罗国兴、沈慧欣下了车，站牌附近却不见人影。

罗国兴说："小庞呢？不会又上哪儿玩去了吧？"沈慧欣说："不会。这个觉悟他还是有的。多半是在店里帮他爸忙一会儿。"

好像从地底下冒出来的，庞元元突然出现在二人身后："嗨！"

二人吓了一跳。沈慧欣转身："不声不响的，吓我一跳。"罗国兴也吓着了，不过逞能不愿意承认："以后不能这样啊！老年人心脏不好。你沈奶奶还有哮喘病，一紧张会发作的。"庞元元伸伸舌头："知道了。"沈慧欣说："说起来最近也不知走什么运，之前才被我楼上的小邻居吓过，今天又添上一回。"庞元元笑说："有空要认识那个有共同爱好的人。"

三人走向"睿航集团"大门，被保安拦住。罗国兴出示了工作证，对他说了句什么。庞元元看看气派的楼房，又看看保安的制服，不觉流露出艳羡之情。

罗国兴同保安打好了交道说："走了。"庞元元连忙跟上。三人走进办公室。

罗国兴打招呼说："杨经理，打扰你了。"杨经理亲自倒了水来："坐，坐，三位坐！"三人接过道谢。杨经理说："罗主任的来意我们知道了，黄总交代，叫我尽快给你们落实。他在上面开会，不然就自己下来了。"他的目光在庞元元身上停了一下说："你明天就来上班吧。"庞元元笑着点了下头。罗国兴说："这就太好了！杨经理，感谢你们给了小庞这个机会。"杨经理笑："您说哪儿的话？我们也愿意为社会做些事。黄总还说了，能配合你们的工作，是'睿航'的荣幸。"罗国兴带着几分得意喝了口茶，很有派头地放下茶杯。沈慧欣忙谦虚："这说到哪里去了。小庞，好好干，我和老罗，还有……你姜阿姨有空就来看你。"

杨经理问道："怎么好久没见姜主任了？"沈慧欣说："她也忙呢！"杨经理笑得别有深意："是的，是的。"身为黄俊贤的心腹，他再老实，对黄、姜二人的情形也是一清二楚的。况且刘秘书隔三差五还会提一提，似乎很上心。

庞元元说："杨经理，我个子比一般人高些，我的保安制服……"杨经理说："你在惦记这个。那你放心，没有现成的，科里给你定做。"四个人都笑了。

罗、沈、庞起身与杨经理握手，杨经理嘴里说“不送，不送”，却一直送到大门口。杨经理说：“小庞，明天八点准时上班，别迟到。”庞元元响亮地应了一声，出了门还回头看一眼保安。

依旧在公交站台那里分开，庞元元回家，沈慧欣与罗国兴回单位处理些杂事。沈慧欣平时有时候会加班，今天一下班就直奔医院。小敏身体不舒服，在家里没来。虽然明知道有医生护士照料着，绝无差错，她还是有点不放心。等到坐在床边，看到床上昏睡的丈夫，才安下心来。

沈慧欣在床边呆呆地坐着，脑中不由闪过一幕幕往事：林院长在主席台上侃侃而言，台下很多听众，有不少是外国人，还有人在做笔记，沈慧欣自豪地看着丈夫；她和林院长走出豪华的酒店大厅，一大批记者涌上前来采访、拍照，闪光灯亮个不停，林院长不着痕迹地为沈慧欣挡住；她流着泪坐到沙发上，林院长颤抖地捧着一封信，倒了下去，她失声惊呼：“老林，老林！”……

她擦擦眼睛，暗想：“你治好了那么多人，却治不好自己；我做了这么多年医生，却只能眼睁睁地看你躺着。”

顾医生走进来叫了声：“沈医生。”沈慧欣含笑招呼：“顾医生。”顾医生向病床上瞧了一下说：“又来看林院长了？”沈慧欣说：“时间不早了，我先走了。”顾医生抱歉地说：“对不起，沈医生！这么久了，治疗始终没有起色。林院长是我们的老领导，医学权威，我们都是他老人家手把手地带上路的，现在却没有办法使他苏醒……”沈慧欣说：“这怎么能怪你呢？你们都尽力了。再说，自从他入院以来，院方在经济上已经对我们很照顾了。”顾医生惶恐地说：“您千万别说见外的话，我们已经很惭愧了！”沈慧欣站起来说：“不妨碍你查房了，再见。”顾医生说：“您慢走。”

沈慧欣临出门前，又回头看一眼丈夫。林院长仍是静静地躺在床上。

罗国兴把庞元元送进公司，心里这份儿痛快，着实难以言表，想着晚上回家做几个好菜，就一杯黄酒，犒劳犒劳自己。不料门一推开，先听见罗昌明的吼声。印象中儿子极少这么失态，一定又是小杰这孩子闯了什么祸。他急急走进罗昌明的房间，见罗昌明指着拉开的抽屉道："你说，你说！"

罗小杰把头一昂："说什么？"罗昌明厉声说："做了什么就说什么！"罗小杰倔强地说："我没做，说不出来！"他面色通红，罗昌明却脸色铁青。

罗国兴问："怎么了这是？"罗昌明："小杰偷钱！"罗国兴变色："不会吧？"罗小杰大声说："我没偷，就没偷，就没偷！"罗国兴问罗昌明："你是不是记错了？"罗昌明"哼"了一声："我记得清清楚楚的，七十块钱，三张十块，八张五块。现在少了五十块，不是他还有谁？"向罗小杰吼道："你无法无天了是不是?！你还当不当我是你老子？"罗小杰只是一个劲儿地说："我没拿，不知道！"罗昌明忽然低沉了嗓子说："这五十块钱，你交也得交，不交也得交！"罗国兴见儿子怒到极处，又见罗小杰只管直直地站着，就是不松口，便温和地说："小杰，到底是不是你？坏习惯都是一点点养成的。你今天能拿家里的，明天就能拿别人的，后天就不只是拿钱了。你乖，跟爷爷说实话。"

罗小杰语速极快地嘟囔了一句："给朋友看病了。"罗国兴、罗昌明都没听清，同时"啊？"了一声。罗小杰这次说得清楚了些："拿给朋友治病了。"

罗昌明说："什么人？他自己家里没钱看病，要靠同学救济？"罗小杰说："不是同学，是同学的哥哥，被对手打伤了，不敢回去拿钱。我就垫了五十块。我们每个人都垫了一点。"罗昌明不认识他似地打量了他半天："你……你行啊！你都在跟什么人来往？同学的哥哥，还是个混混，你……"罗小杰愤怒地顶撞："他不是混混！他帮他兄弟出头，人家讲义气!”罗昌明更气了:“好,他是英雄!是英雄就不该等同学的弟弟回家偷钱去救命!”罗小杰竟也吼起来说:“是垫,不是偷!”罗昌明疾言厉色地说:“他拿什么还?垫!是肉包子打狗还差不多!”罗小杰红了眼说:“你……你骂谁是狗?”罗昌明大怒道:“嘿,你这是准备打我来着!好,用你们黑道的话:‘先下手为强’,我先打死你!”脱下拖鞋就冲过来。罗小杰一手护头一手推挡。罗国兴这才醒过神来,忙插在中间,强行把他们隔开,一边向罗昌明说:“干什么?啊?你干什么?!他还是个孩子!”

罗昌明收手,气得呼呼喘着。罗小杰嘴唇狠狠地闭着。

罗国兴喘了口粗气说:“太不像话!你们眼里还有没有我了?不怕人家笑话!”他转向罗小杰说:“今天这五十块钱,我帮你出。”抽出一张五十元整的票子硬塞给罗昌明,又说,“小杰,你欠爷爷五十块,记住了,将来要你还的!外面不三不四的人不准同他们啰嗦,听到没有?”

罗小杰不语。罗昌明插嘴:“听到没有?”罗小杰才极勉强地答道:“听到了。”罗国兴命令:“回房去吧。”罗小杰刚要走,罗国兴提醒道:“不跟爸爸说一声就走啦?”罗小杰头歪在一边,声音很低地说:“我困了,要睡觉。”便走出去了。

罗国兴又气又悲,调整了半天才说:“你管儿子也有个管儿子的方法,你看你气急败坏的,也像个当爸爸的人?”罗昌明气仍未平,听了便说:“你就护着他吧,每次我一发火,你就来更大的火。越管,他气焰越高。”罗国兴说:“你倒怪起我来了?刚才是没个镜子,不然你看看你自己那副要吃人的样子!小杰再不对,你好好跟他说,也不用这么脸红脖子粗的。”罗昌明说:“我是没那种涵养,出了家贼还能心平气和。”罗国兴说:“什么贼不贼的,这么难听!以后看紧点儿就是了。你也不好,放钱的柜子不锁好了。”罗昌明说:“是,是,又是我的错。”

罗国兴叹了口气:“小杰要是有个妈,这时候也有人哄孩子,也有人给你消气了。家，家，没有女人就不成个家。”想了想说，“你不是要领对象给我看的吗？赶快带回来见见。小杰有人随时关心教导，保准就不一样。”

罗国兴本想好好烧两个菜的，被他们爷儿俩一闹，彻底没了心情，当下饭也没吃，就到街上走走，平平心意。没走出几步碰上了庞家声。二人一愣，随即都笑了。罗国兴胸口堵的那一大块铅似的东西渐渐融化了。他笑着问庞家声是干嘛来的。庞家声答道：“给元元买点好吃的，叫他好好工作，不要丢人。”罗国兴笑道：“你鼓励他是对的，‘不要丢人’这种话就别说了，说多了反而给他心理暗示。我从前不大懂，也以为多提‘血泪史’有助于孩子们反省，后来我们单位的老沈一再地讲我，说人家本来说不定都忘了，你老去揭旧疮疤，他们就又记起来了。你说是不是这个理儿？”庞家声笑道：“真的，你们都是专家。不像我，只知道心里瞎急，没什么章程。”

二人聊了几句闲话，互相道别而去。罗国兴看他兴冲冲地为儿子庆贺，倒有点莫名的羡慕，想至少不像自己家里，鸡飞狗跳。庞家声却也在羡慕罗国兴，想人家这么高的水平，这么高的觉悟，元元要是交给他管教，早就成了材了。二人都是“隔河观景景方好”，不知道“不幸的家庭各有各的不幸”。

庞家声正在想着心事，差一点就撞到了人。他定睛一看，竟是打扮俗艳的严芷清。她正掏出小镜子补妆，一边不经意似地“哎——”了一声。庞家声见了她就嫌，绕到右边，加快脚步。严芷清认出了他，恶作剧般地说：“庞叔叔，是我，芷清啊，您不认识我啦？我是庞元元的老朋友哎！”庞家声停住脚步，考虑要如何应付。严芷清妖妖娆娆走近他。有人朝他们看，有人窃笑。有个邻居问：“老庞，你跟这位小姐认识啊？”

庞家声“哼”了一声：“我怎么会认识这种人？”那人笑问：“她不是说认识元元吗？”不等庞家声辩解，笑着走了。

严芷清过来,花枝招展地说:“庞叔叔,你气色越来越好啦。”庞家声低声说:“你想怎么样?你说!”严芷清娇媚地笑了:“我?您当初怎么不问问您的乖儿子?我也不想怎么样,反正这家美容院挺好的,离你们家也近,我就打算在这儿靠老终身了。早啊晚的见到您和元元,就同你们打个招呼,没事的时候去串个门儿……”庞家声怒道:“严芷清,你要不要脸?”严芷清笑容消失,连珠炮似地说:“我要脸就不会跟你们庞家的人说话!什么清白世家,做妈的不像个妈,做儿子的不像个儿子……”庞家声本能地抬起手来想打她。严芷清自己把脸凑过去说:“你打呀,打呀!喏,瞄准了!你打不过瘾,叫庞元元来打才痛快呢!敢做不敢当的孬种!”

庞家声右手颤抖着,终究没有打下去:“我告诉你,你别以为……别以为……”严芷清不说话,看着他。庞家声忽然泄了气:“算我求你,求你不要再阴魂不散。你要做……做什么职业,请你换一家,不要在我们家附近,算我求你!”

严芷清冷冷一笑,转身而去。

十一 新友故交

姜桦从许梦圆那儿要了方静萍的号码,隔天就打电话约她。方静萍在那边说得十分感伤。姜桦便劝她说:“方老师,你别难过。你儿子的事就是我们的事。对了,他是叫严汉和吧?明天你带他跟我们见一下面,就到‘关工委’来,长虹街120号。”

她搁下话筒,沈慧欣说:“你的老师啊?”姜桦笑了笑说:“不是,是我们圆圆初中时的班主任。”沈慧欣关切地说:“她儿子怎么了?”姜桦说:“脚有残疾,到工厂工作了大半年,跟不上人家的节奏——往隔壁车间传个话也要走半天。单位到底把他打发回家了。”沈慧欣略带埋怨地说：“这些人怎么能这样?”想想又加一句，“没有同情心。”姜桦说：“那人家工厂也确实难嘛！现在竞争这么激烈。”沈慧欣闻言笑了：“姜主任，我就佩服你这一点，遇到事情比我客观。不像我，老是对那些孩子偏心。谁委屈他们，我就恼了谁。”姜桦笑说：“您那不是偏心，是爱心。”

沈慧欣听到个“爱”字，想起一事，问姜桦说：“对了，老罗的儿子有喜讯了你晓不晓得?”姜桦意外地说：“是吗?”王霞插嘴：“有人给罗昌明介绍了对象，好像挺不错的。这个星期就带回来让老罗把关。我听了真为他们高兴。老罗这脾气也可恨，这么重要的事，还说‘就怕那天有什么突发事件’。我说我们‘关工委’又不是消防队，能有多少‘突发事件’？再说了，就算有事，不是还有咱们吗?”

沈慧欣说了句：“就是。”

王霞说：“我跟他说：‘罗国兴同志，你就安安心心在家里陪准媳妇吃个饭，过两天就有人给你敬媳妇茶了，你又没吃亏。’”姜桦笑了。施玉芬却说：“也别高兴得太早，这碗媳妇茶吃不吃得安稳还是未知数呢。”王霞说：“你个老施，这是怎么说话的?”施玉芬说：“你知道那个女的人品怎么样？心地怎么样？她就算看上了罗昌明，他家还有个小捣蛋，谁知道处得来处不来？这话我当着罗主任是不方便说，反正咱们自己人，说说也没关系。”王霞说：“老施，这次我不帮你了。你这可是背后说人的坏话。”施玉芬冷笑道：“罢了，我也是好心，凡是真话都不好听。你们不爱听，我顶多闭嘴。”王霞依旧不满地说：“你看她八字还没一撇就泼冷水……”

沈慧欣见施玉芬脸色越来越难看，打圆场说：“好了，咱们手上一大摊事，还管人家的家事呢！老王你就织你的毛线吧。”姜桦也忙插话：“老沈，老王，老施，那明天我就让方老师和他儿子过来谈谈?”

王霞是直肠直肚的性子，还不知道已经得罪了人，这时便说：“哎！我们在这儿等。"施玉芬给姜桦一岔,也不好再提,淡然道:"你带来好了。"

方静萍坐在书桌前改作业,一面为明天的事筹划着。他儿子严汉和一拐一拐地走进来找东西。方静萍正要找他,便头也不抬地说:"汉和,明天我们到'关工委'去。"严汉和警觉地说:"干什么?"方静萍说:"给你找工作。总不能永远待在家里。"严汉和说:"怎么啦?怕我要你们养一辈子?"

方静萍合上一本作业本,打开另一本。严汉和脸有不平之色,故意走来走去,翻东翻西。他因残疾,有种与生俱来的自卑感。这自卑平常只体现为软弱怯懦,自从妹妹出走,他又失业,双重刺激下变成了乖戾扭曲。

方静萍说:"你找什么?快点找好了出去。晃来晃去的,我眼都花了。"严汉和依然如故。方静萍觉得不对,叫了声:"汉和?"严汉和说:"妹妹走了,又找上我了?嫌我走路不好看,你们把我收回去再生一次。"方静萍吃惊地说:"你……你说什么你?"严汉和说:"你们有本事把我生成这样,就注定了要一辈子看瘸子。有人说'儿不嫌母丑',倒过来就说不准了。"方静萍尽力忍耐着说:"我并不是说你……我在改作业,你老在这儿出出入入的,我怎么集中精神?"

严汉和说:"你是老师,你都不能集中注意力,还怎么教学生?"方静萍放下手中的笔说:"你是存心跟我找碴儿是不是?"严汉和稍微收敛了一点儿说:"爸睡觉了,你小点儿声。"方静萍说:"你知道体谅父母,就不会这样对我们了!你怕别人说你,你自己就先侮辱自己;你在外头受了气,就回来冲着家里人发泄。你是看你爸的病一直没大发,你又放心了,是不是?"严汉和沉着脸说:"像我这样的人,有什么资格辩解?你们说什么,我只好听什么。"方静萍说:"你出去吧,我没精神同你歪缠。"

严汉和站了一会儿,方静萍总不理他。他一时下不得台,缓缓地说:

“我听人说，我爸爸妈妈都好好的，偏偏生了个残废，说我……”停了停，仿佛自己也知道这话不妥，“说我不是你们生的。”方静萍怒不可遏，“啪”地打了他一记耳光：“你这是在对你母亲说话吗？”严汉和一怔，哭着跑出去了。

严正出现在门口问：“怎么了？”方静萍说：“被你的好儿子气死了！”忽然伤起心来，“芷清虽然脾气坏，可还没这么同我说过话呢！”严正变了脸色说：“别提她了，不知廉耻！我们教了一辈子学生，倒教出这样一个女儿来！这是她不在家里，远香近臭，你就想着她的好处。她要发了牛性，顶撞起咱们来，说的话比汉和还不知好歹呢！”方静萍带点歉意地说：“你都听见啦？”严正手抵着肝部说：“听够啦，也看够啦！哪天眼一闭，这一对小冤家磨的可就是你一个人啦！”

方静萍忙扶他坐下说：“你别吓我！”严正看着方静萍，目光中有一丝温情：“静萍，我是个书呆子。这些年来真正苦的是你。”方静萍把头靠在他身上，不觉眼泪流了下来。严正抚摸她的头发说：“都不容易，天下做父母的都不容易啊！”

次日方静萍找到长虹街120号，在院子里认了一认，到右边门口问道：“不好意思打扰一下——”一眼看见姜桦，她不知怎么有一种直觉，忙说：“你好，你是许梦圆的母亲吧？我姓方。”

姜桦热情地把她迎进来说：“方老师你好！我们家圆圆老说你呢！”然后一个一个介绍给她认识，“这是老王……”王霞最先打招呼：“方老师！”姜桦继续介绍：“那是老施，那是老沈。”方静萍含笑一一点头，看到沈慧欣，忽然笑容一僵。

沈慧欣也惊讶地说：“你……方老师，你不是严芷清的妈妈吗？我在医院见过你的。”方静萍有些羞惭地说：“严汉和是芷清的哥哥。”沈慧欣说：“哦……”想这两个少年居然生在一家，家长可够劳心的了，一时不知说什么好。姜桦忙指最后一排:“那是我们罗主任。几个老同志都是志愿军,自己放弃退休后的清闲生活,来继续奉献余热的。”

方静萍知道姜桦是给她台阶下,便装作不留心,尽量自自然然地朝罗国兴说:“罗主任……那天就是你和这位老沈,送芷清到医院见他爸的。”罗国兴明白沈慧欣刚才的尴尬,因为此刻他也感到了这份尴尬,便词不达意地说:“你好,你好,坐,坐。”方静萍见二位似乎都不大热心,好像一知道残疾青年严汉和与问题少女严芷清是出于一家就不可思议似的,心中有三分不快,来的时候那满腔的希望也打了个折扣。

王霞不明所以,笑嘻嘻地接着姜桦刚才的话说:“我们几个老的算什么,咱们姜主任才是……”施玉芬不等她讲完,截断她的话说:“你再夸呀,就变成自己人互相吹捧,表扬与自我表扬相结合了。”她这话像玩笑,又像嘲讽,王霞想发火也抓不住由头,只得僵僵地笑了。沈慧欣看了一眼施玉芬。

姜桦觉得气氛不对,当下请方静萍坐下说:“严汉和呢?”方静萍说:“在家听信儿呢,不肯来。这孩子脾气怪。”姜桦向罗、沈二人说:“这位就是我跟你们说的圆圆的老师,还以为你们不认识呢!”方静萍说:“我也是你们的晚辈。你们别‘老师’、‘老师’地叫,怪不好意思的。”沈慧欣问道:“怎么你和姜主任倒像头一次见面似的? 以前没照过面啊?”姜桦歉疚地说:“圆圆的家长会,我从来没去过。先是……圆圆的爸爸去,后来只好写封短信说明情况,方老师再写封短信叫圆圆捎回来。”方静萍微笑着说:“跟交笔友一样。为了这,我还批评过许梦圆呢,其实也就是间接地给家长提意见了。许梦圆成绩一直很稳定,最近不知怎么分了心,考试分数忽上忽下,她班主任急得不得了,我也当过她三年班主任,也跟着急。你们工作忙,也可以理解,不过像许梦圆这么大的孩子……”

姜桦听她显然跑了题,说道:“我这当母亲的是真有点儿失职。哦,对了，咱们先谈正事儿，回头再谈圆圆。”方静萍一笑：“你看我这人，一开口就像做家访，职业病。”姜桦笑道：“都是上班下班分不清的人。”

沈慧欣接过来说：“方老师，你的事我听姜主任谈过了，我也跟老罗商议了一下。”方静萍向罗国兴看。罗国兴说：“严汉和的情况属于我们‘帮扶’的范围。我们初步考虑，跟工商部门协商，安排一个比较好的摊位给他卖水果，不知道你介不介意。”方静萍大为失望，以自己和严正的社会地位，儿子进工厂已经是“俯就”，上街摆摊子近乎天方夜谭，但嘴上却说：“劳动致富，有什么好介意的？这孩子有碗饭吃，我也少操点心。”罗国兴说：“这么一来呢，他每天纯收入差不多有一百来块，一个月下来，也能抵一份工资，生活来源就有了保障。”沈慧欣说：“最重要的是，他这个工作比较稳定，一年四季总有人买水果的。现在又是大棚，又是温室，总不愁没有货源。供货方面，我们再帮他跑。还有，严汉和不是走路不方便吗？守着摊位，他就不需要走来走去，守株待兔就行了。”

姜桦留意了一下方静萍的脸色，比刚才舒展了些。方静萍说：“谢谢你们！给我们汉和想得这么周到。”她听罗国兴和沈慧欣详细一解释，才明白他们之所以这么安排的道理，知道他们不是敷衍自己，反倒有点感愧。罗国兴说：“应该的，应该的。他往后有什么困难，随时来找我们。”方静萍点头说：“哎！”看看手表说，“不早了，我回去做饭，这事儿就拜托你们了。”几人又客气了一回，姜桦送她出来。

穿过院子，方静萍推着自行车，姜桦在旁边走。方静萍说：“罗主任他们真是热心人。”姜桦说：“可不？干劲十足，我跟他们比比，都觉得惭愧。”方静萍感叹：“哪儿啊？老实说，以前我一直觉得老师是世界上最辛苦的职业，今天才知道这个想法经不起推敲——太绝对了。”姜桦说：“你们就算不是最苦，也是最苦的职业之一。不过我想，只要是在朝着自己的目标走，再辛苦也是值得的。”方静萍说：“我一眼看下来，好像罗主任、老沈和您三个人是你们单位的核心。”姜桦说：“我不算，其实老施也挺辛苦的；还有那个老王，心眼儿特别好，经常打毛线衣给孩子们穿。”

方静萍说：“像你们一年到头地帮扶帮教，有没有做过统计？我看那数字一定不会小。”姜桦自豪地说：“连我们长虹街‘关工委’在内，去年整个平安区里，失业青年当上个体工商户的有 14 户，开快餐店的，开百货店的，干什么的都有；还有介绍到外地打工、经商的有 424 人。”方静萍说：“难怪你们的门牌号是 120 号呢！1、2、0，那是救死扶伤的号码，不过你们疗救的是精神上的伤病。”姜桦笑了：“谢谢你，方老师！听你这么说我特别高兴，而且说句不怕你见笑的话，我就喜欢听人家说‘关工委’的好，哪怕他夸不到点子上，我也乐意听。”方静萍听她说得有趣，笑道：“姜主任真是性情中人。我也敞开心扉吧，刚才我听说叫汉和去摆水果摊，我怪不高兴的。后来听罗主任他们一分析，才觉得确实符合汉和的实际情况。你说我是不是挺小气的？”

姜桦笑她：“而且稍微有点看不上体力劳动者啊！不过方老师，你性子其实挺直，有的人就算这么想，也打死不会承认。”方静萍忽道：“你大还是我大？”姜桦说：“我四十五，干嘛？”方静萍说：“哟，咱俩同年。你是几月份的生日？”姜桦说：“十一月份，你呢？”方静萍说：“大我一个月。以后汉和的事还要你多关照，我就叫你大姐吧，我们两家多走动走动。”姜桦笑道：“你可别叫我‘姜姐’（江姐），人家听了以为我冒充革命先烈呢！”两人都笑了。

吃过晚饭，姜桦又在沙发上看起了无声电视。

许梦圆手捧一杯热茶走来说：“妈，你失业啦？”姜桦说：“胡说。”许梦圆说：“那你今天怎么这么清闲？以前都是开着电视不看，手里捧着一叠不知道什么人的资料。”姜桦笑道：“妈喜欢这工作，让生命有意义，可妈也不是铁打的，闲下来就不能看看电视，松快松快？”许梦圆趁机进言：“妈，昨天黄叔叔上电视了,被评为‘优秀企业家’呢!”姜桦狡黠地一笑:“哦,有人不打自招,昨天偷看电视。”许梦圆脸红了:“哎呀,就算我错了嘛!黄叔叔的脸型真上镜,我一边看一边想:我妈要是站在旁边,真是一对儿。”姜桦说:“妈对黄叔叔只是感激,不是感情,而且他还比我小几岁……”许梦圆很夸张地惊讶:“你这么封建啊?这哪像我许梦圆的妈妈?那么豁达,那么宽厚,那么特立独行,毫不顾忌世俗的眼光……”

姜桦“哧”地一笑:“得了得了,你词汇量有限,再卖弄下去就供不应求了。”许梦圆嘴一撇:“你没听人家说吗?年龄不是问题,身高不是距离……”说着站起来,以芭蕾的姿态伴着后两句话:“只要真心相爱,坐看日落云起。”姜桦伸个懒腰,倚到沙发靠背上:“后两句是你编的吧?”许梦圆得意地继续舞蹈,从客厅这头滑到那头:“是啊,是不是意境和韵味都非常让你回味呢?”姜桦说:“别调皮了,蹦来蹦去,头都晕了。”

门铃响了。姜桦纳闷儿:“谁呀?都九点了”。许梦圆把门一拉,欣喜地叫了出来:“黄叔叔!”姜桦站起身来,一时不知所措。黄俊贤见姜桦愣在那里,也有点不好意思。姜桦忙笑笑说:“进来坐吧。”

她把沙发收拾了一下请黄俊贤坐,自己在稍远的地方坐下。虽然都在沙发上,但中间那段距离却是既“安全”又不至于过分明显。黄俊贤把拎着的袋子放下来说:“我买了点橙子。”他笑了笑,又补上句:“多吃水果皮肤也好。”姜桦笑着说:“你下次只管来玩,可别带东西来了。次次都这样,好像交入场券似的。”许梦圆大声说:“反对,反对。”姜桦向许梦圆道:“还说呢,就是你这个馋嘴丫头,叫黄叔叔给你破费了多少回。”黄俊贤说:“不贵的,一斤也没多少钱,我尝了一下,觉得还好。”姜桦不再推让,许梦圆提了水果,走入厨房。

黄俊贤眼看圆圆不在,是个说话的机会,便说:“在家干什么呢?”姜桦说:“看会儿电视。”黄俊贤笑了:“这样也好,免得你把二十四个小时的分分秒秒都填满了，人都累坏了。”许梦圆回来递给黄俊贤一杯水说：“黄叔叔，昨天你上电视了，真是风华绝代，不是不是，是风度翩翩。”

黄俊贤好笑地说：“谢谢圆圆！”向姜桦说：“其实……你现在这样，是为谁辛苦为谁忙呢？你要是到我的公司……”姜桦稍显生硬地说：“这事就别提了。”黄俊贤淡笑一下：“我也没其他意思。”姜桦含糊地应了一声。

许梦圆假装看电视，不时用余光观察二人。他们说的每一句话，都没有逃过她的耳朵。

黄俊贤和姜桦又聊了几句，提议：“我们出去走走怎么样？”姜桦犹豫了一下，不忍一再让他碰壁，温和地说：“也好。你开了车来的？”许梦圆内心窃喜，在旁边凑趣儿说：“当然了，大老板怎么会坐公交车呢？”黄俊贤笑道：“是呵，你看我西装笔挺，也不像挤公车来的。打车呢，又没有必要花冤枉钱——既然我自己有车。”

姜桦笑道：“我随口一问，并没有藏着什么微言大义，怎么你们要解释这半天？”想了想说，“要不到江边去走走吧。这两天累得很，总像处在快要生病的边缘。”

黄俊贤说：“这是亚健康状态，很容易得病的。”姜桦叮嘱许梦圆：“圆圆，妈很快回来……”许梦圆说：“不，你慢点回来。”姜桦装作没听见，接着说下去：“你背背英语单词，早点睡。”

黄俊贤陪姜桦走下楼去，给姜桦打开车门。姜桦坐进去。黄俊贤绕到左侧，坐进车里。

一路开到江边，黄俊贤将车驶进泊位，下来为姜桦开门。姜桦出来说：“圆圆在家不知道会不会又偷看电视。”说着正要关门，黄俊贤却抢着替她把门推上。“嘟”的一声，用遥控器把车锁上了。

姜桦开玩笑说：“连这点功劳都要跟我争？”黄俊贤说：“不是‘跟你争’，而是‘为你做’。除了关车门，我还愿意为你做许多事。”他沉默了一下才说:“只不过你不肯给我机会。”姜桦笑笑说:“我说过了……”黄俊贤说:“你不需要重申,那些话我都记得。”姜桦说:“那就好了。”黄俊贤却说:“我记得,可我不打算照做。”

二人来到江边的开阔地。江水是淡黑的底色。但是远远的也有些灯光洒向江面。不时有一艘船“哗哗”地开过。若是游轮,那溢彩流光的大彩灯便搅碎了江面,带来大块大块起伏的华艳。

黄俊贤指指游轮说:“我一直希望有一天,我和你、圆圆三个人乘着游轮在江上航行,就我们三个。”姜桦说:“你负责开船吗?”黄俊贤不解地说:“我?”姜桦说:“那至少得四个人,总要有驾驶员吧。”黄俊贤无奈地笑笑说:“你又在岔开话题了。”姜桦说:“我只想散散心,我们别说这些了。”黄俊贤说:“好。”想了想问道,“我今天到你家去,不会太唐突吧?”姜桦说:“不会。家里就我和圆圆,长年累月的也冷清。有人来了也热闹些。”黄俊贤说:“我估计你白天到处跑,不见得有空。晚上如果有事,也不一定在家吃饭。但九点钟过后,把圆圆一个女孩子放在家里,你是不能放心的。”姜桦笑道:“所以你就扣准了这个时间段?这么点小事也要机关算尽,倒不脱大老板的精明本色。”黄俊贤不禁笑了:“谁叫我的对手特别难缠呢?”姜桦笑着说:“什么话?对了,上次推荐去的小吉和小黄,工作表现怎么样?”

他们边说着话儿边往前走。黄俊贤答道:“还不错。小吉机灵些,小黄不大会应酬,不过人很细心,而且还是我的本家,”他笑了笑:“我给他的担子也重些。还没谢谢你给我送来两员得力的小将呐!”姜桦有些羞愧地说:“是我要谢你才对。”黄俊贤说:“我向来不做亏本生意。如果他们真的差劲,我不可能长期容忍。你想多了。”姜桦叹道:“这几年陆陆续续安排到‘睿航’去的劳释青年,总也有十几个了。我知道你的竞争对手说你那儿是‘关工委’的支部,是……‘垃圾站’,到处败坏你的名声。”

黄俊贤一笑:“你在‘睿航’有间谍吗？别人怎么说,我根本就不在乎。身正不怕影子斜,公司的效益、产品的质量放在那儿,比什么都说明问题。我喜欢用谁是我的事,前怕狼后怕虎的,还能在商场上站吗?”姜桦默然片刻方道:“总之是麻烦你了。庞元元怎么样?”黄俊贤看了她一眼说:“你好像对他格外关心些。”姜桦说:“嗯,他从小缺乏母爱,性格有点儿特殊。看上去玩世不恭,其实非常脆弱。前几天我约他看了一场话剧,你知道,文艺的力量比抽象的说教要大。”黄俊贤说:“这个青年是比较特别,有股亦正亦邪的劲儿。看得出是个磨人的小子,可是给了他机会,他知道珍惜,也知道感激,这就不容易。”姜桦说:“你是说他干得不错?”黄俊贤说:“是非常好。”姜桦欣慰地说:“这我就放心了。我问他近况他老是轻描淡写的。”

黄俊贤笑责:“你说来放松放松,还是尽谈工作。”姜桦笑笑:“好,不说了。”她指指江水说:“你以前来过这儿吗?”黄俊贤说:“有一次,有个客户提出到江边兜兜风,就带他来转了一圈。不过在车上走马观花跟在江边上走一走,完全是两码事。”姜桦说:“那倒是的。在车上一晃就过去了,很多地方来不及消化,实在浪费。下来散散步,听听风,看看水,那是很精细地品味风景了。”

黄俊贤说:“我有时候觉得困惑,像你是在‘非常机构’工作的,接触的人,所做的事,这些年下来,怎么也该把你磨成一个现实主义者了,不,还不够,是批判现实主义者。”姜桦笑道:“我倒觉得我这人是雅俗共赏的。”黄俊贤说:“是啊,问题就在这里。你看这时候的你,一言一行,一举一动,跟‘关工委’的女干部完全不搭调嘛!”姜桦说:“谁规定了‘关工委’的人非得是什么样子？又不是一个模子里批量生产的。还有,我也不算什么干部,别往高里抬我。”她笑着说:“倒是你,大公司的老总,在商场上摸爬滚打了这么多年,怎么有时候还跟个孩子似的。说了你别生气,经常会有一刹那，你说了句话，或做了个小动作，我就联想起圆圆来了。”黄俊贤禁不住笑了：“岂有此理。”

二人又走了一程，在护栏边停住。遥遥一两声汽笛，空旷而清远。

姜桦说：“有一年，是冬天，我穿着厚厚的羽绒衫，来江边看雪。那天特别冷，不过江面上也特别冰清玉洁。”

黄俊贤用心听着姜桦的每一句话，似乎真的看见了她话中的场景：飘雪的天空下，是身穿红色羽绒服的姜桦。

姜桦说：“那时候是下午四点多钟，但是江边上几乎没有人……”

其实当时还是有一个人的。那男人站在姜桦旁边，是她的前夫许达成。

“天地之间变得很静很静，静得仿佛能听见雪片的滑落声。”

所有的声音都消失了。除了姜桦的话音，就只有寒风的呼呼声。

“我盯着雪花，用力地看，能看到它从天上来到人间的轨迹。”

每一朵雪花都拖下一条细细长长的白痕，像流星划过天空时的尾巴，不过没有那么快；像雨水在玻璃窗上垂下，不过比那更为空灵美丽。那条白痕事实上是看不见的，是想象中的雪落的路径，是雪留在空气中的脚印。

漫天的雪花在由上而下的过程中，都划过这种想象中的白痕，有的是直线，有的却弯弯曲曲。

“我看着雪花的轨迹，觉得就像人生。每个人都有他的来路，有他的经历。虽然都是降落，他们的姿态、方式都不一样。像我，像许……像罗主任和老沈，像很多滑出了正轨的孩子，每个人都拖着一条往事的白痕。那些无助地、闪躲的雪花，就像那些把握不定的孩子。后来我连这些想法也没有了，脑子里一片空白，心里有点悲哀，有点安宁。”

阴沉沉的天仍在飘雪，江面上驶过一艘客轮。穿着羽绒服的姜桦和穿着暗蓝色大衣的许达成并排伏在护栏上。灰蒙蒙的大背景中,一红一蓝,非常醒目。许达成右手揽住姜桦。姜桦靠在许达成身上,一手拉过许达成的左手,把头枕在他的手臂上。

姜桦靠在护栏上枕着左臂——她自己的。旁边,许达成的位置上,站着黄俊贤。

黄俊贤说:“我很妒忌一个人。”姜桦回过神来,咳了一声问:“谁?”黄俊贤说:“那个陪你看雪的人,是圆圆的爸爸吧?”姜桦惊道:“你怎么……”黄俊贤说:“我不是在‘听’你说话,我是在‘看’你话中的风景。我看到了,在大雪中,有个人陪在你身边。”姜桦淡淡地说:“你终于明白了——你只是观众。”黄俊贤凝视着她说:“不,只是我的戏还没上演。我在后台跃跃欲试。”姜桦躲开他的目光说:“剧本里没有你。你的戏在另外一个人那里,不像这一台这么沉闷、乏味。”她不惜贬低自己去拒绝他,一面胸口却隐隐地牵痛,知道她在做傻事。但她宁可这样苍凉地撒手,也不愿再做一次情感的冒险。这是受过伤的人才有的自我保护。她有预感,这一回她如果投入进去,势必比上次更难抽身,更难自拔。到时只要有一点点的变故,就足以让她的心碎成齑粉。照理说黄俊贤是可以托付终身的人,可当年的许达成又何尝不是稳重可靠?她现在渐渐明白了自己:她对黄俊贤并非没有感觉,而是生怕投入太多,不可收拾。

她说:“咱们该回去了,明天我还有事。”黄俊贤说:“是为了工作?”姜桦说:“是的。”黄俊贤说:“你的工作永远排斥你的感情吗?”姜桦说:“工作里就寄托着我的感情。”

黄俊贤说:“不管怎么样,我会等!”

姜桦心中一动,为了不给他看出心湖的波澜,她率先向前走去。黄俊贤跟随在后。姜桦默默地想:“这就是你和许达成不同的地方。一样的有抱怨,他是寻找另一个适合的女人,你却硬要把不适合等成适合。”

十二　相　　亲

罗国兴罕见地提早回了家。因为今天罗昌明要带对象回来同他见面。如果初次上门就见不到家长，女方难免要心里犯嘀咕。

罗国兴紧赶慢赶，还是迟了片刻。开门进来时，罗昌明正陪着那女人说话，茶几上放着几个碟子：一碟葵瓜子，一碟南瓜子，一碟花生，一碟奶糖。女人站起身来打招呼，罗昌明介绍她叫小江。罗国兴让那小江随便坐。罗昌明说："爸，外头热，吹会儿冷气。"罗国兴笑道："不用，我进去炒两个菜，你陪小江玩。"不等罗昌明拦阻，卷卷袖子下厨去了。

罗昌明和小江说了一会儿闲话，罗国兴从厨房出来说："吃饭了。"放下手里的菜，又折回厨房里去。罗昌明帮忙铺桌布、放筷子。小江做出不安的样子说："我们去给伯父端菜吧。"罗昌明说："没事，你坐。"小江说："不大好吧？"罗昌明说："没关系的，我爸最随和了，你别拘谨。"

红烧鱼、青椒肉片、番茄炒蛋、丝瓜毛豆、腐竹芹菜、木耳山药陆续端了上来，末了还有一大碗热腾腾的鸡汤。小江说："哟，这么多菜，吃不了了！"罗国兴笑道："没什么菜，你随便吃，跟在自己家一样。"小江说："谢谢！"她竭力想给罗国兴留下斯文的印象，搛一片青椒，半天才啃去三分之一。

罗昌明笑呵呵地说："爸，你这是典型的中国人的客气，一桌子的菜，还说没菜。"他难得地活跃起来。罗国兴看儿子开心，自己也老怀弥慰，笑着说："这孩子，光会说嘴，还不快去拿瓶干红来。"

门"砰隆"一响，罗小杰跑进来了。他见到外人，并不招呼，就要往自己房里奔。罗昌明问罗小杰："怎么才回来？干嘛去啦？"罗小杰说："有事。"

罗昌明还想说话，罗国兴以眼神制止，息事宁人地说："瞧你这一身，泥猴儿似的,去洗个澡赶快来吃饭。”罗小杰去了。罗昌明勉强笑笑。

小江说了句这场合必须要说的套话:“这孩子挺可爱的。”罗昌明不吱声儿,罗国兴说:“尝尝这鱼,这是我的保留节目,一般人来了我还不给他做哩!”小江搛了一块鱼,刚送进嘴里,忽然看见罗小杰头发水滴滴地走出来,便笑嘻嘻地说:“是小杰吧,早听你爸爸说你聪明……”突然被鱼刺卡住,不停地咳嗽。

罗昌明慌了,吩咐小杰:“快去把醋拿来。”罗小杰瞅了小江一眼,默默转身,过了一会儿出来,手里拿着瓶子。罗昌明正要往杯子里倒,小江一把夺过去捧瓶狂饮。罗小杰微笑。

小江猛然“噗嗤”一声吐了出来,“卡卡卡”地咳了半天才说:“是……是酱油!”罗小杰忍住笑说:“对不起,拿错了。”罗昌明说:“你……”罗小杰附在罗昌明耳边,低声说:“我在为我妈吃醋,把醋全喝光了,只好拿酱油了。”他离开罗昌明耳朵,又大声地笑:“爸爸,你看阿姨连咳嗽的样子都这么漂亮。”

小江大咳一声,吐出好大一个鱼刺。

罗小杰坐上餐桌说:“是我的功劳,你们不许跟我抢。阿姨,你还没谢谢我呢!”罗国兴软中带硬地说:“小杰,好好吃饭!”罗小杰接过小江的酱油瓶子放在桌子中央,吃着鱼说:“我吃鱼就不会卡刺。”小江拿面纸擦刚才咳出来的眼泪、鼻涕,不接罗小杰的话。罗昌明悄悄在桌下踢了踢小杰的脚。罗小杰叫道:“爸,你干嘛踢我?”小江朝罗昌明看。罗昌明红着脸呵斥儿子:“不小心碰到你了,这么多话!”罗国兴打哈哈说:“喝鸡汤,鸡汤加了红枣、当归,最补人。”罗小杰说:“鸡骨头大,不会卡喉咙,不错,不错。”喝了口汤说,“汤要慢慢地喝,不然要呛到气管里去的。”点头咂嘴,“嗯,不错,好喝。”罗昌明说:“爷爷教过你,食不言,寝不语,吃饭别说话,睡觉前少开口。”罗小杰故作天真:“那我睡着了说梦话,喊‘妈妈’、‘妈妈'算不算?"

罗昌明额头青筋爆了起来。

小江放下筷子:"罗先生,伯父,谢谢你们招待。我还有点事,我先走了。"罗国兴着急地说:"啊?再吃点儿……"罗昌明也说:"别……"小江到沙发上拿起皮包就出门。罗昌明沮丧地说:"我送你。"回头朝罗小杰瞪了一眼。罗国兴也起身跟出去送。罗小杰一个人面对一桌子的菜,听着门外罗国兴的声音:"来玩啊!"罗昌明的声音:"真不好意思!"小江的声音:"打扰了,伯父您留步啊!"家有顽童,古灵精怪,不是她扛得住的。她知道事儿是吹了,但临走还想留一个懂礼貌、有涵养的好口碑,以免介绍人事后问起来好像她也有责任似的,那以后再想找相亲的机会就难了。

罗小杰见小江文明撤退,脾气温顺,倒有一丝悔意。他喃喃地说:"好了,下面爸爸该来揍我了。"

罗氏父子朝远处无力地挥了挥手。二人对视一眼。罗昌明阴沉着转过身,罗国兴忙跟上去说:"昌明,孩子毕竟是孩子……"罗昌明说:"'孩子'不是万能挡箭牌!要是年纪小就百无禁忌,还要少年法庭干什么?"罗国兴说:"怎么就扯上少年法庭了?他只是调皮不懂事……"罗昌明声调高了:"那小江就该被他耍?是,我承认,小江是平凡,可我又有多好的条件?我有什么资格去嫌弃人家?"罗国兴不解地说:"你都说到哪里去啦?"罗昌明沉着脸疾步往家走,罗国兴说:"你想干什么你?"罗昌明说:"这次你别插手,今天有他没我!你要还护着那个小太岁,我就搬家!"猛地把门一推,呆住了。只见罗小杰脱下了裤子,光着屁股趴在沙发上。

罗国兴说:"你干什么?"罗小杰不紧不慢地说:"等爸爸来打。"罗昌明一腔怒气化为空无,只余下入骨的无力和悲哀:"我不打你。我惹不起还躲不起吗?我明天搬出去。"拖着脚步进房去了。罗国兴对罗小杰说:"还不起来,你今天表演得够了!"

罗国兴先还以为罗昌明是说句气话，谁知他第二天清晨果真提了两个大皮箱要出门。罗国兴拦住他说："你有出息没有？跟孩子怄什么气？"罗小杰躲在房内，耳朵贴在门上偷听。罗昌明说："爸，我没出息。我是个正常的男人，为了小杰，我一个人过了这么些年。我还以为他大了，懂事了。"他叹了口气："我的苦衷，他不明白，你总知道的吧？"

罗国兴说："我知道这几年是难为你了，可是……"罗昌明往门外走。罗国兴拉住罗昌明的皮箱，叫："小杰，小杰！"罗小杰倔犟地不吭声。罗昌明说："爸，你放手。"罗国兴说："我不放！咱们祖孙三代相依为命这些年，我就不信为了个外人就谈不拢了。"罗昌明一边扯箱子一边说："你也有这想法？外人？"他忽然大笑起来："外人？我要的是'内人'，你们硬把人家朝外推，还说什么外人！"他用力夺过皮箱。罗国兴踉踉跄跄冲了几步才站稳，气得脸上变色："你……你跟你爸动手？！"

罗昌明胸口陡然一阵怒气喷涌，大喊："我没有！谁也别想给我加罪名，谁也别想妨碍我，谁也别想拉我陪他一辈子！"快步出去，用力甩上门，发出"砰"的一声巨响。罗国兴浑身震了一震。罗小杰在房内也颤抖了一下。

罗昌明在路边打电话，跟领导请了半天假。马路对面，沈慧欣带着疑惑注视着手拎两个大皮箱的罗昌明。

罗昌明不知道有人看他，正在打另一个电话："我跟领导说过了，先借单位宿舍住两天，慢慢地再找房子。"又带着些儿苦中作乐的口吻说，"我这大箱子死沉死沉的，你来做回苦力吧……什么，你在帮儿子卖水果？你开玩笑吧？"他一直阴郁的脸上竟绽开了一个笑容："原来如此！等等，你刚说什么？'关工委'？哪边的？长虹街……我爸单位嘛！"跟他通话的是个女人，她说："对了，姜大姐给我介绍时确实有一位主任是姓罗的。"罗昌明说："你说的'姜大姐'是不是姜桦？"那女人说："可不？你们认识？"

罗昌明说:“我爸的同事,还带圆圆上我们家玩过呢!”那女人笑说:“这真是大水冲了龙王庙了。一向只知道罗小杰的家长是罗昌明,不知道他爷爷就在‘关工委’。你爸呢,大概也只知道小杰的老师姓方,不知道就是我——你看你还不如圆圆有心呢,你就没想过请你爸给我家汉和解决点实际问题。”原来和罗昌明通电话的是方静萍。

罗昌明说:“我错我错,我最近犯的错误也不止这一桩。可严汉和也是最近才被厂里辞退的嘛。”方静萍说:“拿你开心呢,你就当真了。这两天课少,又推掉了一个家教,就帮汉和照看一下。以后要买水果随时欢迎,算你优惠点儿。”罗昌明说:“一定的。小江是你介绍给我的,我得给你个反馈。我打电话给你就是告诉你,人家一点责任没有,纯是叫小杰给闹的。”方静萍说:“小江的为人我清楚,不用你多说。你能跟自己的儿子怄气,还捎上了老爷子,这么大火气,以前我倒是没看出来。要是早知道,我能不能放心把你介绍给小江,还真要打个问号。”罗昌明说:“喂,你有没有同情心啊?”方静萍笑了:“我有,不过不在你那边。我刚刚荣任罗小杰的班主任,当然帮着他说话——你出来住两天也好,平心静气想一想,看值不值得。血浓于水,跟亲人有什么官司好打的?小江那边我会帮她再留意的,你也不用内疚。”

罗昌明挂了电话,收起手机,拦了个出租车,把箱子塞进后备箱。街的这一边,一直在看着罗昌明的沈慧欣调头走开。

她一进“关工委”就问罗国兴:“老罗,罗昌明干嘛去?出长差呀?足足两大箱东西!”罗国兴说:“你看见他啦?”沈慧欣说:“在你们家前面那条大马路上,站在那儿打了半天电话。”罗国兴“哼”了一声:“在找人诉苦呢吧!给他气死了!”当下把事情简略地讲了一遍。

王霞口没遮拦地向施玉芬说:“老施,还是你有先见之明。”因为施玉芬曾经预言罗昌明再婚未必顺利。罗国兴疑惑地说:“什么先见之明?”施玉芬哼哼哈哈地打马虎眼儿，说："嗯，咳……"王霞这才意识到说漏了嘴，忙说："没什么没什么。"

姜桦进门，罗国兴逮着了就说："姜主任你说说看，你一向很客观的。"姜桦摸不着头脑，问他："说什么？"罗国兴一愣，笑了："我是气糊涂了。"王霞便把姜桦叫过去小声讲了几句，只不过以她说话的分贝，再"小声"也有限，结果是人人听得清楚而装作没听见。

姜桦劝了劝罗国兴，又说："不过我说句不中听的，像小杰这样子，恐怕也不行。一味地捣蛋，您一辈子也别指望找到儿媳妇了。"罗国兴说："可不是嘛！要找一个昌明喜欢，又拿得住小杰的，上哪儿找去呀？"

施玉芬想打打岔让他不要郁闷，便说："我说罗主任，咱们几个人早就有言在先，不把私事带到工作上来。你是主任，要以身作则啊！"罗国兴顿时来了精神："对对对，家里再乱，不能乱了工作效率。不说了不说了。"姜桦悄悄向施玉芬竖竖大拇指。施玉芬忍住笑。

有个学生家长带了儿子进来说："请问……哦，施老师。"施玉芬迎上前去："你好！"家长说："又来麻烦您了！人家做家教还肯收个钱，您钱不要礼不收，我们真不知道说什么好了。"施玉芬笑道："孩子上进就好。"家长对孩子说："叫人啊！"孩子乖乖地说："施奶奶！"施玉芬慈爱地说："哎！先到奶奶桌上看会儿书，下了班奶奶带你回去辅导两个小时。去吧！"姜桦看她对小朋友万般怜爱，平常对王霞却万般地不近人情，想"人"这东西果然是复杂的。

孩子到施玉芬桌边，施玉芬给他拿了张凳子，见他双脚踏不着地，又从凳子中间抽出一层木板来让他放脚。家长笑着说："这凳子新鲜！"施玉芬说："那是我找人特地给小孩子设计加工的，免得脚悬在空中不舒服。你去忙吧，孩子在我这儿你放心。"家长三分恭维、七分诚恳："给您再不放心，我真不知道要托给谁了。"

眼看那人离开了,罗国兴问姜桦:“庞元元最近怎么样了?送到‘睿航集团’去就没看过他。”姜桦说:“我见过他一次,昨天又侧面打听了一下,小伙子干得不赖。他不是当保安吗?他自己原是个鬼灵精,这一下美猴王变成了孙行者,一心一意走正道,别人哪是他的对手?听说已经发现了好几起隐患,有个惯偷两次想混进去都给庞元元挡住了。杨经理说正要请示奖励他,黄总……”提到黄俊贤,她顿了一顿:“还说要把他放到责任更重的仓库去。”罗国兴与沈慧欣同时说:“这就好!”

小孩在施玉芬桌旁稚气地瞅着他们。

十三　劝　　解

这天严正在家看一叠资料。一盆常绿植物在客厅一角陪着他。他忽然觉得有点儿寂寞,无端地心口发慌,像人饿久了低血糖那种感觉。他摘下眼镜,甩了甩头,起身倒了杯茶,摸了摸桌上的一只打火机。

方静萍进来说:“累了就歇一会儿,我的学生,像罗小杰他们,还知道劳逸结合呢。”严正笑笑问:“汉和呢?”方静萍说:“白天看了一天摊子,累了,我催他睡了。”严正点头说:“劳动光荣,不愧是我的儿子。”他若有所思,过了半晌,似乎不由自主地说:“你记得吧,有一次芷清在这儿玩我的打火机,差点把桌布烧起来。”

方静萍给触动了一下:“你也想女儿了?”严正却又嘴硬:“不是,我是看到打火机,偶然想起来的。”方静萍试探地说:“芷清走了以后,给我写过一封信,也没留地址,不知道从哪儿寄来的。”严正显出漠不关心的样子:“哦?”方静萍说:“我拿来你看看?”严正不答,算是默许。方静萍进房,不一会儿返回,手里拿着那封信。

严正说:“我不看!”方静萍说:“那我念几段给你听吧。”她不等严正同意,径自读道:“我小时候就觉得我们家的规矩特别大。我做作业,出来喝杯水,你会说我‘怎么老喝水?’逢到小测验复习,爸爸总要规定我两个小时不准出房。事是小事,可那种压抑和窒息我一辈子也忘不了。那时候我是忍,大一点了……”严正说:“她就翻天了!”方静萍读:“‘大一点了我就反抗。’这些事我都记不得了,亏她还放在心上。老严,你说我们……是不是真的也有不是?”严正说:“那是为了她好。”方静萍笑笑:“我打个不恰当的比方,希特勒发动战争,他也觉得是为了德国好。”

严正反问:“哪有这么比的?”方静萍说:“我的意思是,咱们有些地方,也许是要反思。姜大姐最近常劝我些话,有好多,是我从前没想过,或者说,是不愿意想的。”严正有些惊讶:“姜大姐?居委会主任是吧?你信她的?”方静萍说:“好了好了,这事儿咱们不争,信还没念完呢:‘你跟哥哥保重身体,哥哥有了工作——虽然那职业说起来不好听,却是最适合他的’……”严正有点奇怪:“她怎么知道汉和的情况?”方静萍说:“是我告诉她的。她有我的手机,随时可以找我。”

严正“哼”了一声:“她隐身起来了,想找我们就找我们,我们倒找不到她,不知道现在堕……变成什么样子了。”他原要说“堕落”,话到嘴边又改了词。方静萍想这是好现象,便说:“我还是读信吧?”她仍旧低头念信:“他跟我一样没遗传到你跟爸爸的学习基因,天生不是那块材料,能有个合适的事做做也好。”念到这里,方静萍故意停住了。严正等了一会儿问:“完啦?”方静萍一笑:“‘最后,你照顾好爸爸的身体,不要跟他提我。我不在家,他就用不着整天发火了。’你看,她还在惦记你哪!”她充满希望地看着丈夫。严正玩着桌上的那只打火机。

方静萍说:“老严!”严正这才表了态:“等你过四十六岁生日,叫她回来吃饭。”方静萍欣喜地应了。严正笑笑:“瞧你高兴的样儿!我可说好了,在那之前,我不准她回来。嗯,你说,我送你什么好?”方静萍说:“老夫老妻了，还送东西？何况又是个小生日。”严正说：“话不是这么说，小生日也是生日，不但要送，还要送你喜欢的。对了，送你一枝派克金笔怎么样？”方静萍笑了：“你说话可要算数。”严正不无自傲地说：“我一生最值得骄傲的就是做人做事有原则。”方静萍也学着他一脸严肃地说：“那就多谢了。”说得严正笑了。

隔天方静萍把严正的变化和姜桦通了气，姜桦说：“难就难在找不到严芷清。只好等她联系你的时候叫她回来过你的生日。这生日得好好操办，没准儿就是父女和解的契机。”方静萍喜滋滋地说：“我也这么想呢！”

严芷清一直是沈慧欣所关注的，姜桦便把情况和沈慧欣又说了一下。沈慧欣说找严芷清不是一天两天了，也还会继续找下去的。

下了班，姜桦骑着车，小心躲避着行人和别的车辆，在离家还有不到一半路的地方，却跳下车来朝旁边喊了一声。那人回头，是罗昌明。

罗昌明说：“咦，你怎么……是我爸叫你来找我的？”姜桦笑了：“我们没这么神通广大，又不是私家侦探。不过虽然碰巧，也可以说是天意。”罗昌明笑笑：“原来老天也向着你们。”

姜桦也笑：“你上哪儿去？”罗昌明说：“回家。”姜桦揶揄地说：“哪个家？”罗昌明一笑：“单位宿舍，新家。”姜桦取笑他说：“那还要恭贺你乔迁之喜罗？要不要送套茶具给你呀？”罗昌明说：“得了，别笑我了。我知道你们都想劝我回去。但我暂时没这个打算。”姜桦说：“你知道罗主任有多记挂你吗？他每天上班都在念叨你，老沈说他都有些精神恍惚了。”罗昌明有意显得不在乎：“是吗？”姜桦说：“在外面他是人人敬重的罗主任，想不到儿子、孙子的事他反而协调不好。”

罗昌明默默不语。

姜桦说：“你的苦衷我知道，我们毕竟是同龄人。不过我觉得你作为一个男人，还是气度……气度欠缺了些。有时候世界就是这么不公平，你不忍辱负重、委曲求全也不行，尤其是中年人。你想哪能事事顺心呢？那就不是过日子了。”她停了停又说：“我这两天才知道，原来你跟方静萍是多少年的好朋友。”

提到方静萍，罗昌明似乎愉快了些：“我们是老同学。”姜桦说：“她也常问起你。”罗昌明说：“哦？”姜桦笑道：“她现在常上我们家玩儿。关于你的情报，都是她透露给我的。”罗昌明也笑了：“我跟方静萍的友谊也算经得起考验的了，想不到你后来居上。”姜桦说：“干嘛，还吃醋啊？”笑笑又说，“反正你没有你想得那么可怜。你父亲、老沈、我、你的好多朋友都在担心你。你这种年纪，早没了任性的权利。上有老，下有小，只有你照顾人的，没有人迁就你的，到哪儿诉苦都没人帮你。你还是拿出点中年男人的担当来，叫别人刮目相看，说一声‘罗昌明就是有度量’。”

罗昌明笑：“我怎么觉得你跟哄小孩儿似的——不过男人坚强了一辈子，有时候也会孩子气的。”他这话让姜桦想起了江边上她对黄俊贤说的：“经常会有一刹那，你说了句话，或做了个小动作，我就联想起圆圆来了。”黄俊贤笑着说：“岂有此理！”姜桦定了定神，想自己真是“岂有此理”了，会这个时候想到他，便说：“我做了这么多年的妈，总有点儿心得体会。”

手机响了，姜桦接听：“喂，静萍？圆圆……”语气严重起来，“到底怎么回事？我马上来！”

十四　失控与谎言

方静萍在前引路，姜桦在后面跟着。走廊里的灯坏了，光线微弱。

“她身体挺好，从小就好动，没病没痛，好好的怎么上着课就晕过去了？”姜桦边走边焦急地说着。

方静萍说：“已经没事了，别着急。”姜桦叹了口气说：“说起来我还是头一次到学校里来。四年多了,都不知道学校大门朝东还是朝西。”拐了一个弯,方静萍手一指说:“就在前面。”

他们在一间漆成绿色的宿舍门口停了下来。方静萍敲了敲门。有女生过来开门,边往里让:“方老师。”姜桦跟着走进去。

室内空间很小,却有六个人住。衣服密密层层挂满了中间仅有的一条铅丝,更觉得逼仄。水泥地面有股潮气。姜桦走到靠窗的那张床边。那是吴以兰的床,此刻她正伴在许梦圆身边。许梦圆本在闭目休息,听到动静,睁开眼来,声音细细地喊了声:“妈。”

姜桦在床边坐下说:“方老师打电话给我,可把我吓坏了。”许梦圆慢慢坐起身来说:“我没事了。”姜桦说:“大概是累着了,最近有没有熬夜?”许梦圆说:“睡得比较晚。”姜桦到底不放心,说:“要不到医院看一下吧?”许梦圆说:“不用了,刚才到学校的医务室看过了,没什么事。”吴以兰在旁边说:“检查过了,就是疲劳过度。”方静萍语重心长,如同她还是许梦圆的班主任:“许梦圆啊,学习方法很重要,光下死功夫不顶用,倒把身体搞坏了。你以前不用蛮劲儿也能考出好成绩,得把那状态找回来。”许梦圆说:“知道了,谢谢方老师。”

三人出了宿舍楼,见陆文咏等在门口。许梦圆心神一振:“陆辅导。”姜桦心想原来他就是方静萍和许梦圆都提过不止一次的陆文咏,便笑道:“这称呼很少见。”方静萍坦然承认:“是校长的杰作,我也赞同。陆辅导为孩子们出力是好的,不过毕竟不是老师啊。丁是丁,卯是卯,凡事要分清。”许梦圆从话风里辨出方静萍对陆文咏的不满,十分诧异。陆文咏却看着她说:“没事就好。在兴趣小组课上晕倒,我要负连带责任的。”他话里的打趣冲淡了方静萍带来的硝烟味儿。许梦圆笑了一笑。

姜桦谢了陆文咏,又问许梦圆晚上要不要喝排骨汤。许梦圆感到这一丝温暖,顿时撒起娇来——既是对母亲撒的,又不完全是,带着一点表演的性质："我要喝鱼汤，还要加点豆腐。"

陆文咏笑了："看来在家里也是小公主。"姜桦也笑了。方静萍却严肃地说："许梦圆，刚才当着其他同学我没有说，成绩下降，跟你上课不专心也有关系。各科老师好几次不点名说了你，但你没怎么改。"姜桦皱眉说："圆圆……"许梦圆一阵难堪，脸儿滚烫，也不知是因为在母亲跟前还是因为有陆文咏在。不曾想陆文咏也认真说道："连兴趣课上也常走神，不专注怎么能有进步……"

就这一句话，许梦圆已经受不了，血全往头上冲去。方静萍说得再厉害她也能接受，不接受也能忍耐。陆文咏就不同了，以往他都是带玩带笑含蓄地点一点，今天他非旦不帮自己，还疾言厉色地批评她。她变成这样全是为了他。她突然爆发了："是啊，是啊！我走神，我没进步，辜负你的期望，全是我的错，行了吧？"嚷完了，一阵风似地跑远了。

陆文咏莫名其妙。姜桦又气又急，向陆文咏连连道歉。陆文咏笑说没关系，说青春期的女孩子情绪不稳定是正常的，而且今天还身体不好。方静萍扫了一眼陆文咏，看看许梦圆跑开的方向，心中泛起一丝疑虑。

当晚回到家，姜桦重重数落女儿："你怎么能这么跟人家说话？人家是为了你好！不为名，不为利，每周半天放下店面来跟你们蘑菇，你好意思发这么大的脾气？"许梦圆负气不语。姜桦依然往下说："你以前虽然毛躁，还是分场合、分对象的，有个起码的分寸。你看看你今天……我都不知道说你什么好！太没礼貌了！我跟人家拼命打招呼，人家真是有涵养，直说没关系……"

许梦圆知道姜桦是极难得地动怒，但胸口一团郁闷仍在左冲右突，便打断姜桦说："他当然这么说了……"话没说完，门铃响了。姜桦开门，见到方静萍还不算意外，后面跟着罗昌明就显得奇突了。姜桦捺下火气，朝屋里让客。许梦圆给客人拿来凉开水。方静萍摸摸许梦圆的头，罗昌明赞道:“圆圆真懂事。”

姜桦说:“还懂事呢,今天都把我气坏了!”话虽如此,口气远不如刚才那么严厉。罗昌明说:“静萍告诉我了,小事而已嘛!”姜桦摇头道:“不说了。圆圆,去给妈妈倒杯茶来。”许梦圆应:“哦。”罗昌明拦住,把她拉到姜桦这边:“母女哪有隔夜仇啊,来给你妈道个歉。”姜桦笑了:“圆圆坐下吧。你看你罗叔叔,跟美国人一样搞双重标准。”她向罗昌明说:“你劝人倒会劝,母女哪有隔夜仇,父子呢?你又是父,又是子,有双重的矛盾等着你去化解,你还跟一老一小犟着?”

罗昌明不好意思了:“你这个人,恩将仇报。我是好心,你反而笑我。”方静萍说:“你是好心,姜大姐是歹意吗?还不也是为了你们家着想?”许梦圆眼珠一转说:“罗叔叔,你什么时候再带小杰来玩啊?”方静萍笑道:“这孩子,鬼精灵。”

许梦圆说:“方老师,我常抱怨我妈呢!”方静萍诧异地问:“为什么?”许梦圆说:“她非要等您不教我了才跟您做朋友,早干嘛了呢?不然您早就给我开小灶了。”大家都笑了。姜桦笑着说:“行了,别耍嘴皮子了,去看看书早点儿睡。”许梦圆答应了,刚走几步,姜桦又叫住她,特地叮咛了一句:“早点睡啊!”许梦圆去了。

罗昌明说:“圆圆这样还不算乖?现在的孩子,说享福吧也享福,说辛苦吧也辛苦。我们这一代,虽然物质上跟他们不能比,压力可比他们轻多了。工作、房子甚至一部分人的婚姻都是组织上包的。不像现在生存竞争这么激烈。”方静萍同情地说:“可不是吗?对了,差点忘了。”她把一个大塑料袋放到桌上说:“我给你和圆圆带了点水果,吃着玩玩。”

姜桦说:“你看你……进货也要钱呀!你们本来就是小本经营,一次带这么大一袋过来……”罗昌明插口说:“是够沉的,她怕一个袋子吃不住力,还在外面又套个袋子。”方静萍嗔怪说:“你还解说得够详细的!”罗昌明窘笑。方静萍向姜桦说:“如今的人这么功利,像你这样不求回报,为我们汉和东奔西走,你这份儿心,就值得我方静萍感激一辈子。我是个水晶心肝玻璃人儿,存不住话,说的都是心里话。”

姜桦笑说:“我知道。可你别把功劳记在我一个人头上。老沈为了汉和的事也没少操心,罗昌明的父亲就更不用说了。有这样不计名利的老同志做榜样,我们小一辈的再推托偷懒就不成话了。”方静萍说:“反正是谢谢你们了!经济上宽松一点还是小事——家里不少他这碗饭吃,但让汉和有了寄托,不再怨天尤人,这可是大事。你想他二十几岁的人,成天愤世嫉俗、无所事事的,还得了吗?现在至少也开始挣钱了,上次还帮我买了件衣服,尺寸大小全不对,可是他一歪一歪走过来说:‘妈,我买给你的!’我当时眼泪就下来了。”说着便拿面纸擦眼。罗昌明看着她,眼圈也红了。

姜桦说:“这是大喜事,应该高兴才对。”方静萍含着泪笑了:“可不?汉和还说,等赚了点钱,要把水果摊改成水果店,做得大了还要开分店。他还有个傻想头呢,说把分店就开在你们家附近,让你们一年四季有免费的水果吃——整个儿变了个人啊!”罗昌明说:“以前在工厂里恐怕也没现在开朗。”

方静萍笑着点头:“姜大姐他们让汉和的自身价值有了体现,这是比什么都重要的!”姜桦说:“你实在要谢,就谢‘关工委’,谢谢安阳市那些开先河的老红军吧。从成立到现在,一晃有二三十年了,我也从那时的‘下一代’变成关心‘下一代’了。”

方静萍微笑:“这就该一代一代传下去,父而子,子而孙,子子孙孙无穷匮!”

谈了一会儿,方静萍和罗昌明起身要走,姜桦想要送一送。方静萍拦住她说:“别送啦,我们就在前面坐公交。”

姜桦说:“等汉和再干一段时间,要是真想开水果店,可以试试给他贷款。罗主任以前就帮人跟银行贷过。”方静萍闻言欣喜:“好啊,比在水果市场占一个摊位又进一步了。”罗昌明说:“别高兴得太早,求他们办事的人多了,这一桩不见得能打包票。”方静萍斜睨了他一眼:“还说呢,看看你有个多好的爸爸,还不快回家去。说句你不爱听的,你只知道独身拉扯小杰不容易,你爸当年还不是单身一个人把你拉扯大的?你这一走,你想老人家心里是什么滋味?”

罗昌明一阵难过,却又犹疑地说:“那还不被小杰笑死?”姜桦说:“自己儿子,怕什么丑?要不明天我陪你回去吧?”罗昌明断然拒绝:“不用,你同我爸是一伙的。”方静萍笑了:“听这意思,是要我护送了。有好处没有?没有就免开尊口。”罗昌明开玩笑说:“还人民教师呢!我算看透了。”方静萍说:“吃亏的事我也做了不止这一件,去就去吧。明天几点钟,在哪儿见呢?”

姜桦笑吟吟地目送他们下楼。

第二天上午,方静萍就陪罗昌明回家。出租车上,罗昌明一会儿摸摸头,一会儿扯扯衣袖,显得局促不安。方静萍在后排笑道:“你怎么了?像去约会一样。”罗昌明说:“你别说,还真有点儿紧张。”司机说:“先生,麻烦系好安全带。”罗昌明笨手笨脚地系着,方静萍看不过去,探身向前,帮他系好,说:“不然逮到了要罚款。”司机忍不住插话:“系安全带是为了自己的安全。”罗昌明趁机打趣说:“是啊,就知道怕罚款。还人民教师呢!”方静萍笑道:“你就没有别的词儿了是吧?”

二人来到楼下,罗昌明付了车钱,和方静萍一起把箱子朝上搬。才到门口,罗国兴已经开了门,显然是前一天晚上姜桦通风报信了。他也不说什么,只是带笑帮着把两个箱子往里拖。

方静萍心疼地说:“地板都拖出印子来了。”罗昌明说:“我自己来吧……爸。”罗国兴听到这声“爸”，心里一酸，又喜又恨地在他肩上捶了一拳。罗昌明吃痛，牙根里“嘶”了一声说：“您劲儿还挺大。”罗国兴笑道：“你不想想你爸原来是干啥的——当年在部队里打下的底子。”

忙了一阵，罗小杰出来了，一见罗昌明，惊奇地喊：“爸！”看到方静萍，越发惊奇地说：“方老师！”方静萍笑了笑：“我跟你爸是老同学，你爸怕你知道了不服管，一直不准我说。这下拆穿了西洋镜了。我招呼打在前面，以后不会对你有什么特殊关照，别当有了护身符，能由着性子闹。”罗小杰素来顽劣，但在方静萍面前却丝毫不敢放肆，乖乖地应着。

几人坐下来，罗国兴意味深长地说：“谢谢你啊！方老师。”方静萍听出了他话里的话，笑道：“我就是给老同学当了回押镖的，他已经答应欠我一顿饭了。”罗国兴祖孙三人都笑了。方静萍又说：“罗昌明说想爸爸、想儿子，不回来过意不去。”罗国兴知道她这话七分真、三分假，却转头对罗小杰说：“你看你爸对你多好。”他又朝方静萍说：“方老师太谦虚了。不是你和姜主任他们三天两头劝着，他哪有这么快回来？”罗昌明不安地干咳了两声。

方静萍察觉到罗昌明的尴尬，转移话题向罗小杰说：“再见了，小杰！有空跟你爸上我家来玩，我叫我爱人做山东煎饼给你吃。对了，我家还有好多好吃的水果。”罗小杰难得这么温驯地笑着，直点头说：“方老师再见！”

方静萍因为今天第一、二两节没课，先把罗昌明父子的嫌隙化解了。算算时间，也还从容，不急不缓地骑车到学校。一进校门，就看见陆文咏抱着一堆打印稿走来。她上前问他为什么不是星期五也来，话里仿佛怪他过于积极。陆文咏和学生关系极佳，以方静萍为首的老教师们难免吃味，昨天许梦圆一闹，她又多了另一层担忧，不能不多加关注。陆文咏把打印稿给她看，说是校长托他办的文学月刊《芳草地》第一期就要面世了。

同学们写作的积极性必定高涨。将来办长了,即使不来当辅导员,也能继续出资、出人支持,把杂志延续下去。方静萍想,难怪校长不阻止了,原来学校一个钱不出！由此对陆文咏倒多了点好感。她正想说话,见许梦圆从后面追上来,一面喊着:“方老师,陆辅导!”就猜到她是奉了姜桦之命来跟陆文咏说“对不起”的,心想女生脸皮子薄,多一个人没准儿就不好意思说了。看陆文咏态度坦荡,但愿一切是自己多心,因此带笑点头走开了。

许梦圆向陆文咏瞧了一眼说:“我妈让我跟您道歉。”陆文咏一听笑了:“这么说不是你的本意?”许梦圆说:“也……也有我自己的意思。”陆文咏仍旧微笑:“你自己的什么意思?”许梦圆说:“歉意。”又说,“还能有别的意思吗?”陆文咏说:“行了,我接受你的道歉。按说我这人倒是很随便的,不喜欢讲太多规矩,不过尊重他人是个大前提,总不能太离谱了。这件事过去就不说了,以后用心听讲,知道吗?”许梦圆答应了。

陆文咏见她仍是眉头深锁,便问:“说实话,你是不是对我的课没开始那么有兴趣了？没关系,你怎么想的就怎么说。我之前没到哪个班级上过课,不够专业,有的地方可能还要摸索。”许梦圆红着脸说:“不是,凡是我认真听的时候,就觉你讲得挺好的。”大着胆子又加一句,“比王老师讲得好。”陆文咏笑笑:“数学课跟语文课不好比。我以前最不喜欢数、理、化,他们讲得再好我也听不进去,后来就在这一点上吃了亏,没有考上一类本科。不同的人偏文、偏理不一样。”他顿了顿又说:“问题是,你这个学期对文科、理科并不偏,倒是一视同仁地退步了。是不是有什么事不方便跟老师们说的？可以让我这个中间人转达。”

许梦圆说:“倒是真有一件,可是我不会告诉你的。”陆文咏点头说:“嗯,怪不得。”许梦圆说:“你为什么不问我?”陆文咏说:“你说你不会告诉我。”许梦圆有些不高兴地说:“你都没问。你问了,说不定我就说出来了呢?”陆文咏猜道:“家里的事?”许梦圆失望地说:“才不是呢!”陆文咏停下脚步说:“你自己说吧!”许梦圆说:“因为你!”

陆文咏奇怪地看她:“我?”许梦圆索性敞开来问:“你比我大几岁?”说着脸上已经发烫了。陆文咏笑道:“你这口气可没把我当‘陆辅导’啊!”

好像天上掉下来一个念头,许梦圆想也没想脱口而出:“我有个提议,你答应了,我就好好学习。”陆文咏大奇:“你拿你自己的事跟我讨价还价?”见许梦圆不答,便问,“你先说什么事吧?”

许梦圆说:“我不喜欢你做我的辅导员……”陆文咏惊异地“啊”了一声。许梦圆一口气说下去:“我希望有你这样一个大哥,没事陪我看看画展喝喝茶、听听讲座。”陆文咏松了口气,许梦圆则被自己的异想天开惊着了。出于害怕被拒绝,同时也是出于上次在大学里看话剧受到的震动,有一瞬间她竟希望陆文咏一口回绝。陆文咏笑笑说:“这些事吴以兰不是都能陪你做吗?”悬念没有落实,格外令人焦灼,像一个骑自行车的人从坡上冲下来却总也冲不到底,许梦圆顺着惯性说:“姐妹和兄长哪能相提并论?”陆文咏沉思。短短几十秒,又长得像几个世纪。许梦圆声音极小地问:“你答不答应?”陆文咏说:“你的要求很奇怪。”他用那种玩味的表情看她,许梦圆只求脱困,口不择言:“我……我以前有个表哥,对我非常好,经常带我玩儿,给我买好吃的,听我说心事,还教我做习题,比亲兄妹还亲。但是后来……后来他死了。”天知道她没有任何表兄妹。

陆文咏为人忠厚,没想到她会拿这种事撒谎,吃了一惊说:“太可惜了!”

许梦圆既过了这一关,下面倒说得顺畅多了,把她写短篇小说编故事的才能发挥了出来:“表哥的眼睛长得和你很像,都是单眼皮。而且你们说话的声音也像,很浑厚。最近是表哥……的两周年……”陆文咏恍然:“所以你心情不好?”许梦圆说:“是的,我怀念他,晚上都睡不着。那天晕倒了，就是晚上老失眠引起的。”这一串话里只有最后一句是实话。陆文咏便说：“怀念是对的，但是不应当沉溺，毕竟……往者已矣，来者可追。你还有很好的未来。”

许梦圆说：“那……你答不答应呢？”陆文咏体谅她的手足挚情，考虑了一下才说：“不能让别的同学知道……最好，也不要让方老师或别的老师知道。”方静萍他们对他的态度他当然知晓，只是生性豁达，不去多理。许梦圆第一个反应不是高兴，而是惶恐：这么轻易就做到了？简直不敢相信会是真的。这个一时冲动的起点会把她带向何方？只是在半分钟之后，喜悦才从不安中探头探脑地伸展出来：“你是说……”陆文咏说：“在其他人面前，我仍然只是辅导员。其实也无所谓，一年后我不再给你们上课了，同学们只要愿意，个个都是我的弟弟妹妹，有来有往也正常。”虽然把她列为“同学们”之一，她毕竟是当中的“第一”，许梦圆这下是真的开心了：“这是我们的秘密，我连我妈也不说。”陆文咏笑道：“轮到我谈条件了。你上课要是再开小差呢？我是指所有科目。”许梦圆没大没小地说：“那我还配有你这样高富帅的大哥吗？”陆文咏哈哈一笑：“一言为定。”

十五　客人的秘密

十二点了，又是换岗的时候。庞元元回到休息室，和其他保安闲话几句，从抽屉里拿出本书来看。那书很厚，而他是从中间看起，可见已经读了一段时间了。

他自管看得入神，没发现杨经理走了进来。其他保安有要喊他的，杨经理做个手势叫他们噤声，慢慢过去注视了一会儿才笑说：“看什么呢？”

庞元元忙笑着丢下书本，起身让座。杨经理说：“不坐了。你们站得多，我是坐得多。从办公室到车上，到客户那，到酒桌上，椅子是不同，反正是坐着的。”大家笑了。杨经理问:“最近怎么又迷上看书了?”庞元元笑道:“也谈不上迷,开头是打发时间,后来觉得挺有意思,就看下去了。”杨经理一翻书面,是一本初中化学参考书。他奇怪地问:“化学你也觉得有意思?语文里起码有点故事看看。”旁边一人说:“杨经理你不知道,小庞古怪呢,他就喜欢理科。说起数理化一套一套的。我们拿了几何题考他,他条条会做。”杨经理笑着说:“重拿课本,有什么感觉?”庞元元笑笑说:“像做了场梦。不知道怎么就坐在这里了。”他没有贬低这份工作的意思,但旁边的保安私下冲他直打手势。

杨经理出神不语。庞元元还当自己真的惹杨经理不高兴了,但他并不费心解释。他认为闲暇看书或坦率直言都很理直气壮,既然如此,哪怕上司不愉快他也绝不采取措施去弥补。

杨经理的想法与庞元元的猜测截然相反。他先跟黄俊贤提了个建议,又另外打电话给罗国兴和沈慧欣。他知道黄俊贤会和姜桦商议,就不再直接和姜桦说,以免姜桦感到“睿航”的人把她当总裁夫人直接汇报,又要尴尬。这是他心存忠厚之处。

黄俊贤果然跟姜桦说了。姜桦对着手机沉思。

那是临近下班时分,居委会里,各人忙各人的,十分安静。一个中年女人在做剪报,拿剪刀小心地剪着报纸,过了一会儿才打破沉寂说:“姜主任,上次那家吵架的小夫妻和好了,媳妇跟婆婆也暂时不顶牛了。”姜桦回过神来,立刻抓住了要害:“暂时?”中年女人说:“婆媳关系哪能一辈子不出问题?咱们居委会的工作已经算是做得好了。”姜桦笑道:“倒也是。”

王霞进来说:“姜主任,那边请你呢!”姜桦放下手上的本子说:“就来。”王霞去了。这里中年女人不失时机地捧她:“姜主任,您跟王熙凤一样厉害,荣国府、宁国府哪一处都少不了。”姜桦笑了:“我可没她那么凶吧?”把桌上东西稍微拾拾,移步到隔壁来。

她一进门，觉得气氛不对，左右瞧瞧，发现沈慧欣和罗国兴都面带愠色，就笑了笑说："谁叫我？"罗国兴说："你问老沈吧！"沈慧欣不作声。王霞快人快语地说："我请你来当和事佬的。罗主任和老沈闹意见。"罗国兴有点羞惭："谁闹意见了？想法不同罢了。"王霞笑道："罗主任这会儿倒通情达理了。"

姜桦走到沈慧欣桌旁站住笑道："我不管怎么回事，无条件站在老沈一边。"罗国兴不服气："为什么？"姜桦笑道："因为我是女人。"施玉芬也笑说："实力悬殊，四比一。"

沈慧欣笑了，对姜桦说："你别睬老王，她说着玩呢。我们在讲庞元元的事。"姜桦料到了三分，说："不是已经挺好了吗？还有什么事？"沈慧欣说："庞元元能够自立，我一开始也赞成，后来想想又不甘心。你知道，庞元元从前上初中的时候，学习态度那么坏，成绩还是中上游，要不是……"王霞不由得站起来，双手撑在桌上接着说："要不是自己放弃，肯定上重点高中，他白白地把个大好前程断送掉了。"说着拍了一下桌面。

沈慧欣说："我就想，凭他这份儿机灵，是不是能让他考高中呢？我这不是心血来潮，是黄总那边的杨经理找了我和罗主任，说庞元元有事没事就看参考书，他呢虽是看着玩玩，但你们知道，兴趣是最好的老师。要是有人安排一下，他的人生说不定会整个改写。"施玉芬说："别人我不知道，反正作为教师我一百个支持。你们要缺个鞍前马后跑跑腿的，就找我。这是功德无量的事。"罗国兴想不通："嘿，我觉得就我成了个孤家寡人了啊？成材固然重要，成人也不简单，尤其对于庞元元这种聪明又有点邪性的青年人。一回到少男少女集中的高中，保不齐他又旧病复发，那就坏事啦！"

姜桦早已了然："我明白了，老沈想要帮庞元元重回校园，罗主任想让他先干好手上的活儿，把习性真正改过来再考虑别的，是不是？"罗国兴说："不错，一个人的品性是最要紧的，不然越聪明祸害越大。"沈慧欣说："可是庞元元我去看过他一次，他搬回来去跟庞家声一起住了，上班认真，下班又帮着爸爸打理小吃店。我觉得他在短时间里有这么大变化，说明他已经……"罗国兴说："你看，你也知道是短时间。我不是说他不好，我心里其实还怪喜欢他的。可是老话说得好，'日久见人心'。我的意见，还要再观察他一阵。让他跟他爸一块儿生活几天，在黄总和杨经理他们的监督下用心做事，捺捺他的性子。他要是能踏踏实实干保安，过日子，他就能踏踏实实上高中，挣前途。不然急急忙忙送了去，万一又搞三搞四……"他双手一摊，"你们想想吧！"沈慧欣叹了口气说："也许我是太急了，我恨不得他这会儿立刻就考进高中，也让庞家声苦尽甘来。我还是希望他早点再去念书。知识能够净化灵魂。"

罗国兴争辩说："他在初中成绩也不错呀，怎么又犯了法呢？"沈慧欣有点儿急了："初中和高中怎么好比呢？"罗国兴有点犯倔："怎么不好比呢？都是中学嘛！"沈慧欣说："高中的学习氛围多浓厚啊！而且他现在心态和状态又不同了。"罗国兴说："你这个想法太理想化。要我看，送到部队里摔打摔打还差不多。"

沈慧欣欲言又止，朝椅背上一靠。

姜桦便缓和气氛说："我先做个检讨。我考虑得不及杨经理和老沈周到。我只想着怎么解决庞元元生活上的困难，使他有个稳定的收入，就没联系他以前的经历，做更妥善的打算。不过现在有个问题，罗主任、老沈，庞元元能不能上高中还是个未知数呢！一来，人家肯不肯给他机会，咱们不知道。二来，就算人家肯，他能不能通过补考？第三，还有个学费问题。"罗国兴说："说得也是。不过大方针定下来，才好有具体行动。"姜桦说："这样吧，我再去找庞元元谈一次，看看他对从前的错误反省到什么程度；另外关于上学，我稍微露点口风，探探他的口气。"罗国兴说："也好，进可攻,退可守。”沈慧欣也赞成。

沈慧欣回到家时,小敏正在那儿抹桌子。她想起晚上还有一桩“大事”,振作了一下精神说:“小敏,待会儿程天过来,你看家里有什么菜,弄两样。也不用多,好吃就行了。”小敏现在已经有一种条件反射,一提“程天”就头痛,当下勉勉强强答应了。

不一会儿,程天来了,叫她:“小敏姐。”小敏没好气地说:“你还是叫我小敏吧。我不认你这种弟弟,被我爹我娘知道要打死我的。”程天充耳不闻,变戏法似地从身后拿出一个大箱子来。小敏说:“干嘛?来蹭顿饭吃也不用送这么大的礼。”沈慧欣过来笑着招呼:“进来吧。”对小敏说:“我叫程天把楼上的房子租出去了,他这段时间住我们家。”

小敏大惊失色:“什么?”程天身子一让,原来门侧还有三个大大小小的箱子:“小敏姐,我还有一套音响在楼上,一个人拿不下来,待会儿你陪我一起去拿好不好?”小敏六神无主地说:“先……先吃饭。”

也是前几天,沈慧欣想出了这个法子,去找程天要他搬到自己家来。程天当时就说:“开什么玩笑?住到你家?是我爸妈托你的?你认得他们?”沈慧欣说:“沈奶奶家里人少,也冷清。你一个人住这么一大套,也浪费。你要是愿意,晚上就搬过来。饭也有热的吃,衣服也有人洗。你的房子你可以租出去,收的租金应该不少。只要是正经用途,你喜欢用来干什么就干什么。每个月的零花钱不就多了一倍?”程天看了看沈慧欣,有点心动。

沈慧欣说:“你要是不愿意呢,我当然也不勉强。”她似乎不经意地说:“小敏大概也不愿意你去。”程天双眼一亮:“小敏姐对我有意见吧?”沈慧欣说:“你这么顽皮,难怪她不喜欢你。”程天口风一转说:“沈奶奶,我去住,晚上我就去。我以后跟小敏姐好好相处,跟一家人一样。”除了能收房租和气小敏,他肯搬家,还另有原因,只是不便跟沈慧欣明说。沈慧欣见他同意了，很是高兴："那就好了。我让她给你打扫个大房间，你一个人一间。我们家是三室一厅，小敏住的是最小的。"

程天来到为他准备的房间，果然很大，床、桌、电视、空调一应俱全。两扇玻璃窗足够俯视街景。他把东西一一安插，弄出很响的声音，无形中为沈家带来了不少生气。

回到客厅，已有三个菜上桌。沈慧欣说："怎么样？房间还满意吗？"程天说："比我原来住的还好。沈奶奶，你们家很有钱吧？我听我爸说，在国外，医生、律师都特别有钱，不过律师虽然有钱，还没有医生受人尊敬哩！"沈慧欣笑了。

小敏端上一个菜来，又进了厨房。程天说："我听人家讲过一个笑话：恐怖分子劫持了一架飞机，飞机上全是律师。恐怖分子威胁政府说：'如果不答应我们的条件，我们每隔一个小时就释放一名律师。'"沈慧欣也笑起来说："这讽刺够毒的。"又说，"有你，我就不寂寞了。"言下似乎想起了什么。

程天调侃地说："沈奶奶，后悔啦？"沈慧欣说："要后悔也得有个过程，这才第一晚呢！"她笑了笑，脸色转为凝重，感喟地说："奶奶这一生只有一件事是后悔莫及的，但是也来不及补救了。"程天追问："什么事？"沈慧欣说："以后再说吧，洗个手好吃饭了。"程天说："我手不脏。"沈慧欣说："沈奶奶是医生，你就当迁就一下老人家的职业习惯，以后养成吃东西前先洗手的习惯，好不好？"程天爽快地说："行！"沈慧欣看着他去往洗手间的背影，眼里有一丝疼爱。

吃完饭，程天把碗一推，准备离桌。小敏说："大少爷，能不能把碗收到水池子里去？"程天微笑道："我把你的事都做了，你不是失业了？"小敏说："又懒嘴又坏！"沈慧欣批评小敏："小敏，程天才住进来，怎么要他做家务？"程天得意地看着小敏。小敏委屈地说："又没叫他洗碗，叫他收一下都不行啊?”沈慧欣笑道:“那至少也要三天以后,程天住熟了,也成了咱们家的一分子了,那时候不要你催,他自己就做了。举手之劳,你当他真不肯啊? 人家逗你玩儿你也看不出来。”她又向程天说:“小敏是个好丫头,勤快又淳朴,就是心太实了,转不过弯儿。”

小敏听了脸色多云转晴。程天说:“是不大会转弯。不就收个碗吗?你好好说嘛!”收了自己的碗,又去帮小敏收碗,“连你的也收了,叫你惭愧惭愧。”小敏没好气地说:“我还没吃完哩!”沈慧欣在旁微笑。

在这过程中,苏联民歌一直在室内回荡。《三套车》《红莓花儿开》《莫斯科郊外的晚上》……一首接一首。歌声忽然停了——程天把唱片退了出来。小敏厉声责问:“你干什么?”程天说:“怎么了? 这种音乐有什么听头? 我让你见识见识真正的音乐。”说着放入一张光碟,是非常强劲的迪士高。程天随着节奏扭动,跳得有板有眼,一边还问:“怎么样?”

小敏关了音响说:“闹死了! 这就是你在楼上老放的那些东西吧?”又换回刚才那张碟。程天上上下下打量着她说:“小敏你别号是‘秋高’吗?我完全被你‘气爽’了。你是故意跟我对着干啊?”小敏说:“你懂什么,这是……”沈慧欣阻止她说:“小敏!”小敏才不说了。沈慧欣对程天说:“你爱听就听吧,声音小一点。”程天恨恨地说:“不听了。”沈慧欣说:“怎么了?”程天说:“没心情!”径自回房去了。

在程天和小敏的在奇妙对峙中,转眼过了一个多星期。一天半夜,沈慧欣从睡梦中惊醒,听见沙沙的雨声,跟着便是雨点啪啪地打在窗户上的声音。听得出这场雨来势甚急,也不知小敏把窗子都关好了没有。

她想来想去躺不住,起床从阳台到厨房各处检查一遍,忽听程天房内传出一阵重浊的呼声,像有人被叉住了喉咙要喊喊不出来。她三脚两步上前敲门。程天不应。她顾不得礼貌了,找了房门钥匙开门进去。路灯透过窗帘淡淡侵入室内,勾勒出家具和人的轮廓,但又没有一样看得分明。加上风狂雨骤,颇有些诡异的惊心。

程天在床上发出那压抑了的叫声,比先前隔门听得更加真切。一个闪电,房内陡然雪亮。极短的一刹那,沈慧欣看见程天脸现痛楚,双颊惨白,身体仿佛痉挛一般。她大吃一惊,打开台灯,伏到床边轻呼:"程天,程天!"

连叫了八九声,程天慢慢睁开眼睛,茫然地看她,像还没还过魂来。两三分钟后,他脸上有了血色,呼吸也匀净了。沈慧欣长舒一口气说:"你先躺着,我给你热杯牛奶定定神。"程天一把抓住她手,恳求说:"别走,别走!"沈慧欣心生怜爱,给他理理毛巾被,轻拍着他的胸口说:"好,奶奶不走,奶奶陪着你。"

惊雷闪电和这边的动静也弄醒了小敏。她循着灯光过来,睡眼惺忪地问:"怎么啦?"程天看她的眼神不似平时那么含着调侃和戏弄,却也不愿直抒胸臆,不肯在她面前丢面子。沈慧欣体察到他的心思,向小敏说:"程天做噩梦了,你拿杯热牛奶来给他。"小敏"哦"了声去了,大概还没从浓浓睡意中挣脱出来,有些迷迷瞪瞪的。

沈慧欣慈爱地拍着程天说:"梦是假的,不用怕。"程天羞惭地笑笑,坐起来说:"我以前不这样,从我爸妈走了……逢到刮风下雨打雷,我就犯病。"沈慧欣嗔道:"少胡说,这算什么病啊?是你一个人孤单,容易被惊到。别说你是个半大孩子,就算我们大人,一个人住一大套房子还有点没着没落的呢!"程天说:"你也会怕吗?"沈慧欣拿竹席面的靠垫给他垫在腰后,扶他靠在床头说:"这是人之常情。"程天叹口气说:"可我是男人啊!"沈慧欣笑说:"过几年成了真正的男子汉就好了。"

小敏端来牛奶,程天嫌烫,要喝冷的。小敏絮絮叨叨地说:"冷牛奶哪能喝啊?不拉肚子你找我,再说冷的又不压惊……"沈慧欣也说了些医学上的道理。程天这次分外顺从,依言捧着牛奶杯的底座,吹了吹,一小口一小口地喝着。小敏笑道："难得看你安安静静的。"沈慧欣笑道："你睡去吧，回头我洗杯子。"

小敏走了，程天似乎思想斗争了一会儿才说："沈奶奶，我真觉得自己不正常。我没跟其他人说过，只告诉你一个人：前年我爸妈出国，一开始我高兴得要命，觉得特自由。后来有一天，也是个下大雨打响雷的晚上，有人狂敲我家的门……"在沈慧欣关注的目光中，他缓缓说出了原委。

那时他住在另一个小区。那天深夜，他玩完游戏，准备下线，忽听一阵猛烈的敲门声。他到门眼里一看，是个膀大腰圆、满脸煞气的中年男人，那神情一望而知是醉了。中年男人敲个不停，程天大着胆子责问："谁啊？知不知道现在几点了？"他不说话还好，一说便泄露了他是个还在变声期的少年。那男人醉归醉，神智尚未全失，欺对方年少，厉声道："开门！"程天强作镇定："我不认识你，凭什么给你开？"那人大着舌头说："我也不认识你，我要上厕所，快开门！"

见程天不睬，那人改敲为撞，那一声一声"砰砰"声敲击着程天的神经。良久良久，门外才无声息。程天咽了口口水，悄悄掩过去查看。外面的男人正在点烟，胳膊上的短袖缩起，露出一截纹了身的肌肤。

门又响了。程天一步步退后，打电话给毛头，毛头不接；打给别的朋友，不是关机就是以为他开玩笑——他曾恶作剧地夜里骚扰过他们，"狼"真来了的时候，他孤立无援了。他搓着手，搓得皮都痛了，绝望中福至心灵，打了越洋电话给他父母。大洋彼岸，此刻还是白天。这次总算得到了正确的指导：他们叫他无论如何不要开门，再把门保险起来，并打 110 求救。

报警时他还算沉着，住址和事件说得十分清晰。在等待警察的十来分钟里，在外面隆隆的雷声和室外"砰砰"的撞门声中，他第一次感到一个人住并不快乐。

对门和上下的邻居按说早该听到响动，一来平时没来往，二来明哲保身，没人敢出头，竟由得那男人大逞淫威。

中年男人愈发狂躁，不停地发出含糊的威胁，由撞门变成抬脚踹门。门身被踢得微微抖动，门框附近的石灰小片小片地震落。程天走来走去，如同困兽，愤怒忧惧交相煎熬，心想110怎么还不来！在那末日般的巨响和骇人的闪电中，他跑进厨房把菜刀抓在手里，在黑暗中抱头坐着，怕开了灯会刺激醉鬼，奋起蛮力破门而入。等警察赶到将中年男人制服，进来记下报案人相关资料时，他已冷汗、热汗出了好几身。事后他到朋友家足足住了一个月，死缠活缠逼着他姑姑给他卖掉了房子，买了这边治安更好的一套，才恢复独自居住。也是从那时候起，他越来越喜欢把朋友不分白天黑夜地留在家里玩闹。姑姑在帮他张罗着卖旧房子的过程中昧下了四五万块。程天虽心知肚明，也无计可施。

沈慧欣拿毛巾给程天擦了额头的汗："可怜的孩子，难为你了！你爸妈也是的，什么生意这么重要，抛下儿子不管。"程天喝完牛奶，平静了些："沈奶奶，我哄你的，不是我不跟他们走，是他们带了弟弟出国没带我。"沈慧欣奇道："为什么？负担不起两个？"程天顿了顿才说："他们本来以为生不了孩子，领养了我，没几年又生了弟弟。"沈慧欣愣了下才说："既然领养了就该负责，怎么能把你一个人扔下？"程天淡淡地说："他们说，醉鬼打上门只是偶然的。毛头也说得对，起码他们给了我好多钱花。"沈慧欣心口一酸，把程天搂在怀里。过了片刻，程天把头搁在了沈慧欣的肩上。

次日，沈慧欣请顾医生找了医院精神科的一个权威。那人问明情况，又见程天日常并无异样，说不必服药，最重要的是要给病人安全感，给他家的感觉。沈慧欣问程天的病算不算心理创伤？那人安慰她说不用过于担心，不愉快的记忆会在愉快的生活里慢慢淡化。沈慧欣确知程天不是严重的心理疾患才略略放心。

她把这事儿瞒着小敏，这丫头虽心地淳良，可太大大咧咧，吵起架来嘴上不带把门儿的，一言半语触痛了程天就不好了。

沈慧欣在操心程天的事，旁人却在操心沈慧欣的事儿。这天早上，姜桦带着为罗国兴和沈慧欣弥合分歧的“使命”去找庞元元。

那天庞元元不当班儿，正利用休息时间帮庞家声卖烧饼。姜桦走过去，庞家声热情招呼：“姜主任来了？”姜桦说：“这饼真香。”庞元元忙说：“先尝一个？”姜桦笑说：“好。”庞元元说：“吃什么馅儿的？”姜桦说：“你有什么馅儿的？”庞元元说：“葱油的、糖心的、实心的，要是冬天，还有萝卜丝的。”姜桦笑了：“说得怪好的。吃糖心吧，心里甜甜的才好。”

庞元元拣了一个给她。姜桦闲闲地说：“最近工作还好？”庞元元笑着说：“挺好的——是不是有人跟您告状？杨经理？”姜桦嗔道：“你呀，真是不识好人心。人家是关心你。”庞元元笑道：“谢谢您把前半句省掉。”姜桦笑道：“杨经理跟我们提了一个醒儿。我也想问问，你有其他打算没有？”庞元元笑了笑：“能有今天我很知足，没别的打算了。”

趁庞家声转身照看炉子的档儿，姜桦说：“要是让你再进修呢？”庞元元有点意识到什么，说：“进修？”姜桦笑着说：“比如说，再找个学校念三年书……”庞元元眼中的热切一闪即逝，声音却还平稳：“真的能？”

刚判刑那会儿，罗国兴带他去北郊监狱探望胡勇，曾问过他是要上学还是工作。那时他恨不能和所有初中同学永别，不假思索地选择了工作。真的经过了一番甘苦，开过店，当过保安，才又慢慢回想到读书学习的乐趣。尽管如此，他却没有“痴心妄想”过要考高中。姜桦此时提起，他心中瞬间像燃着了一团火。

姜桦深知此事的难度，八字还没一撇，不便给他过高的期望，便说：“杨经理给我们建议，我们也是初步设想，不见得行得通。想听听你本人是怎么个想法。”庞元元听她刻意说得轻描淡写，便猜到事情远没那么简单。他亲手使自己的学业夭折，想再回到起点重新开始，谈何容易？他早不是当年的他了。一失足成千古恨，他虽不过这么一点儿年纪，却体会到一股沧桑之感。

他不发一言，姜桦却已心知。她看着他，过了一会儿说："我看你还没有考虑成熟，先搁下再说吧。"庞元元点了点头。庞家声拿着饼来说："饼做好了。"放到袋子里去。他不肯收钱，推让半天，姜桦到底把钱放下了。

十六　众志成城

罗国兴接完电话，脸色大变："真的？我马上去看看。"站起来就要走。沈慧欣说："什么事啊？"罗国兴说："小丁出事了！"沈慧欣说："小丁？他才添了个女儿，装修了房子，买了个5吨新卡车跑运输，一年不到就赚了几万块，他能出什么事？不会又上网行骗了吧？看着不像啊！"

罗国兴说："不是不是，那倒没有。是最近挣钱心切，疲劳驾驶，在郊区撞伤了人！"沈慧欣大惊失色："严不严重？"罗国兴说："暂时还不知道。人和车都给扣住了。那边的交警大队放话说，赔偿18万才能放人放车。小丁才刚刚踏上致富路，哪里来的18万？老婆孩子除了哭还是哭，邻居提醒了才想起来找我们。"

王霞急道："别说他了，就算我们，急急慌慌地又上哪儿去筹这笔款子呢？"罗国兴说："我先上他家看看再说。"他前脚走出，沈慧欣紧跟着说："我到区关工委去，看看能不能请梁主任、赵书记他们协调一下。"施玉芬也说："我跟你一块儿去。"王霞说："那我到郊区先去跟人家说两句好话！"

丁盛家在城郊，单门独户的院落，种着菜，栽着花，还长了一棵老槐树。世间福祸相倚，转换常在一瞬。半天之前，谁也不会想到这个安居乐业的小家庭会横遭厄运。此刻这院子的恬静、安适更像一种无情的讽刺。

然而人是有情的。罗国兴一进院门，丁盛的妻子便哭着迎上来。罗国兴劝慰她说："不急，不急，小孩呢？"女人说："好不容易哄睡着了，我是真没办法了。才过了几天好日子，又出这种事……"这女人还是姜桦通过婚介所为丁盛介绍的，她的未来，幸福与否，"关工委"担着一份间接的责任。罗国兴密密叮嘱："事情是棘手，不过我们会想办法的。你这两天要照顾好孩子，照顾好自己。"

女人一面哭一面不绝口地说："谢谢领导，谢谢领导！"罗国兴看看丁盛家新盖的房子，沉吟着说："我不是领导，不过看来这回真要找领导了。"

他赶到区"关工委"，见沈慧欣正在介绍情况："……事情就是这样。老罗先上他家去安慰一下家属，我就赶着过来先给你们汇报一下。"区"关工委"主任老梁听了，沉重地说："这丁盛，不知道轻重，捅下这么个娄子来！"他和周围几人商量了一下说："我们请示下总支赵书记。他跟相关部门说得上话。"沈慧欣说："那最好了！"

施玉芬向老梁说："梁主任你从前也在检察院，也能帮着想想办法。"她向来喜欢把人往坏处想，这时她就疑心老梁想把皮球踢给上级，方便他自己脱身。为了防患于未然，她先拿话把他的退路堵住。老梁却说："还要你说？"立刻拿起了电话。

大家各说各的，竟都没注意罗国兴的到来。老梁放下电话才看见他，便告诉他说："赵书记很关心，派了人调查情况、咨询律师、联系保险公司，还打算亲自到私营冷冻厂借钱。赵书记重点保人，咱们先把丁盛的卡车弄回来。这个，只好用我们自己的存单作抵押了。"他说得有点心虚，音量也低了些。

几个老同志倒还开明，七嘴八舌地说："我那儿有，回头去拿。""别被我老太婆知道，不然要闹！""要多少钱才肯放车？"沈慧欣说："8 万块。"她比老梁更心虚，声音也更低弱。

大家怔住了。这不是一笔小数目，仓促之间，不易筹措。

罗国兴说："我想起个人，兴许顶用。"沈慧欣说："黄俊贤？"罗国兴摇头说："已经给人家在人事安排上添了那么多麻烦，能不找他还是不找他。"沈慧欣着急地说："那你说谁？"梁主任、施玉芬和众人都盯着他看。

罗国兴说："郭凌峰！"老梁等人一时没反应过来，沈慧欣却说："对，怎么把他忘了？"罗国兴说："事不宜迟，我这就找他去。"

他骑了车来到"建发纺织有限公司"。只见一幢欧式的办公楼，后面依稀是一个风格整齐的建筑群，那是纺织加工的厂区。办公楼前有一尊极富现代感的雕塑，形状很像织布用的梭子，但又不那么写实。罗国兴掠过"梭子"，来到门口。

门卫拦住他，很神气地说："找谁？我们这儿是正规单位，要登记的。"罗国兴说："我是'关工委'的……"话没说完，正碰见郭凌峰送一个大腹便便的中年人出门。罗国兴尚未开口，郭凌峰已经抢着过来握手叫："罗主任！"

郭凌峰不到三十，已挣下这样一份家业，与黄俊贤的上市公司或许不能相比，但以他的起点，这样的成绩也足可傲人。他脸上却全无傲色，对罗国兴唯恐不够尊敬。因为生意场上的应酬，他有点发胖了，不过有旁边那位更胖的衬着，还不算怎么走样。

一旁的中年人见郭总对这位貌不惊人的老头儿如此客气，诧异地看着，同时也因为相形之下被郭凌峰冷落而略感不自在。罗国兴向郭凌峰使了个眼色。郭凌峰会意，连忙松开手向中年人介绍："宁总，这位是'关工委'的罗主任。"他指指身后的大楼和厂房："没有他就没有我的一切。"宁总大概不知道"关工委"是什么机构，很敷衍地和罗国兴握了握手。郭凌峰向罗国兴说："这位是商界的传奇人物宁……"宁总的手机响了。他边听边哼了几声就挂了，向郭凌峰说："郭总，我有点事先走，咱们改天再联系。"边说边从罗国兴旁边大摇大摆地走过。郭凌峰微笑着向宁总挥手。宁总上了自己的轿车，从"梭子"右边擦过去了。

罗国兴说："郭总……"郭凌峰打断了罗国兴说："您这可是骂我！不是您，我就有今天了？我郭凌峰不是忘恩负义的人。"罗国兴笑了："你现在当老总了，总不能还叫你小郭子吧？"郭凌峰也笑："那您直接叫我的名字好了。"罗国兴爽快地说："好，凌峰，我是有个事请你帮忙。"郭凌峰说："咱们进去谈。时候不早了，干脆到食堂里边吃边说。"向大堂副理招手说："你到食堂，叫留个包间，先把空调打开，预备两瓶啤酒，几个菜。"副理忙去安排。

罗国兴看看太阳说："那我也不跟你客气了，酒就免了，饭桌上我跟你说！"郭凌峰说："走，去食堂！"看呆了的门卫这才回过神来，急忙说道："大爷，您走好！前面那儿有个暗坑。"那一份儿殷勤，只恨不能把自己填到那坑里去。

二人在包间里坐下，菜肴陆续上桌。罗国兴顾不上品尝，一个劲儿地说着丁盛的情况。郭凌峰向罗国兴敬酒。罗国兴摇头。郭凌峰给罗国兴搛菜，亲热中带着恭敬，如同对着个本家长辈。

一直从门外偷看他们的小伙子转过身来，险些儿撞到了送菜的服务员。服务员刚要惊呼，小伙子忙"嘘——"了一声，两人朝后退开一点。服务员说："你干什么？贼头贼脑的。"小伙子说："你看这老头儿是什么来头？郭总什么时候对人这么客气过？"服务员说："关你什么事？闪开，我要上菜呢！"小伙子摇头晃脑地说："值得研究，值得研究。"

服务员斜了他一眼，端着菜盘推门进去，脸上顿时换成春花般的笑容，放下菜盘，轻声报菜名："松子玉米虾仁。"退了出去。

罗国兴说了半天，这时才总结道："你说这事急不急人？"郭凌峰说：

“可是罗主任，再急也得吃饭。您从一进来就说个没停，我让您吃菜，您嘴上答应，不知怎么一岔，话题又绕回去了。这还真需要点儿技巧。”罗国兴笑了：“凌峰啊，人家说士别三日刮目相看，我今天才信了。你现在的仪表、谈吐都跟换了个人似的。刚刚你跟宁总打交道的时候我就留意了。”郭凌峰微带不屑：“宁总？那是生意上有往来，跟他客气一下罢了。这种势利眼知道什么？我看他临走都装模作样不跟您打招呼，我就想给他个厉害。”罗国兴笑道：“犯不着，犯不着。”

郭凌峰说：“您吃菜。您看这道菜，是我特地叫他们炒的。尝尝看。”焦褐的松子，金黄的玉米粒，莹红粉嫩的虾仁，搭配得当，赏心悦目。但罗国兴只是象征性地动了动筷子。郭凌峰有点急了，说：“这不成，这菜我是专门给您点的，您要是不多吃几口，我下次可不上庞家声那儿买烧饼了。”

罗国兴禁不住笑道：“好小子，威胁我。”郭凌峰笑着说：“我听了您的介绍，知道庞元元他爸不容易，才给车间里的职工订了这个做早餐。我答应您的事做到了，您答应我尝这个菜，可还没吃上两口。”罗国兴被“逼”无奈，只得说道：“好，多吃几口。”嚼了嚼说，“味道还好，不错。”郭凌峰自斟自饮说：“您真不喝酒？要不换瓶椰子汁吧？”罗国兴说：“不用啦。我有个老毛病，心里一有事，就吃不下东西，更别说喝酒了。”郭凌峰说：“您的来意我知道。这样吧，您给梁主任他们打个招呼，就说小郭子最近兼做房地产，资金上不是特别宽裕，但既然是您开口，8 万块总拿得出来，请他们不要动自己的存折了。下午我让会计去办一下。”

罗国兴顿感快慰：“这……这就好了！梁主任他们家里的情况我晓得，也是火烧眉毛，且顾眼下，要帮丁盛渡难关，没办法中的办法。你帮了这个大忙，他们可就轻省多了。”郭凌峰说：“看您说的，没有您和梁主任，郭凌峰今天还是个思想消沉、懦弱彷徨、下了岗在家里憋气的小子。看不见前途，也不想朝前途看。是您上门找我聊天、谈心、鼓励我，我才有了信心。是你们给我出谋划策想点子，我才想到利用当年在纱厂工作的经验创业。而且我和我老婆能力有限，脑袋想出水来也只跟人凑到十来万，剩下的钱有您自己的，有您向朋友借的，有向银行贷的，我才有了起家的本钱。您这可是担了风险的，我要是个不成器的，您就得承担后果。这样的信任非同小可。我谁都不谢也要谢您，您跟谁客气也别跟我客气！"

罗国兴剧烈咳嗽起来。郭凌峰忙给他轻轻捶着。罗国兴咳嗽稍停，眼里有泪水："没事，没事。我有个毛病：一高兴了就咳嗽，好像积在那里的一股子气，'嗖'地顺下去了，嗓子痒得不行。"郭凌峰手上不停，随意但又含有深情："刚才说有事就吃不下饭，这又说高兴了就要咳嗽。您的毛病还真不少，有开心的，有愁出来的，总之件件跟我们有关就是了。"他给罗国兴捶得很自然，倒比庞元元给庞家声捶背更有一种孺慕之感。

罗国兴从"建发"回来，知道大家都在挂心，开门见山地说："成了！"

施玉芬坐在沙发上，喜容满面："这下可以先把车弄回来了！"沈慧欣向罗国兴说："赶紧告诉王霞，让她转告丁盛给他稍微定一定心。"罗国兴在那儿打电话，老梁点了支烟，又让罗国兴。罗国兴摇摇头。搁下听筒，才顾得上喝口水。

老梁吐了口烟说："郭凌峰这小伙子，我那时就看出来他行！难得他还念旧，还把我们这些老头子老太太放在心上。"罗国兴笑说："还叫你去玩呢！"老梁摇头说："我一去他准得好烟好饭招待着，我变成打秋风的了。"沈慧欣说："你也敏感得过分了。"老梁说："古人说得好，'施人慎不念，受施慎不忘。'别帮了人家一点忙就老晃来晃去地提醒人家。你看除了这次特殊情况，我和老罗谁去找过他？咱们是干什么的？"来一段京剧韵白："雪——中——送——炭，而非锦——上——添——花呐！"

一室皆笑。

沈慧欣说："瞧把他乐的。"罗国兴说："还有那10万，也抓抓紧，丁盛还在那儿扣着呢!”老梁说:“当然不能由着赵书记一个人忙活。我们分头跑,总该还有点老面子吧?”众人齐说:“那是!”

老梁又说:“还有件事,我想搞一个巡回普法宣传,就在各个初、高中里宣讲。学校里全是‘下一代’,咱们可不能光盯着已经出了事的,不管那些好娃娃。老罗!”罗国兴响亮地答他:“到!”老梁笑了:“谁跟你搞队列训练呢?我问你啊,你觉得我这个想法怎么样?”罗国兴说:“好得很啊,到底是首长,高瞻远瞩,深谋远虑。”梁主任笑道:“你也学坏了,从前当兵的时候也这么会耍嘴皮子?”罗国兴笑道:“不是,我是真觉得好!”老梁听了,顿时豪情万丈:“这事儿靠咱们一家办不起来,得跟别的单位协商,群策群力!要不是丁盛的事,我已经开始动起来了!”

沈慧欣看他过于兴奋,便说:“你血压偏高,自己注意点。”梁主任说:“在检察院的时候就高,高了一辈子了,也不在乎这几天。”

十七　生离死别

天上是鱼鳞样的云片,衬得月亮分外透亮。月下的街道上,许梦圆、陆文咏一前一后走着。陆文咏说:“放学不回家,叫我出来干什么?”许梦圆说:“把你卖了。”陆文咏笑笑说:“小丫头神神秘秘的。”

路越走越荒,尽头处,豁然开朗,一片类似操场的大广场,聚着许多人,摆了许多货。因为隔得较远,一时看不太清。陆文咏说:“原来是些小摊。”许梦圆说:“哪会这么普通?你太低估我的眼光了。”走到近处才发现是一个陶瓷用品展销会,有实用的碗、碟、勺、盘,也有大批制作精美的工艺品。许、陆二人穿行在人流瓷海之中,兴味盎然。

许梦圆开心地指着不远处:“那边,那边。”轻盈地快步走过去。摊子上陈列着瓷杯、瓷罐、瓷灯、瓷盒、唾壶、执壶,甚至还有一口极大的瓷缸。

陆文咏指着瓷缸说:“都能洗澡了,什么人买呀?”摊主不屑一顾地说:“你不买,不见得人家也不买。”掉过头去跟旁边的摊主说话,显然生了陆文咏的气。许梦圆见了直笑。陆文咏挠挠头,踱到另一处观赏。瓷釜、瓷罂、屏风等物,绘上了花鸟、云龙、飞凤、蝴蝶、松鹤、武士、仕女等等图案,大多是工笔细描,惟妙惟肖。

许梦圆得意地说:“好不好看?”陆文咏点头说:“你怎么找到这儿来的?”许梦圆说:“功课不紧的时候我就喜欢到处走走,有时候跟朋友,有时候一个人。”陆文咏看了她一眼说:“你倒挺会享受生活的。”许梦圆说:“人跟人的活法不同。像我,就不愿压抑自己的天性;我妈呢,其实本性应该跟我差不多,有丰富的文艺细胞,不然我哪有这么优秀的遗传基因?但她另有理想、信念,所以成为一个矛盾综合体。我拉了她几次,她不是没空,就是累了,迄今没有成行。”

陆文咏笑了:“所以找我来替补?”许梦圆也笑:“你能做我妈的替补,说明你地位已经很高了,还不满足啊?要是吴以兰知道,该说我重……说我有了新朋忘旧友了。”陆文咏说:“就算替补,来看看这一类的展销,也非常值得。”许梦圆感叹说:“我妈要是也像你这么想就好了。我觉得她太执着,好在心胸不狭窄,不然就变成偏激了。但是她虽然累,却很快乐。”陆文咏带着点研究的意味说:“你一说起你妈来就没完没了。你们母女感情很好吧?”许梦圆几乎是本能地说:“当然了!不过……”陆文咏说:“怎么?”

许梦圆说:“上次去焦山时我跟你说过的,她对工作比对我用心,我觉得很失落。”陆文咏笑了:“你很诚实,不过有点小心眼儿。她从事的是一件顶有意义的工作,不,应该说是事业,在焦山时我就叫你体谅她了。”许梦圆说:“我已经很体谅了。但她就不像我体谅她那么体谅我。”陆文咏说:“是吗?”口气有些调侃。许梦圆说:“人家跟你说正经的。”陆文咏微笑道:“好,我不打岔。你的意思我明白。”他们在各个摊位组成的庞大“迷宫”中边走边看边说。

陆文咏说:“你觉得她不是不重视你,但没重视到你想要的程度,对吗?”许梦圆点头:“有好多事,我想说,她没时间听;等她闲一点了,看她那么疲劳,我又不敢说了,只好跟她开开玩笑,帮她放松。”陆文咏赞赏地说:“许梦圆,你很孝顺,也很善良。”许梦圆害羞地笑笑:“谁让我是她女儿呢? 可惜,她把精力旺盛的一面全给了别人,下了班永远那么憔悴。”她忽然看了看手表:“马上八点钟了,待会儿会有一个不大不小的奇迹。”

陆文咏说:“这话就有语病,不大不小,算什么奇迹?”许梦圆笑道:“你也太会抠字眼儿了。”陆文咏笑问:“那就请你告诉我,奇迹来自何处?”许梦圆说:“现在先保密,等会儿……”话音刚落,周围所有的小灯一齐亮了。瓷器上打上了灯光,圆润秀丽,光华灿烂。原来在每个摊位上方都接了电线,安了一排小黄灯。八点前却只有几个大灯在角落上没精打采地照着。

一片灯光笼罩着大大小小、高高低低的瓷器。陆文咏由衷地说:“真漂亮!”许梦圆说:“是奇迹吧? 刚才只看到形状和花纹,要到现在才看到光泽的变化。我喜欢这种‘瓷光’。”陆文咏说:“这是你生造的名词。”许梦圆说:“这种光比古玉的光芒更剔透,好像一片梨和一整个大鸭梨的区别;但是又比钻石的光柔和,钻石太硬了,发个光也像钢针一样,扎眼睛;又比金光、银光更平实。”她眯起眼睛说:“假如我是近视眼,看到的一定更美。要不然,哪怕是散光也好啊!”陆文咏四面乱看:“那代价太大了。你说这些瓷器是真的还是假的?”许梦圆低声说:“什么隋唐古瓷啊、宋代古瓷啊,真是文物也不在这里卖了。不过他们仿得很好看、很逼真。美就行了,真假有那么重要吗?”

陆文咏摸摸一尊青瓷佛像说:“那要看从什么角度看了。”一排白瓷莲花在灯光照耀下,几乎有花瓣颤动的错觉。许梦圆想到了临江大学的荷花池,想到了她和吴以兰倾吐的心事。

一个青年女子跑来问价。摊主跟她讨价:“你看看这样的货色,你看看!已经卖便宜了!你要是有诚意,这样吧,”他仿佛很痛苦地做出决定:“再让你三块钱!”

往前走两步,一位白发老人正给老伴卖弄:“……到了元明清,除了浸釉、荡釉,又发明了浇釉。这一来呢,釉面的厚薄和透明度都不同了。你看,那是滴黑釉,那是兔毫釉,那是铜红釉,那是矾红釉……”许梦圆、陆文咏在老人身后偷听,老人明明知道,故意装作不知道,继续滔滔不绝:“那个是粉彩,最边上那个是珐琅彩……”许梦圆听得入神,丢开了先前的绮思。陆文咏则有点出神。

又过了一刻钟左右,二人便不紧不慢地往回走。许梦圆手里抓着一袋椒盐锅巴,边走边说:“不早了吧?那些陶瓷大概也收起来了。”说着双臂环抱,“有点儿冷。”陆文咏说:“你晚上应该再加件衣服。”许梦圆说:“这口气像我表哥,他心可细了。”陆文咏说:“以后心里知道就行了,不要老把这事放在嘴上,好像我跟你那位去世的表哥合二为一似的。”许梦圆应了。陆文咏问她:“你就吃了碗面,饿不饿?”许梦圆笑道:“我够了,我怕你会饿。”陆文咏笑笑:“我宿舍有苏打饼干。”许梦圆笑道:“哦,人家储备石油,你储备饼干。算了,我们烤点肉串吃吧,省得你回去加餐。”

他们在一个小摊子面前等烤肉。铁丝串着鸡肉串、羊肉串、牛肉串、火腿肠、花菜、蘑菇,排成一排,搁在火上烤。烟雾呛人,许梦圆咳了几声。陆文咏把她带到上风处,说:“这就呛不着了。”许梦圆一笑:“谢谢!”

两人站在那里等烤肉,谁都没说话。周围是闹哄哄的人群,还有不少孩子,嚷嚷着响成一片。这热闹更衬出了他们之间的清寂。

肉烤好了。陆文咏付了钱,把大的那一串递给许梦圆,自己吃小的。

两人沿着刚才的方向继续走。

许梦圆咬了一口，叫道："啊！"陆文咏关心地说："烫到了？"许梦圆说："不，是真好吃！我以前从来没尝过鸡肉串，都是吃牛羊肉的。想不到鸡肉也这么鲜嫩。"陆文咏笑着说："不怕禽流感啊，还吃鸡肉！"许梦圆满不在乎："又不接触活鸡，高温烤过，有十万八千个细菌也杀死了。"陆文咏笑了，有点宠溺地意味。他在父系母系两边都是排行最末，家里同辈的全是他的哥哥姐姐。有个许梦圆这样活泼灵气的小妹妹，是很新鲜的感受，况且还可以无话不谈。他说："我以前根本不吃小摊子，后来有个朋友老拖着我吃，就习惯了。"许梦圆说："朋友？男的女的？是不是嫂子啊？"

陆文咏笑了笑，有点忧郁："差一点儿就是了。"许梦圆心里"格登"了一下，带点刻薄地说："人家没给你留什么纪念品吧？只好拿着一串鸡肉睹物思人。"陆文咏笑了："你还挺幽默的。实话跟你说，我是从今晚开始，才真把你当成小妹的。"许梦圆心中一暖，跟着又生出疑问："那前两天呢？"陆文咏老实地说："前两天只是为了给你增加些学习的动力，觉得有天分的同学退步了可惜。"许梦圆说："为什么跟我说这个？"陆文咏说："因为忽然想跟你说点心事，没跟别人说过的。"许梦圆隐隐有些预感，轻声说："好啊，你说。"

陆文咏娓娓地说："我在大学时谈过一个女朋友，叫杜云倩。她后来出国治病。她的病，很难治。"

许梦圆不再满脸幽怨了，带一丝同情看着他。陆文咏说："她临走前说，国外的医疗条件要好一些，并不是完全没有指望的。她还叫我这一整年不要跟她联系。"许梦圆轻轻地说："她对你真好，自己有病，还不让你担心。"陆文咏若有所思地说："是啊！她跟我约定，如果她痊愈了，就在一年后的10月10号和我见面，说那个日子象征十全十美。再过半个多月，我就能见到……或者永远见不到她了。"

许梦圆拉拉陆文咏的袖子:“她没事的,吉人自有天相。你一定会见到她!”陆文咏感激地看她:“谢谢!”

一辆出租车从他们身边掠过,方向与他们相反。二人正说着话,都没注意。车里的男人却是一怔,那是罗昌明。他坐在副驾驶的位子上。后面却坐着姜桦。姜桦闭着眼,很疲惫的样子。罗昌明朝她看看,没说话。

姜桦说:“师傅,麻烦开快点儿。我们有急事!”司机说:“已经最快了。”姜桦靠在椅背上,右手按了按额头,这回是对罗昌明说话:“你也不早点告诉我。”罗昌明说:“打你手机一直关机,家里电话又没人接,我就猜到你在居委会加班了。”姜桦睁开眼,呆呆地看着外面,半晌才说:“方静萍的爱人虽然是个老病号,听说病情一直还算稳定,怎么就突然恶化到要动大手术的地步?”罗昌明叹息着把经过说给姜桦听了。

原来严芷清负气出走,严正当时气头上没有拦阻,过后越想越不安。毕竟父女连心,女儿孤身在外,怎么能不挂怀?何况这不省事的女儿好走极端,有过“前科”,很难说会弄到怎样一步田地。在方静萍面前他故作强硬,私下却大街小巷地到处找。无独有偶,方静萍也背着严正寻找严芷清。起先,他们都锁定在庞元元家附近那间足疗店,到那儿一问,严芷清已辞职半个月了。人海茫茫,要把严芷清顺顺当当找回来,等同于大海捞针。而在严正看来,家丑不可外扬,这种事又是万万不能托朋友帮忙的。从前就曾闹得沸沸扬扬,好不容易事过境迁,议论的人少了,难道要主动激活人家的记忆不成?

方静萍也还罢了,严正的身体底子素来不佳,顽疾缠身,时时发作;加上操劳奔波和心情焦虑,三下里夹攻,精气神儿已经耗干了。他没有立刻垮下来,纯因一股要找到女儿的信念在支撑。有一天,在一条小街的足疗店门口,严正犹豫半晌,鼓起勇气上前。店里的女人看他要进不进,好半天了,都嘻嘻哈哈地笑,这时便往里拉他说:“先生,进来哟,我们手艺很好的。”严正平生最怕与三教九流的人打交道，这时却不得不进去说：“我不是……不是要做足疗。”女人们娇滴滴地笑着说：“假正经，不要服务你会进来？你们男人就喜欢这一套。”严正想起女儿或许平时也就是她们这副状态，心如刀割。他嗫嗫嚅嚅向她们询问严芷清的下落。她们扫兴地发现他只是来打听人的，有的便自顾抽烟不理睬他，有的便说着似是而非的疯话引他发急。等到他发觉被人家戏耍了，才愤而离开。

出门不远，临过街的地方，他的意志力突然崩溃了。他相信他找不到她了，而她此刻就在哪一家足疗店或者洗头房、浴城里作践着自己。肝部一阵强烈的不适，不是痛，是一种混合了痛、酸、糟心的异样感觉。他昏倒在路上，足疗店那几个惊慌的女人拨了120，把他送到医院。

医生检查过后方知大事不好，立即就要手术。闻讯赶来的方静萍和严汉和只来得及和他说了简单几句话。那是他极短暂的一阵清醒，他说：“芷清找不到了，唉，找不到了！”

足疗店的女人当中有一个胆子大又心软些的，特意跟过来，问知方静萍是严正的爱人，便把他昏倒前的情形如实说了一遍：“不知道他找什么人，看样子不是一天两天了。我知道的就这么多了。不关我们的事啊，他也是个正派人，什么服务也没做。”方静萍越发伤痛。严汉和担心父亲，又忧心母亲，姜桦的手机拨不通，便打电话给罗昌明。

姜桦听完，不知说什么才好。罗昌明停了半天才说：“不是我咒人，静萍可能要有点思想准备。”

二人赶到手术室外的走廊上，“正在手术”四个红字亮着，便紧挨方静萍、严汉和坐下，大家静默无言。

方静萍死死抓着严汉和的手，脸色煞白。严汉和勉强安抚着母亲：“爸爸不会有事的！”方静萍说：“他……他是十几年的老毛病了，一直吃药控制。我就怕……就怕……”姜桦说：“静萍，别多想了。这儿的医生很有名的。”严汉和说：“妈，我去给你买份盒饭来，你一晚上没吃东西了。”方静萍只得松了手。严汉和站起来一瘸一拐地往外走。罗昌明忙伸手拦住他说：“你陪着你妈，叔叔去买。”

才走了两步，手术室的灯灭了。门开处医生走了出来。方静萍望着医生，不敢询问。严汉和站在原地，眼巴巴地问：“医生，我爸爸……”姜桦、罗昌明一齐屏息凝气。医生说：“对不起，我们已经尽力了。”

严汉和重重地坐下；姜桦、罗昌明不约而同地看向方静萍。

方静萍木木地坐着，神情呆滞。医生的话音在她脑子里变得很慢、很怪异：“尽——力——了，尽——力——了……”医生的嘴仍在动，方静萍却只反复地听到“尽力了”三个字，一时间只觉得姜桦、罗昌明的脸忽近忽远，天花板和地面水纹一样波动，渐渐地旋转起来。正眩晕时，一片漆黑，像忽然盖上了一口大箱子。黑暗中闪出星星点点的金色，又有黄色、橘色、橙红色。一个一个暖色调的透明的小球到处漂浮。小球慢慢集结、蠕动，颜色转为晦暗阴森，那是病变的细胞。

“静萍，静萍！”随着两声叫，“啪”的一声，所有的球体都炸裂了。有一丝细光横切过黑暗——方静萍睁开了眼睛。

她躺在椅子上，医生正给她检查。姜桦、罗昌明焦急地看着她。严汉和强忍悲伤：“妈，你醒了。”医生说：“没事了，只是轻度晕厥。”姜桦说：谢了医生，向方静萍说：“吓死我了，你刚才牙关都咬紧了！”罗昌明推推严汉和。严汉和扶方静萍坐起来说：“妈，你歇歇，我们回家了。”方静萍的声音微弱：“我要见你爸最后一面！”严汉和说：“医生说你最好明天来看。我们先回家去，好不好？”方静萍不依，到底看过了严正的遗容才肯回家。

几人来到严家。严汉和关上门。方静萍扶一扶桌上的全家福，又掸一掸床单，见茶几上有一盒烟，便用一种反常的平静说：“这是老严前几天抽的烟。”把烟盒盖上放好，招呼姜桦和罗昌明坐。姜桦红着眼睛说：“静萍，你要坚强点。你一向是最乐观的。”方静萍恍若不闻。严汉和走到她身边。她温柔地抱着儿子，慢慢地说：“妈要挺过去，你也要挺过去。你还要开水果店，再开分店呢，啊？”一句话未说完，眼泪已流了下来。严汉和伏在方静萍的肩上，一边哭一边说：“知道了。”方静萍说：“乖孩子，不哭，不哭，妈在这儿……”边说边哽咽起来，一声响过一声，终于撕心裂肺地大哭起来。严汉和搂着妈妈，泣不成声。

姜桦也不禁流下泪来，推着罗昌明说：“你劝劝他们，劝劝他们。”罗昌明吸着鼻子说：“让他们哭吧，哭出来好受些。”

方静萍哭着说：“老严，后天就是我四十六岁的生日，你说你要送支钢笔给我，你从来没有说话不算哪你啊……”

当晚姜桦在严家耽搁到近十一点半才回到家里。许梦圆听到声音，开了房门出来说：“这么迟才回来呀？我都睡了一觉了。”她突然发现不对，问道：“妈，你怎么了？”姜桦想说什么，却垂下两行泪水，忙转身进了卫生间。许梦圆大为慌张，还不知道是什么事，心已经疼得皱起来一般。她追到卫生间说：“怎么了？是不是爸爸又气着你了？”姜桦这才说道：“方老师的丈夫去世了！”许梦圆愣住了。

这边，罗国兴家里，罗小杰也听说了噩耗，不停地重复：“真的假的？真的假的？”罗国兴轻轻呵斥：“这种事还能乱说么？”罗昌明只管发呆。罗小杰说：“方老师太可怜了！”罗国兴近乎自言自语地说：“要想个办法通知严芷清。”

严芷清的手机没人知道，她同方静萍向来是单线联系。她的QQ也不加任何熟人，严汉和原在她的好友里，后来也拉黑了。她不知家中遭逢变故，晚上在足疗店里做完事，深夜还回到与人合租的简易的宿舍里上网聊天。

QQ上的头像一闪一闪，她一一点开，有的扫一眼就关了，回都不回；

有的简单回上两句，敷衍了事。只有一个名叫“大头姐”的，她仔细看了一下留言。自从一个多月前加了以后，她和大头姐的网络友情一日千里。她的爱好，那人都有共鸣；她的憎恶，那人感同身受。对许多事她们都有类似的看法，偶有分歧，大头姐也像一位温和的大姐容让着她。她对那人的信任与日俱增，除了真实姓名不说，连从事的职业都说了。对方非但不厌弃，还很感叹了一番。如今大头姐已成为她倾诉的对象和情感依赖的第一人选。生活中，四顾茫茫，反而没一个人这么得她的心。

严芷清约她见面，她说她远在外地，什么时候时机成熟了再过来看小妹妹。严芷清要她手机号码，她说她大概不久就要去别的城市，等有了新号码再说。严芷清有点怪她不坦然，甚至怀疑她就是方静萍，细看聊天记录却似是而非，对严家的家事也不像真的了解。到后来严芷清也不去深究这个了，网友而已，何必执着？投缘并且真诚关心她就好。归根结底，什么是真的，什么是假的？

这晚大头姐问她最近好不好。她回复说还行，问对方还在不在线。大头姐说在呀看电影呢。严芷清好奇地问她在看什么。她说看的是《大鱼》，美国片子，讲父子怎样由误解变成理解，是用非常奇幻的方式讲故事，像童话一般。跟着便发了个链接过来。严芷清收藏了，发个“OK”的手势。对方说父子，她想到父女，对方说理解，她想到闹翻。她飞速地敲击着键盘，流水似的吐出一连串的往事。之前她已说过不少，这回说得更多也更深。大头姐安抚她的同时还不忘幽她一默：“要不要这么激动啊？惊叹号一个接着一个，跟下雨似的。”严芷清一看，从上到下，满眼叹号，还真像下雨，不由得发了个呲牙笑的表情。

大头姐问：“最近跟家里联系了吗？”严芷清答没有。大头姐说：“有机会回家看看嘛，看完就跑，他们又不能把你禁锢了。”她这样一说，严芷清想起不久就是妈妈的生日，是该回家一下，便说：“姐呀，你不说我差点忘了亲妈的生日。你要是我的管家多好。”大头姐笑说：“哈哈，我这种VIP级别的，给奥巴马当管家都怕薪水低呢。”

严芷清尚未得知严正的死讯，许梦圆已为了这事打算去跟陆文咏“忏悔”了。

次日放学前，她找到陆文咏说有事和他说。陆文咏笑说他恰好也有事要找她。原来他是要和她商议校刊《芳草地》的出版和赠阅事宜。这是文学兴趣小组的“汇报演出”。他终究年轻，脱不尽青年的好胜之气，一心要把这本杂志的头炮打响，为兴趣小组正名，让学生们露才，向那些贬低、轻视他的老教师们展示教育成果——除了遭遇不幸的方静萍以外。谁料许梦圆心不在焉，陆文咏很有些不快。

许梦圆原是《芳草地》办刊的积极分子，首期的头条就发了她的作品，加上私交甚笃，陆文咏视她为可倚重的骨干。哪知她不像他预想的那样激动、雀跃，竟一副事不关己的样子。加上上午听许梦圆的班主任说起，许梦圆一整天上课时都神不守舍，颇有故态复萌之兆，便说：“你专心点行吗？还有，你们老师说今天上课你又开小差了，你答应过我什么？”许梦圆恍恍惚惚地说：“什么？”陆文咏有种上当受骗般的气愤，这时便说：“你到现在还在走神……算了！”转身而去。他差不多一转身就后悔了，只是一时下不得台。许梦圆没有如往日一般叽叽喳喳同他狡辩，他倒有些不习惯。走了一程，到底不放心，又折回来，见许梦圆仍是站在讲台前面，便走过去拉她坐在第一排，自己则伏在讲台上。

他问：“家里出什么事了吗？”许梦圆定了定神说：“不，是方老师，她丈夫死了。”陆文咏默然片刻：“我听说了，所以她没来上班。她和你妈是好朋友，你妈那么善良，一定很为方老师伤心吧？”许梦圆点头：“当然了。昨天晚上我看她难过的样子，我知道她不仅是为方老师，也是为了爸爸。”陆文咏说：“你爸爸？”许梦圆想了想说：“他走了，为了另一个女人。”

陆文咏明白了几分:“触景伤情,方老师他们是死别,你父母是生离。”许梦圆说:“我突然觉得生命真脆弱。一个活蹦乱跳的人,能说话,会思想,说没就没了。”陆文咏说:“你看你,眼睛都红了。”掏了大手帕递给她。

许梦圆闻到手帕上一股“六神”牌肥皂的气息,有点耳热心跳,忙摇摇头拒绝了手帕,过了会儿才怯怯地说:“经过这件事,我比以前又多懂了一些东西。我现在知道拿生生死死开玩笑是不应该的,那是最庄严的大事。我想跟你坦白一件事儿。你一定会生气的。”陆文咏说:“是吗?”许梦圆说:“你保证不生气吧?”陆文咏说:“好,我保证。”许梦圆说:“其实我没有表……”陆文咏猛地站直了身子说:“好了!”许梦圆忐忑不安地瞧着他。陆文咏不自然地笑了笑说:“天不早了,回家去吧。《芳草地》明天我让吴以兰他们代你打理。”

许梦圆说:“可是……”陆文咏温和地说:“路上小心点儿。”

十八　兰　花　草

“关工委”里,罗国兴和沈慧欣在商量着什么。二人为了庞元元的事产生的一点嫌隙,早在众志成城救丁盛的大行动中弥合了。姜桦捧着一叠材料过来,放在罗国兴桌上。罗国兴抬眼看了一下,问:“姜主任,今天情绪不高嘛?”姜桦勉强笑笑:“出了点事。”沈慧欣担心地说:“圆圆……”姜桦说:“不是,上次我们帮扶的残疾青年严汉和,他父亲去世了。”沈慧欣说:“嗨哟,这是从哪儿说起!”

罗国兴说:“我听昌明说了。严汉和的妈妈不就是方老师吗?”姜桦说:“是的,我跟方老师后来倒走动得挺勤的,没想到会出这样的事。”王霞放下手中的毛线活儿说:“这也就是老话说的‘人有旦夕祸福’了。严汉和还挺得住吗?水果还卖不卖?”姜桦说:“他说等他爸爸过了‘头七’就开始营业,说要让他妈妈过上好日子。”罗国兴一拍大腿:“这才像个男人!”

沈慧欣对姜桦说:“儿子懂事,总算是个安慰。你这两天有空儿多陪陪他们,手上的事有我们呢!”姜桦笑笑说:“闲是闲不下来的。方静萍那边,晚上我抽空去就是了。”

几人开了个短会,把各自情况汇总了一下。施玉芬字最漂亮,一手硬笔书法秀丽中不乏棱角,人见人赞,当下就由她做了简明扼要的记录。王霞文化程度低,看到她的字总是很佩服她;也正因文化程度低,施玉芬最不感冒的就是王霞。

会开完了,沈慧欣跟大伙儿道了再见就骑车回家。一到家小敏就噼噼啪啪地一顿告状:

当天下午,小敏准备到市中心的大超市多买点东西,路上发现钱没带够,折回来取。门一开,就见七八个年轻人有站的有坐的,有随着音乐跳舞的。有一人头发染成红色,另一人半红半黄还带一点白,打扮得比在程天家扮鬼那次还要夸张。

穿着大衣服、扎着大辫子的小敏与程天他们的五颜六色形成奇特的对比。程天只管微笑。小敏当时先愣了愣,就尖叫着“救命”夺门而逃,直到晚上七点多钟估摸着程天的三朋四友都走光了才回家来。程天没事人似的。小敏憋着这股气,沈慧欣一回来,她就来了个竹筒倒豆子。沈慧欣并不以为然,在厨房里做菜,叫小敏打下手。

小敏说:“奶奶,他带了那么多坏人回来,你不骂他,还做菜给他吃?”沈慧欣说:“那些是他的朋友,虽然穿得夸张,也不能就说人家坏。你不是仔细检查过了,连一针一线也没少吗?”小敏说:“我知道,不过我看不惯他们。程天也不晓得道歉,还朝我笑呢!他是有意气我的!”沈慧欣说:“待会儿我跟他谈谈。”

程天在房里打电话，语气轻松：“……沈奶奶白天出去有事，我一看是个机会，赶快把毛头他们都叫来了，大家好久没聚一下了嘛……谁知道那丫头提早回家呀？可惜你不在，没看见她的样子，嘴巴都张大了，哈哈！……啊？搬来的目的？……我声明啊，现在是没这个想法了，刚开始时确实是想拿她寻开心的，而且我也没那么孤家寡人是吧？万一……有时候我想有人陪陪我呢？还有啊，我还想用以前房子的租金买个笔记本电脑，那不省得上网吧了嘛！……哪够啊？他们汇给我的钱刚够我零花的。半年房租一拿我就有钱买了——搬来住真是太上算了。”

沈慧欣在外面喊：“程天，吃饭了。”程天向外面喊：“来了。”对着手机说：“不说了，吃饭了……羡慕？那倒是，在这儿顿顿吃得舒服，热汤热水的。今天沈奶奶亲自下厨，又有口福喽。拜拜！”

他来到餐厅。沈慧欣和小敏正把饭菜一样一样地放好。沈慧欣对程天说：“去拿一下筷子。”程天懒懒地不想动，沈慧欣又催了一声，他才磨蹭着去了。他把筷子递给沈慧欣和小敏。沈慧欣说了声“谢谢”，小敏则绷着脸不吭声。程天嘀咕了一句：“没礼貌。”小敏说：“你有礼貌？趁家里没人，把外人往家带。”程天说：“不是外人，是我朋友——又不是上门打砸抢的，不就把家里弄乱了点儿吗？”小敏说：“一点儿？我和奶奶收拾了好半天。”程天说：“就算是吧，又怎么样？我带朋友来玩玩的权利都没有？那我住你们家干嘛来了？”小敏说：“谁请你了？”程天说：“沈奶奶请我了！”

沈慧欣说：“好了好了。”她向程天婉转地说：“不是说你没权利，但是你要尊重一下小敏的劳动成果。这房子也不算小，她打理一遍不容易。”程天没言语，自顾搛菜。沈慧欣说：“你的作息时间怎么跟一般学生不一样的？今天是星期六，也就算了，平常你也睡到九十点钟才起来。”程天说：“我不上学了，除非心情特别好。”沈慧欣说：“能不能告诉沈奶奶为什么不上课？”程天一边吃菜一边回答：“他们经常批评我。有一次联欢会，本来我有一个独唱，老师非要我参加大合唱，说独唱的人够多了，合唱队的男生部里还差两个人。”沈慧欣说：“这有什么？都是为集体增光。”程天说：“凭什么？三个独唱，为什么就把我并到合唱里去？我不愿意，老师就说我个人英雄主义。个人英雄主义有什么不好？反正也是英雄。如果在战场上，我宁可像王成、邱少云那么壮烈，也不要在大部队里，‘砰’的一枪，就死了。”

沈慧欣说：“那时候心里只有国家，要是都想着青史留名，仗就没法儿打了。来，喝点汤。”小敏闷头吃饭，偶尔看一下他们。程天喝了口汤，扒了两口饭，一边嚼着一边说：“有次生病，我请假在家里待了一天，觉得特别舒服。打那以后，我就三天两头地请假，后来就不一定请假了。真奇怪，他们到现在也不开除我。也许是因为我爸捐了一笔钱给学校，其实还不如说是我的托管费呢。”

小敏插话道：“你神气，有个有钱的爸爸。你投胎投得好。”程天哼了声说：“跟投胎没半毛钱关系，又不是我……”沈慧欣眼见这话要触到程天的身世，便岔开去了。小敏仍是愤愤不平，说：“这么点大的人就要享受，窝在家里。”程天不屑地说：“你根本没懂我意思。我觉得在家待着，要么一个人，要么跟朋友聚聚，比在学校舒服。”沈慧欣看着程天：“哦？”

程天见引起了沈慧欣的注意，来了兴致：“比方说，我在家一个人用一张桌子，上了学要两个人共享；我在家里，想吃什么就吃什么，在学校就不好随时随地地吃；我在家连衣服都不洗……”小敏插嘴说：“脏死了！”程天说：“我送到洗衣房，到学校老师要分派我擦黑板、扫地。扫地就挺累了，擦黑板有好多粉尘，吸了会得肺病的。”沈慧欣引导他说：“那你们老师成天在黑板旁边讲课，他就不怕吸粉尘、得肺病？”程天很认真地辩解：“那是他的职业，他拿工资的。”沈慧欣说：“三百六十行，行行拿工资，他为什么单选了老师这一行呢?”程天笑道:“多半他学的就是师范,不干这个干什么呢?做家教又有外快,一年还有三个月的寒暑假。”小敏放下饭碗,去拿纸擦嘴。

沈慧欣说:“可不能这么想。有些做老师的明明有别的择业机会,是自己放弃了。三个月的假期也不能抵消九个月的辛劳;而且……”她笑了笑:“你不能总是从利益的角度去猜度别人,这世上还是有些东西是金钱不能买到的。”程天这回难得地表示赞同:“倒也是。”沈慧欣没想到他会认可,说:“我说的是一种精神境界。”程天说:“我说的是自由。这一点就是美国好,人家都是各人管各人。”说着搁下饭碗,“吃饱了。”沈慧欣开始收拾桌子:“美国文化和咱们国家不同,里面有些东西是好的,比如重视个人价值的体现。不过任何东西一走极端就有问题。你知道美国是‘青年人的天堂’,知不知道也是‘老年人的地狱’?因为老人和子女也是各管各。”停了停说:“帮沈奶奶收收碗,年轻人手脚利索。”

程天只得帮着收拾,又叫:“小敏,来收碗。”沈慧欣笑了:“你又叫她干什么?”程天说:“她拿了工钱,应该做嘛!”

一老一小把饭碗放到水池子里,小敏洗碗,沈慧欣在摇椅上一晃一晃,和程天拉家常。苏联歌曲《三套车》的旋律在室内回旋。

程天可怜巴巴地说:“我能不能换个音乐听听?”小敏猛地回头瞪他。程天看她:“你干嘛一听我换音乐就跟我是仇人似的?”小敏心直口快地说:“奶奶不让说。”程天说:“沈奶奶,你要是真喜欢我,就别什么都藏着掖着。”沈慧欣脸色不太自然:“没什么,小敏哄你呢!你要换就换吧。”程天笑看了小敏一眼,随手拿张碟往音响里一放,出来的居然是老歌《兰花草》。

程天说:“错了。”刚要再换,沈慧欣阻止说:“听一会儿。”自从那个雷雨夜,噩梦中惊醒后得到沈慧欣的温情抚慰,程天领略到久违的关爱,对沈慧欣的态度有了较大的转变。沈慧欣平时都顺着他,但偶尔提出什么要求,程天多半也会克制自己去遵从她。

沈慧欣径自出神,仿佛想起了很多前尘旧事。歌曲的第二段又唱起来,仍是那回旋深情的调子。

程天听得很用心,沈慧欣听得颇有沧海桑田之感。几十年前的事了,她仍记得那样清楚。在一次联谊会中,年轻的林院长和她合唱过这一支歌。当时好多人为他们鼓掌击节。唱到"朝朝频顾惜,夜夜不相忘"时,林院长那深情的眼神,温暖的笑容,沈慧欣仍然历历在目。

歌放完了,沈慧欣回过神来,轻叹一声。程天又去摁了重复键,歌声再一次响起。小敏稀奇地看他。程天说:"干嘛看我? 我也是有选择的。我不喜欢苏联歌曲,可是咱们中国的嘛,就另当别论。沈奶奶,这首蛮好听的,叫什么名字?"沈慧欣答:"叫《兰花草》,是胡适作的词,张弼谱曲,后来又有人重新编过曲。它流行的时候,你还没出生呢!"她一边说一边摇晃着摇椅。程天衷心赞赏:"高端大气上档次,好歌!"沈慧欣笑了:"难得你会喜欢这个。"

程天是跳跃性的思维,这时便说:"你不是说你有个儿子吗? 我想跟他交朋友。他上哪儿去了?"

摇椅停下来了:"他暂时……不回来。"程天很是不解:"为什么?"小敏说:"你怎么这么多话? 奶奶累了,你让她歇歇。"程天说:"我跟沈奶奶聊天,请你不要管隔壁闲事。"他转而对沈慧欣说:"怪不得你要我来一块儿住。你们家是冷清。爷爷呢? 他不是去出长差吗? 还不回来呀?"小敏恨声道:"你再问东问西,晚上没饭吃!"

程天说:"满大街都是吃的,你不煮饭我就饿死啦?"他是想到哪里说到哪里,刚才的问题早忘了,随即想到另一个话题:"沈奶奶,你知不知道,日本有个公司很特别,建了个大房子,分成好多间,都是隔音的墙,互相之间听不见。很多人花钱进去，什么都不做，就是在房里喊‘爸爸、妈妈’。有人喊几声就出来了，有人喊一个小时，把嗓子都喊哑了，挺重口味的吧？”

沈慧欣半信半疑：“是吗？有这样的地方？”小敏说：“花钱喊爸妈？肯定是他瞎编的。”程天说：“你 out 了！我是从网上看到的，还是个正规的网站。那文章还说，这些人都有不幸福的童年。有的一生下来就被扔掉了，有的还被虐待，有的是被家里人忽视。”他说着这些话，自伤身世，没留心沈慧欣的脸色越来越差。小敏反驳程天：“那又怎么样？喊两声就好啦？”程天说：“反正心里就松快多了。这是一种发泄。我们市要是有这个地方，我也花钱去喊！”小敏不知他父母移民的真相，还想追问他为什么要喊；程天一时说漏了嘴，正想如何骗过这个傻丫头，沈慧欣却一下子站起来，随即又呼吸艰难地倒在沙发上。程天呆住了。小敏跑过去，急叫：“奶奶！奶奶！”跑回沈慧欣房间拿来喷雾剂，对着沈慧欣嘴里连喷了几下。沈慧欣渐渐缓过神儿来，虚弱地笑了笑：“老毛病了。”小敏扶着她回房间，程天满心疑问无法出口，上前帮着搀扶。小敏心想：“这还差不多。”

沈慧欣的病势竟是不轻，第二天班也没能上，全天躺在床上，慌得程天和小敏两个人守在家里。小敏代沈慧欣向单位打电话请假，倒叫罗国兴说了好些不过意的话，什么“是我这个主任没当好”，“她平常太累了，我们关心不够”之类。

罗国兴挂了电话，摆弄了一会儿桌上的文件，拿下老花镜，捏捏鼻梁说：“老施啊，麻烦你上隔壁请个年纪轻的人来。”施玉芬自视甚高，平时不大服管，但罗国兴偶尔吩咐什么事情，她还不至于当面驳回，当下一言不发地去了。不一会儿，她带着居委会那个中年男人进来了。

那男人走到罗国兴桌旁问：“罗主任，您有事儿吗？”罗国兴拍拍他说：“我眼睛不好使了，你来帮我看看这一段说老同志什么。”那男人便过来读给他听:“对于特困、后进、劳释青年,如不能及时得到关怀和扶助,极易惹是生非,滋生犯罪,是社会不安定的一个潜在因素。”他笑道:“下面的话您肯定爱听:‘同言而信,信其所亲;同令而行,行其所服’。老同志有较强的工作能力和较高的政治水平,他们从事关心下一代工作,有他们独特的优势,有助于保护青少年的合法权益。看到由于自己的工作,广大青少年……”

王霞和丁盛踏着他的话音走进来。但室内二人一个读得专心、一个听得起劲,都没有注意到。

那男人继续读下去:“……朝气蓬勃,茁壮成长,对壮心不已的老同志来说,是莫大的慰藉。”丁盛叫了一声:“罗主任。”罗国兴和那居委会的男人这才发现有人来了。王霞风尘仆仆。丁盛剃着小平头,胡子没刮,衣衫不整,满脸是劫后余生的隐忍的激动。

罗国兴惊喜交集地说:“哦,丁盛……”话音未落,丁盛“扑通”一声跪了下来,泣不成声。罗国兴跳起来说:“你这是干什么?快起来!”丁盛站起来:“我不知道要怎么谢你们,我……”王霞扶丁盛坐下,施玉芬给他倒了水。

罗国兴不满地说:“有话好好说,给人家看见成什么样子。搞得像旧社会了嘛!”施玉芬关注地看着。丁盛哭着说:“我心急挣钱,疲劳驾驶,撞得人家内出血……”边说边悔恨地捶头,“我真是该死,再坐牢也不冤!”罗国兴拉住他的手:“你呀,你呀,早知今日,何必当初!”丁盛说:“人也扣了,车也扣了,老婆孩子没人管,要不是你们,我这辈子算到头了!”他痛悔地流着泪说:“我一被放出来,先去探望被我撞伤了的那个人的家属。人家家里也有孩子,也抱在手上哭啊……”

罗国兴心软了,放开他的手拍拍他说:“你能将心比心,以后就要注意行车安全了,啊?还好那人有得救,不然你罪过就大了。你媳妇和女儿也要无依无靠了。”丁盛哽咽着说:“您不去看她,她早就无依无靠了。一年前就是你们把我引上正路的,我怎么这么不争气,要大家帮我一次又一次……”罗国兴说:“希望下次不是我们帮你,是你帮我们。”

丁盛抬起泪眼:“我帮你们?”施玉芬心领神会,立即解释:“‘关工委’才多少人?人力、物力毕竟有限,你经济上站稳了脚跟,就能配合我们挽救更多的青少年。”罗国兴想起来说:“这次把你的车弄回来的是‘建发’的郭总,他曾经也是我们的帮扶对象。”丁盛说:“那……我也要去谢谢他了?”罗国兴说:“你又不是得了什么大奖,谢谢这个,谢谢那个的。往后小心谨慎,过上好日子,再帮更多的人过上好日子就是最好的感谢了。”丁盛用力点头:“我老婆还说要给罗主任供个长生牌位,早晚一炷香……”罗国兴假装发怒:“荒唐!再说这种话以后不准你进门!”丁盛惶恐地说:“我知道了,知道了。我回去骂我老婆。共产党的干部不兴这个……我……我先走了。”带着几分狼狈出去了。

王霞“嗤”地一笑:“可把他吓着了。”罗国兴也绷不住笑了:“这小子,一脑子封建思想。下次有普法教育要抓他去听听。”

十九　赛　马

周六是个好天气,姜桦一拉窗帘,阳光如水银泻地,霎时满室晶亮。丁盛的事告一段落,庞元元的生活上了轨道,严汉和的小摊红红火火。大半年来,她第一次有闲情站在阳台上看街景。

许梦圆吃过早饭,央求姜桦去散步,不要辜负了“大好春光”。姜桦笑了:“还春光呢,秋天都过了一半了。”

郁热的“秋老虎”终于离开了,尽管在大多数人看来,离开得有点晚。天气渐趋凉爽,朝着蟹肥菊黄、丹桂飘香的黄金时节滑去,的确是出游的好时候。

许梦圆再三缠着姜桦，姜桦本身也有点心动，娘儿俩便商议着到哪里过一个温馨的家庭日。黄俊贤的电话适时响起，他也是发现今天是个天朗气清的日子，想出去活动活动。许梦圆想倒是心有灵犀，一边撺掇着姜桦。姜桦有点顾虑，这样周末外出，岂不是一家三口的架势？她的犹豫被黄俊贤捕捉到了，他提议："再叫上圆圆的同学，人多热闹。"说白了就是掩人耳目，或者不如说是方便姜桦掩耳盗铃。他这么设身处地为她着想，她再推辞就不近人情了。许梦圆抢过手机说："黄叔叔，你快来吧，我代表妈妈答应了。"姜桦在她额上戳了一下。哪知黄俊贤说："我就在楼下。"他居然先斩后奏了。

许梦圆本来想邀请陆文咏同行，但一转念就知道，这样的场合请他来太过惹眼，稳妥起见，约了吴以兰。

车子一路开向东南，直过跨江大桥。姜桦惊讶地问："上哪儿去呀？不会到扬州一日游吧？"黄俊贤笑道："没那么大张旗鼓，去个你们想不到的地方。"许梦圆笑着说："黄叔叔千万别说，有悬念才好玩儿。"姜桦轻敲了一下她的头。

驶到郊外，车子划了个半圆，改了方向。又走一程，吴以兰拍手笑叫："我知道了！"姜桦母女都朝她看。她笑着摇手说："你们到了就晓得了。我之前去过，很有挑战性。"许梦圆异想天开地说："4D 电影院不会建在荒郊野外吧？幽灵船？过山车？风火轮？"姜桦嗔道："你妈一把年纪，心脏可吃不消。"黄俊贤笑而不语。

车停了，绿树环绕，野花星散，几圈跑道，东侧的马棚拴着一排骏马。答案揭晓了，原来是跑马场。

许梦圆饶是胆壮，但说到骑马还是退避三舍："摔下来怎么办？摔断了腿还能接，擦伤了脸可就毁容了！"吴以兰笑推她一下："这些马全是训练过的，特别听话，包你摔不着。"姜桦说："早年演超人的美国演员就是骑马摔断了脊椎骨,落了个终身残废。”黄俊贤半开玩笑半激将:“天下还有事吓得倒姜主任吗?”姜桦笑了,走向一匹黄马说:“我不是受了你的激,是想体验一下没体验过的东西。摔出毛病来就指着你的公司养老了。”黄俊贤笑道:“养一辈子也可以。”

姜桦对他的弦外之音不做回应,径自走到马旁。驯马师嘱咐大家不要站在马屁股后面,再驯良的马也会起后腿踢人的;上马前要先摸摸马头,顺顺马毛,建立感情。姜桦一一照做,欲待跨上马背,黄俊贤牵了一匹褐色的给她说:“这马不认生,你手上那匹‘大黄’会跟生手捣蛋,叫它走它偏停下来啃草,一圈能溜达十分钟。”驯马师和吴以兰一起笑了:“‘大黄’是坏,一般人玩不过它。”褐马头上有一撮白毛,名唤小白。许梦圆笑它的“刘海”还梳了中分,实在有型,定要拍照,于是姜桦等她拍完照才翻身上去。黄俊贤骑了“大黄”在外围陪她。姜桦紧拉住马鞍上的铁扶手,极慢地控马向前。

马儿走得很慢,可是马背上不易保持平衡,姜桦左晃右晃,几次觉得要跌下地去,捏扶手捏得双掌都要破了。但她做事自有一股不服输的倔强,怕虽怕,但绝不放弃。黄俊贤教她调整坐姿,小腿夹紧马肚子,找到马腿落地的节奏,练习身体向上,否则待会儿马儿撒蹄飞奔就难应付了。

一个教,一个学,三圈下来,居然成绩斐然。姜桦放松了,间或与黄俊贤说两句话,放眼看看四周的风景,找到了一点儿感觉。树外是田地,远处有小河。鸡鸣犬吠,宛然农家风光。那空气里夹着桂花香,清甜甘芳。黄俊贤问:“烦心事全抛掉了吧?”姜桦笑道:“第一,是操心,不是烦心;第二,是搁置,不是抛掉。”黄俊贤笑道:“好吧,说不过你。”

人在聊天,两匹马因不用奔跑,也时不时凑近了打个响鼻,用只有它们懂得的方式交谈个一言半语。

姜桦一下马,许梦圆就鼓掌欢呼。姜桦笑道:“妈妈都行,你更不用说了。遇到困难不能躲,难道做作业碰到难题,你就跳过去不成?”

许梦圆在吴以兰手把手地调教下勉强上了马,东摇西摆,尖叫连连。姜桦看得担心,黄俊贤笑说:“放心,都有那么个阶段,刚才你也差不多。”姜桦笑斥:“瞎说,我可没像圆圆鬼喊鬼叫的。”黄俊贤说:“待会儿缓过气来,咱们练习小跑。”姜桦笑说:“行啊,给圆圆当个好榜样。”

二人正在一递一句地聊着,一辆红色轿车如风如电般驶来,身后扬起浓浓的灰尘。黄俊贤一愣:“她怎么来了?”那华美的车上下来一位明媚的丽人。姜桦一笑,暗道:“果然是她。”

来的是刘秘书,老远地朝姜桦伸出手来,犹未开口,已是笑容满面:“姜主任,您好!您那样的大忙人也有空儿来玩这个啊?”不等姜桦应声,她转向黄俊贤且笑且说:“黄总,我这个不速之客您欢不欢迎?”黄俊贤笑道:“你还挺神通广大,怎么知道我在这儿?”刘秘书从手提袋里掏出杏仁露给姜、黄二人一人一瓶,袅袅婷婷地走到黄俊贤身侧:“有件小事想请示您,打手机不通,问老杨,他说您要休息一天。我就瞎猜了:您不会一个人休息,总有朋友陪着您;连手机都关了,肯定是不想有人打扰;连我跟老杨您都瞒着,那一定是找重要的人了——好比姜主任。您最喜欢的运动方式不是高尔夫、不是网球,多半是在跑马场。这一蒙啊还真蒙对了。”她一边说一边笑,语声又糯又脆;笑得花枝乱颤,却依然维持着雅致的风仪。这其中分寸的拿捏,是冰冻三尺了。

她话里有话,轻嗔薄怨,怪黄俊贤撇开她和杨经理单独去找姜桦。姜桦只喝着杏仁露,不说话。以她这几年在“关工委”的经验,有些情况不出声儿胜过千言万语。而且放着黄俊贤在,大可不必抢着出头。

黄俊贤笑了笑朝姜桦说:“看看,有这么精明的部下,有什么生意是做不成的?”这是说他和刘秘书仅限于上司下属的关系,同时又对这个下属表示欣赏和倚重。这番恩威并施落在刘秘书耳中很有点不是滋味。姜桦却觉好笑，弄得像二女争夫一样。真有那心思，何必延宕到今天？她是个不喜欢纠缠琐事，不乐于鸡虫之争的人，当下笑着说："我歇够了，去试试小跑。"黄俊贤说："我陪你。"姜桦挥挥手说："不用，刘秘书说有事找你汇报的，别耽误正经事。我找驯马师去。"她放下杏仁露走向马边。她这反应倒让刘秘书难以捉摸，不知她是喜是怒，是高姿态地不计较，还是懦弱得不敢接招？

黄俊贤咳了一声。刘秘书忙把公司的事扼要一提。黄俊贤想了想，开了机，和客户聊了聊。他这个电话打得颇长，就在这空当中，姜桦已掌握了更多技巧，可以纵马小跑了。那边许梦圆在吴以兰的帮助下也大有进展。二人一先一后匀速跑着，不一会儿就都额头见汗了。

姜桦正和许梦圆、吴以兰享受按辔之乐，忽见刘秘书骑着"大黄"风驰电掣般过来。姜桦往左一让，刘秘书连人带马已在前方一丈开外。吴以兰惊叹："哇塞，太帅了！"

看得出刘秘书浸淫此道已久。她的速度如箭离弦，姿势标准优美。全速狂奔之际，劲风吹起她的一头长发，腰背笔挺，足蹬马刺，愈显得英姿飒爽。

姜桦一圈跑完，到躺椅上舒散筋骨，许梦圆和吴以兰手拉手跟了过来。黄俊贤一个电话刚刚打完。他笑着收起手机说："进步很快嘛！"姜桦笑道："比起你的爱将望尘莫及。"话一出口便有点后悔，仿佛有三分醋意，其实并没有存心含沙射影。但真的一点不介意吗？还是她试图说服自己她是不介意的？这一刻，她有点儿理不清自己的心绪了。

黄俊贤遥望刘秘书在跑道上一骑绝尘，神采飞扬，笑道："小刘骑术一流，圆圆将来还有希望赶超，我们两个中年人只能鼓掌喝彩了。"说得似乎气馁，实则把姜桦和他放到了一个阵营；刘秘书再出色，也是"小刘"，是另一个序列里的人了。

刘秘书下马走来，连喝两口饮料，擦汗笑道："真痛快！"许梦圆不像吴以兰直肠直肚，已感到刘秘书意存挑衅，便笑向姜桦说："妈，我们也去飞奔两圈！"她不信她们不如人。刘秘书拉住她说："先把慢跑练熟了再说，一步步地来，别不自量力。"许梦圆刚要反唇相讥，她已道歉不迭："对不起，我是说不能急于求成。"吴以兰再憨厚也嗅到了不和谐的气息，她是完全不绕弯儿的，把脸一拉说："什么不自量力！您毕业多少年了？老大不小的，话都不会说呀！"姜桦忙笑说："两个傻孩子，这就认真了。人家是为我们好。这次咱们巩固巩固，下次再来学快跑。就算像刘秘书那么聪明，这么精湛的骑术也不是一天两天就能练成的。"许梦圆、吴以兰这才不作声。

刘秘书笑笑。姜桦和黄俊贤谈论庞元元和另外几个刑释青年最近的情形，间或提醒许梦圆晚上回去要温书，别玩得太疯。刘秘书理着头发，暗中不动声色地观察着姜桦。姜桦是那么素朴、平易、有涵养，又有偶然一现的干练和锋芒。她从头到脚不穿一件名牌，然而衣服的款式、色彩搭配得都恰到好处，显示出良好的品位。她不轻启事端，但兵来将挡，不卑不亢，从容的背后也不知是谋略和心机，还是胸怀和大气？刘秘书以前没和姜桦长时间相处过，几小时下来，她掂出了一定的分量。这是个她必须全力应对的女人。她决定把慈善活动的计划提前。她要让黄俊贤知道，她也是有爱心的，而行善助人的能量远非姜桦所及。若有可能，她要给姜桦一点颜色，使姜桦知难而退——当然不能太过分，否则会适得其反，只会让对手在黄俊贤那里多了同情分。

二十　生日风波

出去时还是丽日晴空，办完事从大楼出来却下起雨来。司机到地下停车场取车，刘秘书和庞元元就站在楼外带顶棚的游廊里等候。庞元元脚下堆着几只纸箱，等司机把车开来好搬上去运走。

刘秘书说："麻烦你了，小庞。"庞元元笑说："这是我应该做的。"刘秘书盈盈一笑："嗯，这个答案很标准。"庞元元也笑了："这些水果和零食您一个人吃得完吗？我声明，我不是想分一箱走。"刘秘书笑说："想分也不给。这是带给别人的。"所谓"别人"，是她认为有利用价值的女同事，和可以争取、笼络的董事的太太们。黄俊贤着手大刀阔斧地改组董事会，牵一发而动全身，势必带来人事上的大地震。杨经理以他的方式助黄俊贤一臂之力，她就以她的方式迂回着为他效力。有一部分热带国家出产的水果，丰艳甘美，临江市很稀缺；有两种零食新近才推出，尝过的人一定不多。她用这些小恩小惠来拉拢一批人，吃着聊着也许就把事情推进了三四成。

庞元元察言观色，知道她不愿详说，就指指外面说："说下就下，一点征兆也没有。"刘秘书说："没有征兆才能锻炼反应能力。"

话音刚落，一件没有征兆的事就发生了：严芷清双手护头、一路小跑着过来，显然是没带雨具，到游廊里躲雨。庞元元见了她，又意外，又开心，又担忧。果然，严芷清瞟了他和刘秘书一眼说："哟，很有情调啊，找个美女在这儿看雨。"她明明看见庞元元穿着保安制服，刘秘书一身职业套装，然而只要看他和美丽的异性单独在一起，她就气不打一处来。

庞元元第一句就想问她现在在哪里落脚，但知她不会回答，只好咽下不提。

刘秘书笑望庞元元一眼："女朋友？你也忒早熟了点儿。"严芷清不等庞元元接口，先自说道："他想得美。早就把他休了。"庞元元笑了笑说："我和我们领导在这等车。"他以前从来不会好脾气地向她解释，她倒怔了一下："怪不得你保安干得欢呢，不是漂亮的领导你也不服侍吧？"庞元元笑道："你连挖苦人的样子都这么好看。"刘秘书见他这副惫懒劲儿，不由笑了一笑。

庞元元是打定主意要息事宁人的。一来,随着时间的推移,他越来越意识到自己对不起严芷清;二来,刘秘书是公认的手段厉害,他怕严芷清得罪了她,会落得不可收拾。

严芷清"哼"了一声,理着湿漉漉的长发。她不领他的情,不因他的让步就原谅他曾给她带来的伤害。想到"伤害",她怒火填膺,辣辣地一笑:"做了小跟班儿,真不同了啊,打不还手,骂不还口的。"刘秘书说:"小姑娘,人家让你,你就不要再得寸进尺了。"严芷清头发一甩,转脸问她:"怎么啦?心疼啊?伤了你的宠物了?到'虐畜协会'告我去!"

她字字锋锐如刀。庞元元大怒,但却拼命忍住,脸上仍挂着一丝笑容,表示他并不在乎。刘秘书侧头打量严芷清说:"我不知道你跟小庞以前谁是谁非,不过从你的素质来看,他跟你分开是对的——通常'被分手'的那一个才会气急败坏。"严芷清柳眉倒竖:"你说什么?你再说一遍!"刘秘书微笑道:"你还没有听够吗?"

司机开着车来了。庞元元忙送刘秘书上车,又回来把沉沉的几箱吃食分三次搬到后备厢里。严芷清斜睨着他,并不阻止。他在雨中来来回回地忙碌,她的视线就随着他来来回回地移动。她对他是六分愤恨、三分鄙夷、一分怜惜。毕竟司机和刘秘书稳稳地坐在车里,搬东西、经风雨的只有他一个人。

他把最后一箱水果放上车,"嘭"地关上了后备厢。随着那一声,震动的还有她的心。他要走了,上天安排了这次巧遇,除了仇怨,什么也没剩下。下次再见又不知要隔多少个日日夜夜。

她咬着嘴唇,目送他走。谁知他又折回来,掏出一包面巾纸往她手里一塞:"把头发擦擦。"两人的手极短暂地触了一下,电光石火般的温暖,因为太短暂了,使她不能确定那是不是真的。直到他上了车,消失在雨雾中,她还觉得恍惚。

方静萍歪在床上发呆。严汉和走来说:“妈,吃饭了。”方静萍不语,气色委顿。严汉和说:“我托了朋友,但还是联系不到妹妹。”方静萍淡淡地说:“不用管她。你爸爸要不是找她,也不会离开我们。”她从来是在严正那儿护着严芷清的,说出这种话来,可见寒心到什么程度。严汉和心觉不妥,欲待劝她,却有人敲门。严汉和开了,说:“咦,姜阿姨,还有……”姜桦指着许梦圆说:“这是我女儿圆圆,以前是你妈的学生。”

方静萍病歪歪地出来说:“姜大姐,圆圆。”许梦圆跑过去抱住方静萍说:“方老师,我妈给您买了蛋糕!”方静萍疑惑地说:“蛋糕?”严汉和眼中有喜色:“妈,今天是你生日。”方静萍叹息着说:“你们还记得?我都忘了。”

又有人敲门。许梦圆开了门说:“罗叔叔!还有罗爷爷!”罗昌明、罗国兴也走了进来。罗昌明手里拎着袋子。姜桦有意活跃气氛,说:“又有人不请自来——罗主任,我可不是说你。”罗国兴笑着不语。罗昌明问:“不就是说我吗?今天是静萍的生日,我买了几个熟菜,大家边吃边玩。”姜桦开玩笑:“吃独食也不叫我。”罗昌明说:“准备一来就打电话给你的,不信你问我爸。”罗国兴说:“我可以以我的党性证明。”姜桦说:“我说着玩儿呢,你们一个比一个当真。”

严汉和明白他们的好意,说:“我去烧两个热菜。”姜桦说:“不用了,人也不多,你罗叔叔带的够了,又有蛋糕。”许梦圆说:“先切蛋糕吧。”揭开盒盖,插上蜡烛,一朵蜡制的红色花苞在正中间。罗昌明问:“这花是做什么用的?”许梦圆用打火机点燃,烧了一会儿,只见那原本含苞待放的“花朵”忽然开放,同时响起了“祝你生日快乐”的音乐。

罗国兴夸赞:“有趣!”罗昌明指着蛋糕:“怎么只有‘生日’两个字?

‘快乐’呢?”姜桦说:“我特地叫他们留着的。”拿出一个“裱花袋”——形状像一支粗笔,用奶油在蛋糕上写字或绘花纹用的——说:“静萍,快不快乐,旁人不能做主,要你自己来填。”方静萍悟到她的苦心,感动地望着她。严汉和去拿了红酒来,第一杯先给方静萍倒上,然后依次为罗国兴等斟上,最后才是他自己。在严汉和倒酒的当儿,许梦圆点上了一圈细细的红、黄、蓝、绿的各色蜡烛。蛋糕上一圈小小的火苗欢快地跳跃着。

严汉和敬方静萍说:“妈,没有你就没有我。以前我老跟你怄气。以后我孝敬你,多挣点钱,我们活得开开心心的。”方静萍眼里闪着泪光,喝了一口。罗国兴说:“方老师,昌明跟你是十几年的好朋友。他今天特地买了件礼物来,是一点小意思,你千万别客气。”罗昌明拿出一个窄窄的红木盒子,打开来,是一支“派克”金笔。严汉和眼里一丝惊讶,说:“我也有东西送妈妈。”也是一个木盒,也是一支钢笔,虽然没有罗昌明的那支名贵。

两支笔并排摆在方静萍面前。

严汉和说:“我本来想,爸爸说要在妈生日这天送支笔的,他来不及,就由我送。”姜桦说:“你和你罗叔叔想到一块儿去了。”方静萍颤抖地抚摸着那两支笔。

门第三次响起来。

姜桦开了门说:“老沈,怎么这会儿才来?”沈慧欣说:“还不是程天。”指姜桦说:“这是姜阿姨。”程天仔仔细细看了看姜桦,喊了声:“姜阿姨。”姜桦笑笑,亲切地点点头。沈慧欣说:“你先过去玩吧。”程天去了。姜桦说:“他就是……”沈慧欣悄悄地说:“就是楼上的住户,我接到家来的那个小程天。今晚他是被我又哄又拖叫过来的。这种场面,希望能对他有所触动。”她走到桌边,跟罗国兴父子打招呼,又说:“我在楼下小饭店里炒了两个热菜。姜主任说方老师不吃辣,我也没敢放辣椒,就用了点小胡椒粉，给大家尝尝。”

方静萍此时不知该说什么话，唯有“谢谢”二字。

程天观察着他们。许梦圆向程天说了句什么。程天想想说：“好吧，圆圆姐。”显然他们互相自我介绍过了。两人一起举杯敬严汉和。许梦圆说：“你要照顾好方老师，也照顾好自己。”严汉和与他们碰了杯。

罗昌明凝视着方静萍说：“静萍，你做了这么多年老师，今天蛋糕上还有个填空题等着你来做呢！”方静萍迎着他的目光，二人对视。过了一会儿，方静萍点了点头，拿起那支裱花袋，用鲜艳的红色奶油在“生日”后面歪歪扭扭地写上“快乐”二字，泪珠一串串滚下。

所有人一起拍手唱起那首熟悉的《祝你生日快乐》。程天唱的是英文，他的嗓音很好听。

歌声中门蓦然开了，严芷清出现在门口。满屋里顿时寂静无声。方静萍嘴唇哆嗦起来，想说话但又梗住了。严汉和见了母亲的神情，背上一凉，走上一步问道：“芷清，你怎么回来了？”

他这话是好意，严芷清不明就里，反问：“怎么了，不能回来？今天是妈生日，爸爸总不好意思在今天拿我开涮吧？”她向方静萍走过去，递上一个小盒子：“妈，我没想到家里这么多人。你人缘真好。”一笑道，“咦，爸爸呢？”她在足疗店里混日子，足不出附近的那点小范围，日常所见的也没一个是从前生活圈子里的人，以致严正去世这么大的事，她竟没听见半点儿风声。

方静萍眼神如冰，看着她说：“你见不到他了！”严芷清说：“干嘛？躲在房里不见我？”方静萍说：“你永远见不到他了！”严芷清脸色渐渐白了：“你……你说什么？”方静萍缓缓地说：“我的意思是……”她陡然大声说：“你爸爸被你害死了！！”她把严芷清送她的小盒子用尽全力一扔。盒子在墙上一撞，重重落地。

严汉和忙说:“妈,芷清不知道……”姜桦、罗昌明也说:“静萍,你别这样!”罗国兴、沈慧欣纷纷解劝。严芷清像是才惊醒过来,尖声叫道:“你骗人!”严汉和噙着泪说:“芷清,你冷静点,爸爸真的不在了!他找你找了好多次……”严芷清没有表情,但是眼泪淌下来,泪水越流越急。严汉和想去扶她,她把他一推,转身哭着冲出门去了。

程天眼睁睁地望着这一幕,心里像打翻了五味瓶。

回家的路上,平地一阵狂风。那风刮得天愁地惨,腾起的灰尘形成雾状,路灯的光华被遮得朦胧晦暗。程天伸手拦出租车,可过了好几辆都有人。有一辆空车擦身而过,对程天视而不见。程天紧急背下车牌号,说明天要投诉。沈慧欣说:“可能人家没看见。”程天气道:“我们是两个人,不是两根草,他得几千度的近视才能看不见我们啊?”沈慧欣笑说:“闲气莫生,才是养生的道理。”程天不服说:“纵容坏人不是社会进步的道理。”他振振有词,沈慧欣一时倒难以反驳,刚巧有一辆的士主动停下,才没再讨论下去。

二人并肩坐在后排,沈慧欣原想和程天说说严芷清,说说家人的重要和任性的后果,程天在车上却异样的沉默。沈慧欣问他在想什么。程天顺口答:“多背几遍刚才的车牌号,以免忘掉。偏偏手机落在家了,不然存进手机就好了。”司机插嘴问是怎么回事,程天忙朝沈慧欣使眼色。沈慧欣没懂他的意思,照实说了。同行兄弟被人投诉,司机有点儿兔死狐悲,神色不大好看:“犯不着为这点子小事较真吧?”程天心想:“在你车上,不跟你争。这就叫人在屋檐下,怎可不低头!”暗朝沈慧欣双手一摊,好像在说:“你看,叫你不要说吧?”沈慧欣倒被他的先见之明逗笑了,想这孩子个性独特,敏慧机灵,一定要把他往正路上带。她同时也就想到一个现实的问题:程天的将来,何去何从?

沈慧欣放下脸来叫程天去学校,他也会去;她稍稍忙一些了,他又三天打鱼两天晒网。她哪能全天候地盯着他？

上学犹在其次，她不能照顾他一辈子——就算愿意，在法律上也很难代替他姑姑取得监护人资格。他的养父母对他自私凉薄，姑姑更是隔了一层，就从这么久不来探望他一次，任由程天荒废学业，吃饭有一顿没一顿的，就可以想见其余。思来想去，最终恐怕还是要从他养母身上试着想办法才行。

程天问她有关严芷清的事。她低声细细说了。程天叹口气说："人间悲剧。"少年老成的感慨令出租车司机不计前嫌地笑起来。

回到家里，小敏出来问长问短，她受了沈慧欣的影响，对"关工委"的帮助对象也非常关切。程天绘声绘色告诉了她。她听了很是嗟叹了一回。

半夜里风雨大作，风声尖锐而凄厉。沈慧欣一惊而醒，到窗边把窗帘一拉，就见外面乌沉沉的风夹着白辣辣的雨，雨点被裹成了一个个小白团儿，朝着同一个方向转，翻江倒海似的。法国梧桐的叶子落了一地，不少细枝都折断了。

她披了件薄外衣，急急走到程天房间，却见门下渗出一汪灯光，隐约似有人声。她推门进去，见程天抱着毛巾被坐着，台灯开得亮亮的，手机里的收音机功能正发挥作用。沈慧欣吁了口气说："没做噩梦吧？"程天把台灯调得更亮一些："做了，不过刚开始就结束了，没来得及把人吓住，就带了一点点吓人的感觉出来。"沈慧欣笑着坐到床边："你形容得倒很生动。"

看得出程天还是有些余悸，但比起上次的严重，已大见起色。他说："您叫我万一害怕就听收音机，还挺管用的。有个人啰啰嗦嗦地说话，就没那么孤单了。可惜半夜没什么好节目，全是卖酒卖药的广告。"沈慧欣笑道："不打雷可以听，要是有雷电，保险起见，还是别用手机。你就想象脑子里有一个收音机,有个人在那儿做广告就行了。”程天笑着称是,忽然问道:“沈奶奶,您为什么对我这么好?听我妈说在美国就算亲戚也不怎么见面,父母老了儿女都很少去串门儿。”沈慧欣怔了怔说:“因为咱们是在中国,因为沈奶奶是‘关工委’的,张罗孩子是我的工作。”程天摇摇头:“NO!拿工资才叫工作,不拿钱叫义务奉献。我说得对吧?”沈慧欣笑说:“那……也可以这么说。”

她想起在出租车上考虑的问题,便跟程天要他母亲的联系方式。程天奇怪:“您找她干嘛呀?”沈慧欣说:“老师和家长还要定期沟通呢,何况我和你妈?你的情况我要随时告诉她,让她有责任感和牵挂。最怕两方面都不积极,时间长了就真疏远了。怎么说你们也是母子啊。”她口气温和,但态度坚定。

程天说了母亲的电话和住址,沈慧欣从台历上撕下一页详细写下。程天看沈慧欣趴着写字,外面雨疾风暴,室内却明亮温馨,相比严芷清,他要幸运一万倍!他陡然有种幸福之感,这感觉激发了他对沈慧欣的依恋,对家的渴望,对眼下这一切的珍惜。沈慧欣的银发和皱纹,在他眼里是令人鼻酸的美好,他甚至想到:“好多年后沈奶奶死了,我一定会哭晕过去。”

笔在纸上画出的细微声响融进台灯的暖光,化为一股热流从他心里升到眼里。莫名其妙的,他觉得想哭。

蓦然间惊天动地一声响,一个炸雷震得整幢大楼仿佛都晃了一晃。程天本能地光脚跑到沈慧欣旁边,拉她离窗口远些。这是第一次,他没顾到自己,而想去照应别人。不让关心他的人受伤害,使他潜意识里感到自己是有力的、强大的,正足以克制那困扰他长达两年的心理恐惧。

门外人影一闪,小敏气喘吁吁奔进来说:“程天……”看到房内平安的光景才仓促止步。程天说:“你也会怕?”小敏白了他一眼说:“我是怕你做噩梦,上回不是吓得要死?喝牛奶吗?”程天笑着说:“喝。”再补一句,

“谢谢小敏!”小敏笑了:“你别这么学好,我不习惯。”沈慧欣欣慰地说:“好孩子,你们都是好孩子。”

二十一　伏　　击

王霞和施玉芬难得一起出门办事儿。今天却是个例外,或不如说是半个例外。因为王霞是自动自发非要跟去不可的。

她听施玉芬在办公室说起,有个小女孩父母双亡,只跟着外公过活。外公又以捡垃圾为生,弄得支付不了学费,以致孩子中途辍学。施玉芬想尽了办法,说破了嘴唇,动用了所有人脉,终于让小女孩减免了上学费用,重新入学;又给她外公争取了“低保”,还自费买了一辆三轮车。王霞问三轮车干什么用?施玉芬说送给外公骑,他省力一点,拾荒的效率高一点,收入多一点,小女孩的生活环境不就好一点吗?连这么简单的逻辑都顺不过来,施玉芬愈加觉得王霞压根儿不是干“关工委”的料。王霞却连赞施玉芬“伟大”、“神了”、“了不起”!看在她动用了这么多顶级词汇的份儿上,施玉芬默许她和自己一起去送三轮车。

她们叫丁盛开着卡车送三轮儿,不理老头子的千恩万谢,争相鼓励那眼睛“吧嗒吧嗒”朝人看的小女孩儿。王霞还兴致勃勃摸她的头,捏捏她的袖口,抱抱她的腰。施玉芬看得很不是味儿,心想:“明明是我的帮助对象,你却来喧宾夺主。做人做事,就没一点儿得人心的地方。”

二人作别祖孙俩,丁盛送她们到单位外的巷子口,再里面就窄得进不去了。

施玉芬谢了丁盛,和王霞进门,便听见姜桦在说:“本来想给方静萍过个生日,让她就此振作起来的,想不到……”王、施二人对望一眼,忙问事情的始末。姜桦说了,施玉芬黯然不语,王霞却少不了一番大叹。罗国兴说:“还不如劝她尽快回学校去。”姜桦说:“真被您说着了,严汉和告诉我,她今天一早主动上班去了。”施玉芬叹道:“就算是逃避吧,也比在家里胡思乱想强。”方静萍和她都是老师,同行三分亲,而方静萍家中的剧变她始终没能出什么力,因之也格外内疚。

姜桦点头说:“就是找不到严芷清,这件事急人。她们母女俩实在需要好好谈谈。”随口问道:“昨天小杰怎么没去?”

罗国兴说:“谁知道他? 放了学就没来家。等到六点半,我和昌明就先去了。”姜桦问:“上晚自习啊?”罗国兴说:“好像没有嘛! 今天早上昌明问他,他说上同学家玩了。”姜桦想说什么,见施玉芬有话要讲,就没出声。

施玉芬说:“罗主任,跟你汇报,刚刚那孩子和她外公可高兴了。她外公有了三轮车,事半功倍,谢不绝口呢!”罗国兴点头说好,提议三轮车的钱大家分摊。施玉芬坚决不肯,非要一个人出钱,最后简直有点急赤白脸的,罗国兴只得罢了。

施玉芬上前把空调调高了一度说:“这天气开始早晚凉了。”王霞接口说:“凉了就更用得着。”她又在织毛衣了。施玉芬突然明白:“哦,你哭着喊着要跟我去,又摸袖子又抱腰,就为了丈量个尺寸,给那孩子打毛线衣?”王霞憨厚地笑着:“可不? 平常那些是按一般尺寸打的,差不多的孩子都能穿。她才上小学,个头才那么一点大,得专门织一件。我不亲眼看看,亲手摸摸,心里头没数。”说着把那件才开了头的毛衣举给施玉芬看,“怎么样?”

施玉芬平日里一直对王霞冷嘲热讽,今天还因为她和自己同行感到不快,这时见王霞事事为孩子着想,心底一片光风霁月,相形之下,几年来自己处处计较,事事当真,自恃有文化就瞧不起人,未免苛刻。况且这世上有几人能像王霞那样始终如一地以憨笑对讽刺,以淳厚对挖苦? 这岂不是如今罕见的璞玉浑金般的品质吗？

施玉芬想明白了这一层，友善而不无惭愧地笑了："毛线衣没看出来怎么样，人是个好人。"王霞笑道："你个老施，又笑我了。"

姜桦感到这一问一答间微妙的变化，开心地笑了。

同一时间，她女儿许梦圆却是惴惴不安地走进了办公室。她有一件谋划了几天的事儿要办。她叫了声："陆辅导。"陆文咏下意识地朝旁边看了一下。那边还坐着两位老师，其中一位就是方静萍。

陆文咏说："什么事？"许梦圆说："我有个句子不懂，想问一下。"走近身，弯下腰，把《课外作文选》搁在桌上，翻到中间，原来里面夹着一版药片，是治胃病的"胃服安"；另有一张小纸条，上面写着："有一次你提到胃不舒服。云倩姐回来之前，你一定要保重身体。"陆文咏"嗯"了一声。许梦圆看着他说："您给我讲一下好吗？"方静萍和另一位老师都在埋头改作业，陆文咏指着书的空白处，煞有介事地说："这句话……这句话表达了作者的感激之情。"他伸手把药和纸条收起来说："作者同时也表示他不会辜负朋友的细心和苦心，会以最好的状态去争取胜利。"顿了顿又说，"这篇课文很感人，每次读到这一句，我都像第一次那么感动。"许梦圆微笑着，眼眶却渐渐湿润了。她也不说"再见"，就急急地出去了。陆文咏望着她的背影，朝窗外出神。他没有发现，方静萍警惕地扫了他一眼。

当晚方静萍回到家里，吃过晚饭，仍去批改作业。严汉和蹑手蹑脚地走进来找东西。因为腿不方便，又不敢发出声音，姿势很别扭。方静萍说："汉和。"严汉和带点羞涩地笑笑："哎呀，还是把你惊动了。"方静萍说："你要找什么，慢慢找好了，有声音也没关系。"

严汉和刚要说话，有人敲门。方静萍到客厅开门，见是罗昌明，便往里让。罗昌明问："你一个人？"方静萍答道："汉和在我房里。"罗昌明说："我看到有赵本山的小品光碟，就买了一盘给你，没事看着玩儿。"方静萍稍愣了一下，接过光碟说："谢谢你！"罗昌明说："昨天的事你别放在心上，其实芷清倒是好心……"方静萍之前因为严正的去世，憋着一口气，一见严芷清，顿时尽情发泄出来。到真的把这股积郁宣泄尽了，反而恢复了理智，牵连起母女之情来，于是说："我知道，我是因为老严，没控制住自己。"罗昌明说："你的心情我理解，我也有过丧妻之痛。相扶相持走了十几二十年，说没就没了，一时确实接受不了。不过……我现在……对吧？"方静萍笑了笑说："我明白，你放心。"

罗昌明说："我听说你急着上班，估计是心里空得慌，要找个事做做，这反而证明你心情还很不好。"方静萍说："以前在大学的时候，你好像没有现在细心。"罗昌明有些羞惭地说："人是会变的。对了，有件事，我不大方便跟姜桦说，你看你有时间是不是给她提个醒？"

方静萍听到这话，倒有三分意外，疑惑地说："什么事？"罗昌明说："我有点担心，圆圆这孩子……早恋。"这话刚触着方静萍的心事，她皱了皱眉说："是吗？"罗昌明说："有次在街上看到她和一个小伙子逛街，就两个人，有说有笑的，圆圆对他的态度很亲密。"方静萍追问："那小伙子什么样？"罗昌明说："高高的，很阳光，大概比圆圆高半个头。"方静萍说："还有点书卷气？"罗昌明说："我当时在的士上没看清，怎么，你怀疑谁？"方静萍说："我是下午刚好看到……"想了想说，"你先不忙跟旁人说，跟姜大姐也不要说。我要找那个人谈谈。能不惊动大家最好。"罗昌明说："大事化小当然好了。你认识那小伙子？"方静萍说："但愿我猜错了——那是'星海书屋'的陆文咏。"

严汉和立在房门口，一脸惊诧。

罗昌明和方静萍都不防隔墙有耳，继续聊了一会儿，商议定了，罗昌明才告辞出来。

他回到家中，见罗国兴正对着一副象棋自己跟自己下，便笑道："爸，你的棋下得这么好,都找不到对手了?”罗国兴笑了:“哪啊?等你们等得心焦,走两步玩玩。”罗昌明问:“小杰也没回来?”罗国兴说:“是啊!我刚才还说,都几点钟了!大的不回来,小的也不回来。”罗昌明说:“别是出了什么事了?我就怕他在外面捣乱。”

罗小杰如果听到罗昌明的话,大约会佩服父亲的先见之明。此刻他正和几个同学挤在巷子幽暗的拐角处等人。邻近的马路上有一辆车驶过,车头灯一扫而过,一瞬间可以看见罗小杰紧张的脸,转眼又是模模糊糊的夜色。

有个人气喘吁吁地跑来说:“快,快,来了!”另一个说:“准备好啦?”罗小杰等几人齐声答应。巷子里唯一的一盏路灯忽然一闪一闪起来,显然是坏了。罗小杰说:“这灯从来不亮,这会儿倒跳起来了。暴露了怎么办?”另一个说:“不管他,来了!”

一人推着自行车走近。埋伏着的众人一拥而上把他推倒。自行车横在地上,前后轮还在转着。路灯忽明忽灭,伴着声声哀嚎。路灯越跳越急,被打者越叫越惨。“啪”的一声,灯管炸了,惨叫声也弱了,变成了低低的呻吟。罗小杰等人一哄而散。自行车轮“轧轧轧”地,终于停止了空转。

罗小杰做成了这件他自认为的“豪举”,心情激动中又杂着几分慌乱。开门前,他理了理衣服,以使家人看不出什么异常。

罗昌明见了他便问:“你这两天怎么这么晚?”罗小杰说:“到同学家玩了。”罗昌明说:“玩到现在?”罗国兴笑着劝解:“算啦算啦,男孩子总是贪玩的。你小时候不比他好多少。小杰,明天不准这样了,听见没有?”罗小杰强作镇定:“明天不去了。昨天没玩得成,今天已经玩够了。”仿佛需要一点儿依据,他问罗昌明:“爸,你朋友有了困难,你会帮助他吧?”罗昌明不疑有他,随口便说:“当然了。”罗小杰安心了些:“我去洗澡睡觉。”

看他进了卫生间,罗国兴笑道:“这么乖,我都不大适应了。”罗昌明说："多半是做了亏心事。"罗国兴不以为然："你这才岂有此理呢！顶撞你又不好，讲礼貌又不好。"罗昌明报以一笑。

次日上午，姜桦在家打扫卫生。电视开着。播音员以她那特有的甜美又不带感情色彩的语调播报："欢迎收看早间新闻。首先祝观众朋友们有一个愉快的周末。以下是本次新闻的主要内容……"

许梦圆说："妈，'胃服安'治胃病效果好不好？"姜桦关心地说："你胃不舒服啊？"许梦圆说："我就是问一问。"姜桦想了想说："还好吧，我肠胃好，基本上不碰这些药。"

门铃声一声急过一声，光是听着也知道事非寻常。姜桦才一开门，罗昌明就跑了进来。姜桦因为上次严正去世的事，成了惊弓之鸟，这时不由得白了脸问："又出了什么事？"罗昌明焦急地说："小杰啊！昨天跟几个同学打另一个同学，弄得人家现在还在住院检查！"姜桦虽然惊诧，又略有点放心，毕竟不是泼天大事："有这种事？为什么？"罗昌明哭笑不得地说："说是那个被打的孩子抢了另一个孩子的女朋友，这孩子不服气，就约了几个玩得好的在巷子里搞伏击，当中就有小杰一个。"姜桦说："这帮孩子，小小年纪，懂什么情啊爱的？"

说者无意，听者有心。许梦圆在旁，不由得有几分惊心。

姜桦没留意女儿，又问："现在怎么样了？"她在想着该如何善后。罗昌明语速极快，跟他平时说话的口吻迥然不同："打人的里面有一个回去越想越怕，就跟老师招了。小杰还骂他不讲义气。学校记了他们大过。我是想怎么给那受伤的孩子尽点儿心，给他调个好病房，再托托医生。一方面让人家家长消消气……"他压低声音说："我担心事情闹大了，人家会追究；一方面也要对得起自己的良心。你有没有熟人在人民医院的？"姜桦说："我是没有，不过黄……我有个朋友，他好像有个亲戚在医院里。"罗昌明催她说："那你快帮我联系联系看。"

姜桦打电话说："喂，是我，姜桦。什么？我不信。"把电话搁在一边，走到客厅一侧的大窗子那儿。黄俊贤在楼下向她挥手。姜桦回去拿起电话："你现在专门搞突然袭击啊！上回骑马是这样，这回又是。不过今天我正好有事要请你帮忙。"许梦圆在旁点评："心心相印。"姜桦没听清，问："啊？"许梦圆虽然没上没下惯了，终究不便再重复一次，笑着说："我说黄叔叔有求必应。"

三人坐了黄俊贤的车一起开到罗家楼下。罗昌明上楼接罗国兴和罗小杰。隔着门听见罗国兴发脾气："我今天不出门了——没脸见人！"罗小杰没吭声。罗国兴又说："在外面帮教帮扶，关心下一代，家里的孙子都管不好，几十年的老脸都丢尽了！"说着咳嗽起来。罗昌明本来想让一向袒护孙子的罗国兴再数落小杰几句，听他气得咳嗽，就不敢再旁听了，拿钥匙开了门。

罗小杰拿过桌上的止咳糖浆递给罗国兴。罗国兴拧开瓶盖子喝了一口说："前两天你爸爸说你不对头，我还不相信。实践证明，知子莫若父！我罗国兴的孙子居然记了大过，给老战友听到不笑死了？"

罗昌明说："爸，快去趟医院，那孩子的父母说要告小杰呢！"罗小杰脸现惊惶。罗国兴一愣，当先走出。罗小杰忙跟在后面。

赶到医院，另外几个打人的孩子都在，他们的家长也在。而像罗国兴这种年纪的，只有他一人。

伤者的父母冷着脸。罗昌明想进去看望，对方的母亲拦住了，假装赔笑说："不用啦，还没死呢！"那位父亲拉拉她："别这样。"伤者的母亲笑容顿敛，厉声说："闭嘴，他是不是你养的？你不心疼我心疼！"另一位家长说："你看这事，真是不好意思……"伤者母亲话中带刺："没什么不好意思，也不过缝了七八针！"

姜桦见状，知道这位家长难缠，便说："这位大姐……"伤者母亲打断她说:“少套近乎,谁认得你?谁是你姐?”姜桦笑笑说:“我套什么近乎?我的孩子又不在这里。”伤者母亲怀疑地说:“那你来凑什么热闹?”姜桦说:“我陪一位朋友过来的。他说想帮你的孩子换个好病房,不然心里过意不去。”伤者母亲冷冷地说:“是怕我告吧?”姜桦说:“您要是告,他们是逃不掉的,医疗费、护理费、营养费都得给您送去;至于刑事责任……他们才上初一,还不到十六岁,只要您的孩子没有内伤,这种挫伤、瘀血之类的外伤,好像……”伤者母亲说:“好像告不倒是不是?你怎么知道没打出内伤?我是不懂法,我也不稀罕你们的钱,我就是咽不下这口气。”她轮流指着小杰他们几个,手指几乎点到他们的鼻子尖:“你,你,你,你,你,有书不念,跑出来当混混,现在闯蛋啦?指望年纪小,打了人把头一缩,就没事了?别做你们的清秋大梦!就算告不倒,好歹拉你们到法院走一趟,也省得以后犯了法,再进去的时候认不得路!”

罗昌明忍不住说:“你怎么这么说话……”伤者母亲逼近他说:“怎么样,怎么样?你把我也打一顿?反正你们人多——你总满了十六岁了吧?!”罗国兴劝罗昌明说:“算了算了,千错万错,是小杰他们的错,不怪人家生气!换了你你能心平气和?”

伤者母亲面色缓和了些:“说了半天,就这句话还像个话。”护士走来干预:“对不起,病人需要安静,你们到外面去说吧?”

大家压低嗓门谈了半天,才算说服了那女人,虽然不告,赔偿却是少不了的。几个孩子都垂着头,家长们也十分沮丧。

走出医院,却听见那女人在身后说:“等等!”

众人转身,不知她又要出什么花样。她不看别人,只对罗国兴挤出个笑容:“刚才也就你肯说句公道话,我看来看去也就你是上了年纪的。我是气急了,不然也不至于……”罗国兴忙说:“哪个当妈的不疼自己的孩子,理解,理解!”伤者母亲笑笑:“我们家那小祖宗也不是个省油灯,我还不知道他？老人家跟孩子隔代亲，比我们更不舍得管。咱们互相体谅吧。我要有什么过分的话，您别往心里去。”她前面说“你”，最后说“您”，可见是真心抱歉，倒叫罗国兴更惭愧了。

一行人走到停车场，黄俊贤说：“总算不告了，虽然只承担民事责任，经官动府的，对孩子毕竟不好。还是私下达成谅解比较好。”罗国兴说：“论理，是要给他们点教训。”他看了小杰一眼，口气是少有的严厉：“你不是老说自己是个男人吗？男人要敢作敢当，不是自己搞了事叫大人给你善后！”黄俊贤说：“赔钱的事再商量吧，先回去，先回去！”扶了罗国兴走向轿车。罗昌明随后，走了几步回头说：“上车呀，等请啊？”罗小杰跟上去。其他家长也陆续散去。姜桦最后一个上车。

她注意到罗国兴脸色一直都很难看，也猜着是生了大气，便说：“罗主任。”罗国兴正发呆，没听见。姜桦又喊了一声：“罗主任！”罗国兴说：“啊？”姜桦说：“您别光顾了生气，梁主任前段时间不是和您商量过，我们是不是跟有关部门沟通一下，到几个学校组织一次巡回普法讲座吗？我觉得这事应该提上议事日程了。”罗国兴说：“那倒是的，咱们只顾忙庞元元、严汉和，然后又是丁盛，一件接一件，没顾上这个。”姜桦说：“现在的学校是升学率压倒一切，体育课是尽量地删，‘思想品德课’是删得无可再删。咱们不留心谁留心？小杰有错，可没人引导，也不能全怪他。”罗国兴叹了口气说：“别人家好这么说，我们家不行啊！我自己就是抓这个的，怎么说也是管教不严。”姜桦说：“‘知过能改，善莫大焉’。您平常总说只要改了还是好孩子。您不能对小杰用另外一套标准。”罗国兴不接这个岔儿：“普法宣传是很有意义的。德智体要全面发展。我星期一和梁主任再敲定一下，争取第一站就在小杰的学校先讲起来。”

罗小杰跟姜桦坐在后排，流着泪，悄声问：“姜阿姨，如果他妈妈非要告我，我是不是要上法庭啊？”姜桦说：“你是未成年人，又有法定监护人，不见得要自己去。但你不可能永远不长大,也不一定受害人每次都只是皮外伤。”她严肃地说:“你要认真反省一下!”罗小杰粗手粗脚地边擦眼泪边点头。

罗昌明说:“今天幸亏黄总来,托了好医生,又调了好病房。”罗国兴这才想起向黄俊贤道谢。黄俊贤忙说:“这有什么?也是刚好出得上力。”罗昌明说:“黄总,姜桦才想打你的电话,你就来了,倒撞得巧。”

黄俊贤开着车回答:“我本来是去给姜……给圆圆送张音乐会的票。”姜桦一手搂着罗小杰,浑似没在意。

把罗家三人送回了家,姜桦问黄俊贤要不要上来坐坐。黄俊贤不想姜桦太累,便推说公司有事先走了。姜桦习惯了拒绝他,这还是头一次被他拒绝,无端地倒有些失落,当下上楼回家坐下。

许梦圆从房里迎出来说:“妈,小杰怎么样了?”姜桦说:“共同侵权承担连带责任,赔钱是不用说了,还把他爷爷和爸爸气坏了。你罗爷爷一向护着孙子的,这回也发了火。”许梦圆说:“他们都回家啦?”姜桦说:“嗯。”许梦圆说:“黄叔叔也走啦?也不上来坐坐。”她对这个问题显得更加关注。姜桦淡淡地说:“他忙。”

二十二　真　　相

严芷清和大头姐在聊QQ。

从上次方静萍生日至今,严芷清一直在强烈的自责中度过。在这最难熬的时段里,大头姐是她唯一的精神支柱。

大头姐不经常在线,但也不会相隔太久。二人天南海北地说着,大事小事、正事琐事、好事坏事,谈到最后总是很熨帖。大头姐劝严芷清不要把严正的死硬往身上拉,那是自虐,是最没出息的人才喜欢的招数。让她对妈妈和哥哥多关心一点，把自己照顾得周全一点，有机会的话换个正经的工作，就会令九泉之下的爸爸得到莫大的安慰。虽然都是很平常的话，但从她嘴里说出来，就叫人那么受用，那么入耳。

大头姐不用微信，不开微博，没有博客，QQ 空间里倒时常更新一些励志的短文和绝美的风景。严芷清看了，往往有所感悟。

这天严芷清跟大头姐聊着她刚刚贴上的一篇文章，又嗔怪她神秘莫测。大头姐说有什么神秘的，不过是个自由职业者，不按时按点上班，晨昏颠倒，漂泊不定，到现在还没嫁得出去，可怜人一个罢了。在她不断释疑的过程中，严芷清猛然闪过一个从来不曾想过的念头：她会不会是"关工委"的？

方静萍生日那天的态度摆在那里，她绝不可能是大头姐。那个优雅的姓沈的社会调查员呢？也不像。倒是那个中年的当时也在家为母亲庆生的姜主任有些可能。她给方静萍打电话时方静萍说过"姜主任跟我很要好，帮了你哥很大的忙"。会不会呢？严芷清决定试一试。

她有意把话题往"关工委"身上引。对方果然对此并不陌生，陪着她侃侃而谈。严芷清又说起前几天看见庞元元的事。这事她当天就告诉过大头姐，这时旧事重提，表面的理由是无法释怀，其实是她知道"关工委"对庞元元关怀备至，如果真是他们那边的人，提到庞元元难免会流露蛛丝马迹。果然对方劝她把过去的旧事放下，说既然他改邪归正，她不妨和他比赛，将来两人境况好了，年龄也大些了，甚至可以考虑再次给彼此机会。前面的话越看越像，最后一句"知心姐姐"式的出谋划策却不大像"关工委"的口吻。他们什么时候改行当婚介了？难道大头姐真的只是个不相干的人，是自己想多了？

QQ 那一头，大头姐和严芷清说"886"。因为她——不，是他——所在的群里有人发言。

那是“睿航”公司的保安群，群主是杨经理。大头姐，也就是庞元元，是群管理员之一。为了取信于严芷清，他在网上男扮女装，注册了新账号；又想了一番“自由撰稿人”、手机将换号的鬼话，似是而非地找借口。他不时从姜桦等人那里听说严家的近况，再煞费苦心地不经意间引导严芷清做出正确的反应。譬如严正去世了而她不知道，他便对她谈电影，谈亲情，希望她回家一趟，以得悉家中的变故。他成功了。当然方静萍的生日他无从得知，即使没有生日这回事，他早晚也能怂恿她回家去。他还有个阶段性的目标，是要套出她在哪个地方“上班”，住在哪个区域。之前，为了羞辱他，她就在他家对面的足疗店，他三分不忍，七分厌烦，选择了视而不见。现在，近朱者赤，经过几个月的耳濡目染，他不能再对她坐视不理。

他不方便出面找她，她有多要强，多恨他，他一清二楚，而且严家的人多少也会把严正的去世算一部分在他头上。这不是一天两天能解开的结。但只要套出她的地址，他就可以转告姜桦和她的同事。他对他们既亲近又佩服，坚信只要他能确定严芷清的方位，“关工委”必定能把她从岔道上拉回来。连他都浪子回头了，他就不信世界上有人比他还难对付。

保安群里有人说，发现形迹可疑的人在仓库外的围墙附近晃悠，疑似在“踩点”。杨经理叫大家提高警惕。庞元元参与讨论，建议尽快把坏掉的警铃修起来，不单关键时刻能传讯，还可能把小偷吓跑，如果真有小偷的话。杨经理夸他这个建议提得好，说有这么一群忠于职守的保安，公司的贵重货物就一定安全。

沈慧欣家中，程天也正对她细说“安全”。瞅着小敏不在旁边，他低声地、神秘地说：“小敏老去医院干什么？”沈慧欣猝不及防，半晌才问：“什么？”程天说：“有次小敏急急忙忙下楼，我问她干嘛她又不说，我就偷偷跟着她。她去了人民医院。后来我又跟了她两次,她几乎每天都去。这事儿您知不知道? 她虽然是个好人,同时也是个笨人,会不会有人利用她干坏事,她自己没想到啊? 您得存个心,太不安全了!”

沈慧欣叹了口气:“是我叫她去的。”程天瞪大了眼睛。沈慧欣说:“我明天带你去看个人。这事我本来没想跟你说,但你既然知道了一些,我索性全告诉你吧。”

第二天她把程天带到医院,小敏自然也如影随形地来了。林院长躺在床上,身上插着输液管。程天和沈慧欣并排站在床前。程天轻声说话,仿佛怕吵醒了病人:“这……就是爷爷?”沈慧欣点了点头:“他变成植物人已经很多年了。”程天说:“为什么?”

顾医生走了进来:“沈医生,又来看林院长?”沈慧欣应了,向程天介绍说:“我爱人以前就是这儿的院长。后来为了一个医学研究项目,我们俩都到美国做访问学者。我儿子那时候比你大不了几岁,就一个人留在国内。”程天敏感地说:“跟我的情况挺像的嘛!”

顾医生从不见沈慧欣带外人来,看看程天说:“这是……”沈慧欣笑了笑:“是我的小客人,现在就住在我家。”顾医生说:“也好,您是太寂寞了。”沈慧欣说:“倒不是为了寂寞……”程天说:“你是把我当成你儿子的替身!”沈慧欣颤了一下:“不,不是,你误会了。其实我是……”程天说:“就是,就是! 你为什么要把我当成别人的影子? 我就是我自己!”他箭步跑出去了。

顾医生与小敏面面相觑。沈慧欣反应过来,急忙追出。小敏跟在后面劝道:“奶奶,奶奶,你当心点儿,你有哮喘啊!”顾医生跑到门口,着急地说:“你小点儿声,这儿是病房!”他自己的声音也一样的大。

沈慧欣在十字路口焦急观望,程天的身影在对面一闪而逝。绿灯还没亮,沈慧欣就想穿越街道。一辆车呼啸而来,差一点儿就擦着她。小敏赶上来把她拉回马路的这一侧。沈慧欣说:“不见了,这孩子不见了!”小敏说:“他不会走远的,晚上就回来了。”沈慧欣说:“是就好了,我就怕他到处乱跑!”

绿灯亮了。

沈慧欣说:“我们到那边找找去。”大街小巷走了半天,也不见人影。小敏一再劝说,沈慧欣才拖着沉重的步子向家中走去。

她和小敏走上楼来。一抬头,程天正站在门外。沈慧欣喜出望外。程天淡淡地说:“我回来拿我的东西。”沈慧欣说:“你要走?”程天说:“是。”沈慧欣说:“上哪儿去?”程天说:“可去的地方多了。”沈慧欣不作声,掏钥匙开门,手有点儿抖。小敏抢着开了门,扶她进去坐下。程天随入。

程天径直往自己房间里去,沈慧欣叫住他说:“坐下来,咱们聊两句。你实在想走,我不勉强你。”程天想了想坐下了,脸上是从来没有过的冷漠。沈慧欣说:“你告诉沈奶奶,为什么这么生气?”程天说:“我不当人家的替身。”小敏说:“你好大的脾气啊!我跟奶奶追了你两条街!奶奶在十字路口差点儿被车撞了。”程天似有所动,看看沈慧欣:“你没事吧?”沈慧欣慈爱地说:“没事,只要找到你就好了。”程天说:“你要是关心我,我谢谢你;你要是关心你儿子,请你去找他去。”

小敏大怒道:“你说什么?”程天说:“我说错了吗?你小心点,我让着你是因为你下雨天给我热过两次牛奶。我可不是怕你!你再粗声大气地喊喊看!”小敏更加大声地说:“我就喊了,怎么样?你叫你那些红头发绿眉毛的朋友来打我!——你叫奶奶找儿子,你是要奶奶去死了?”沈慧欣痛心地阻止:“小敏!”程天大惊,半天才说:“什么?”小敏向程天狠狠地说:“奶奶的儿子去世好久了,你叫奶奶去找他!奶奶对你这么好,你这么没良心!”

沈慧欣含着泪说:“小敏,不能怪他。”程天惶急地说:“到底怎么回事?沈奶奶,我不知道,我不是有意说的!”

沈慧欣娓娓地说:“孩子,沈奶奶没有怪你。”她停了停才说:“我以前有个儿子,跟你差不多大的时候,我和你林爷爷离开他到美国去。就像你说的,他跟你的情况很像。我们总以为,这么大的孩子,生活上早就可以自理了,只要供他吃,供他喝,再托亲戚照管着就没事了。有一段日子,他老给我们打电话,我还怪他不知道节约。他给我们写信,我们也没空多回。那时正是项目攻关最紧张的阶段。隔了几个月,他不大跟我们联系了……”

小敏带着哭腔喊:“奶奶!”沈慧欣摸摸她的头:“再过了几天,我们接到通知,他因为吸毒过量……被人发现……在家里……”程天轻声惊呼。沈慧欣热泪盈眶:“他是给一个朋友带坏的。那人自己吸毒,又引着他去尝。你林爷爷心里一急,接到通知的当天就脑溢血突发,急救之后就变成现在这样。好好的三口之家,转眼就剩下我一个人。”程天几乎要哭出来:“沈奶奶,我要是知道,我一定不说那话,一定不跑,一定……一定好好做你儿子的替身!”沈慧欣缓缓地说:“我什么时候拿你当替身了?我是看你的情况和我儿子那时候相似,我怕你一个不小心,也走上了不归路。刚开始的时候,谁也不会想到最终的后果,都以为只是玩玩的。没想到玩着玩着就不由自主了。我想能就近照应你,平常也有个人跟你交换想法,谈谈心事,你就不会被人家带坏。”她顿了顿说:“你的长相、性格、说话,跟他一点儿也不像,只有笑起来的样子还有点像。”说到这里,不觉泪如泉涌。

程天脸涨得通红:“我以后天天笑给您看,好不好?”接着又诉说,“其实我今天是嫉妒。您对我这么好,我总觉得自己讨人喜欢。下午听说是因为您儿子,我一下子生了很大的气。我爸妈不要我,我姑姑嫌我烦,谁都没有您对我好。我把你当亲奶奶我才会生气的!沈奶奶……”

小敏揩着泪说:“不是亲奶奶吗?还叫沈奶奶!”程天马上接口说:“对,应该叫奶奶。奶奶……”沈慧欣搂住程天。程天说:“奶奶,你喜欢听的那些歌,也是你儿子爱听的?”沈慧欣仍搂着他:“不,那是老林……你爷爷爱听的。我们年轻的时候是苏联歌曲最流行的时候;不过他最喜欢的,还是那首《兰花草》。”小敏说:“是以前爷爷奶奶刚认识那会儿两个人合唱过的。他们结婚时也唱了这个。”

程天起身去开了音响。《兰花草》的旋律在室内荡漾。沈慧欣轻轻地说:“听到这歌,就觉得你爷爷还在家里。”程天坚定地说:“我陪您一块儿听!”

二十三　旧事重提

陆文咏坐在角落里的一张台子上。许梦圆走进来,一坐下就道歉说:“我来晚了!”陆文咏说:“我也是刚到,我们点东西吃。”他叫了服务生来,让许梦圆先看菜单。许梦圆稍微一翻:“牛油玉米。”陆文咏拿过来翻了一遍:“桂花赤豆元宵。”他问许梦圆:“够了吗?”许梦圆说:“当然不够,等想到了再点吧。”

服务生笑着去了。

陆文咏笑道:“话说在前面,这是因为你这次有两门功课在前三名,《芳草地》上的小说又写得好,人人夸奖,很给我长面子,所以破例带你来吃甜品的。”许梦圆笑道:“早知道你要这么说。”

陆文咏打量四周。除了大门像两块饼干,颇有童话色彩之外,里面的陈设都是一色的重金属风格,像未来世界。音乐则是提神而不吵闹的轻摇滚。

陆文咏说:“你选的地方挺奇怪,超现实主义。”许梦圆说:“不然怎么显得我与众不同呢？前几天你在兴趣课上布置的作文，我做好了，肯定也独具个性。”陆文咏说：“你真谦虚。”许梦圆笑弯了腰。年轻人的喜乐与哀愁，常常放大了数倍，平平常常一句玩笑，也会引起他们强烈的反应。

陆文咏说：“我让你们不限题材，不限体裁，自由发挥，主要是鼓励你们的积极性。现在提起作文就想到高考，弄得个个‘在车上让座’，‘在街上扶老奶奶过街’。这两年连扶老人也不敢扶了，怕给人讹上，眼看着题材又少了一样。还有些是矫枉过正，小小年纪，写那种哲理味很浓的文章，结果变成格言警句的大集合，还自认为非常深刻。你是哪一种？”许梦圆笑道：“牢骚发完了吧？发完了就给你看——我只写了 56 个字。”陆文咏一笑：“七言诗。”许梦圆一哂：“还以为能骗你着急呢！”把作品推过去。

陆文咏接过一看：“无题。”便笑道，“是想不出题目吧？”许梦圆说：“古人可以无题，我就不可以吗？”陆文咏说：“古人的错别字叫‘通假字’，你写错别字就要扣分。”当下安安静静看了一遍。

只见那纸上写着：

去年喜雨业已陈，今岁凄露犹自新。
迢迢风雪渔阳路，寂寂春闺守望人。
岂无膏沐懒洗面，谁适为容暗伤神。
黄花不语憔悴处，倦倚西风日又昏。

许梦圆先前说得那么自信，等稿子真到了陆文咏手上又突然间底气全失，毫无把握地问他：“怎么样？”陆文咏点头：“平仄、押韵并不全对，对仗勉强算是工整。真是你写的吗？”许梦圆着急地说：“怎么不是？你不信我说给你听。这是一首闺怨诗。新婚不久的丈夫被抓去打仗了，妻子在家思念他。‘渔阳’代指从军。‘岂无膏沐，谁适为容’是个典故，意思是难道我没有胭脂水粉来打扮吗？只是没人值得我这么做罢了。我就歪曲了一下原意，偷来用了。”陆文咏说：“这叫借，不叫偷。真正偷的是最后一句。‘倦倚西风日又昏’是林黛玉写的吧?”许梦圆笑着说:“瞒不了你。”

陆文咏饶有兴味地说:“你对‘闺怨’的细腻感觉还体会得挺到位的。”许梦圆不答。

服务生送来甜品。许梦圆尝了一口:“好吃!”一勺一勺吃得很快。吃完了一抬头,见陆文咏正含笑瞧她,不禁脸红了。陆文咏说:“继续。”把桂花赤豆元宵也推给她。许梦圆问:“继续吃还是继续说?”陆文咏说:“一口不能二用,先吃吧,吃完了再说。”许梦圆反问:“那你呢?”陆文咏说:“我可以再叫,而且我很少吃甜的,不吃也无所谓。”许梦圆说:“不行,变成我一个人吃了,好像欺负你一样。”说着却吃了一大口赤豆。

陆文咏看她吃得慢下来了,才问:“为这首诗下了不少功夫吧?”许梦圆说:“我到图书馆查了好多资料,费了好多心血,写了好多稿,弄得人比黄花瘦。”陆文咏说:“那黄花岂不胖得奇了?”许梦圆说:“好啊,你笑我胖!”陆文咏说:“不过说真的,甜东西还是少吃的好。除了发胖之外,还有好多副作用。不是你拉我来,我是绝不到甜品店的。”许梦圆问:“那……云倩姐拉你来过吗?”陆文咏说:“她……她要么自己去吃,跟我一起时就不去,她知道我不喜欢这些。”许梦圆笑了笑说:“真是善解人意呵!”

陆文咏转移话题说:“你的诗意境、主题都还不俗,我要给你高分。”把那首诗折起来放好。许梦圆说:“你布置的,我当然要认真做。”陆文咏说:“感谢你的偏心。”

许梦圆定定地看着他,陆文咏摸摸脸问:“脸上有东西?”许梦圆答非所问:“没多久就10月10号了,你怎么还能这样轻松?”陆文咏往椅背上一靠说:“不然应该怎么样?云倩跟我说过,做人要积极、乐观。不管最后是什么结局,我答应她,我不会颓废的。我作践自己,她就快乐了吗?”

许梦圆真诚地说:“她真了不起!如果是我,我宁可男主角为我伤心一世。”陆文咏笑道:“孩子话。”许梦圆出于一种自己也说不清的心理问:

“那天你们约在哪儿见?”陆文咏说:“就在我的‘星海书屋’,你不是去过吗?”许梦圆想了一想说:“到时我想看看她。”陆文咏说:“你来也好,真到了那时候,我还是希望有一个朋友在我身边。”他把她当朋友,她不由得喜悦,而想到她这个朋友发挥的竟是这样的作用,又不由得有些惆怅。

许梦圆想着将要发生的事,百味杂陈;罗国兴关心的却是如何将已经发生了的事尽快善后。他在家问罗昌明:“赔偿的事怎么样了?”罗昌明说:“商议好了,每家一千二,一共六千。那女的这回态度不那么冲了。其实要说错,她儿子也有错。十三四岁的小毛头,就知道谈‘女朋友’,还挖另一个人的墙角。”罗国兴悄声说:“这些话别让小杰听见,不然更得意了,连爸爸都支持他。”罗昌明也轻声地说:“我不是说小杰对,只是说那孩子也得教育。”罗国兴问:“小杰呢?”罗昌明说:“在房里做作业,从上回那么一闹,这几天安生多了。”罗国兴说:“去喊他吃饭。”罗昌明刚要走,罗国兴又加上句:“别说我叫你喊的。”

罗昌明进房去了。不一会儿,罗小杰跟着罗昌明出来。罗国兴赌气仍不理他。罗小杰叫了声:“爷爷。”罗国兴不响。罗小杰又叫:“爷爷!”罗昌明在旁说:“还等什么,去把菜端来。”罗小杰连忙答应一声,走进厨房。罗国兴看着罗小杰,目光是恨铁不成钢中夹着深切的爱。他侧过头去重重叹了口气。

饭菜上桌,三人吃着,都不吱声儿。过了一会儿,罗小杰说:“爷爷,我今天作业做得可认真了,准能得‘优’。”罗昌明从旁接口说:“那是应该的,不是什么奇功。”罗小杰向罗昌明说:“我要是次次得‘优’呢?”罗昌明说:“那倒奇怪了。”罗小杰说:“方老师这两天天天表扬我呢,只要我用功,经常拿‘优’有什么稀奇的?爸爸,方老师为什么不来玩了?”罗昌明说:“她丈夫去世才几天?当然还在调整了。”罗小杰说:“你应该去安慰她,她不是你的老同学吗?”罗昌明说:“吃饭!”罗小杰扒了两口饭说:“方老师人好，比上次来跟你相亲的那个阿姨强多了。"罗国兴忍不住插嘴："你还敢说，就是被你搅黄了。"罗小杰哈哈大笑，手舞足蹈地说："哦，爷爷跟我说话啰，爷爷跟我说话啰！"罗国兴说："以后还闯不闯祸啦？"罗小杰说："不了，以后你会因为有我这个孙子而骄傲。"罗国兴忍住笑说："爷爷拭目以待。"

罗小杰说："爷爷，我们接着说爸爸的事好不好？"罗昌明微窘："爷爷搭理你了，你又神气起来了，是不是？"罗小杰说："一事归一事。爷爷，爸爸，你们是见过世面的，找后妈也要找最好的吧？拜托！作为罗家的三个成员之一，我强烈投方老师一票。方老师做妈我就要，其他人我都不要。"

罗国兴、罗昌明同时一怔，两双筷子有短暂的停留。罗小杰这番话出乎意料却又准准地说中了父子俩的心事。

罗昌明下意识地搛了口西红柿，心烦意乱地说："你哪来那么多废话？"罗国兴莫测高深地说："好了小杰，先吃饭吧。"

罗国兴通常是比上班时间早一刻钟到办公室，次日上午却迟迟未至。倒是沈慧欣第一个到了。她打了盆水来，朝地上洒了点水开始扫地。王霞和施玉芬一起进来打招呼："老沈。"王霞顺手拿块布在脸盆里浸了浸就抹桌子。沈慧欣诧异："你们两家又不靠一块儿，怎么齐刷刷地来了？"施玉芬说："她呀，非要拉我到庞家声的店里吃早餐。"王霞笑着说："烧饼搭馄饨，现在还多了面条，当然要品尝品尝啦。"施玉芬笑道："你有理，李（理）树全长在你家门口。"施玉芬调整了心态，能较为公正地看人看事了。现在她和王霞再无芥蒂，还比别人更亲密三分，——性格恰好互补。

罗国兴姗姗来迟，刚好姜桦过来。姜桦便打趣说："罗主任，迟到可不像您的一贯作风啊。"罗国兴说："我先上小杰学校去了一趟，联系普法的事。那校长和教导主任都忙，去迟了人家就不得闲，就算跟我谈也是三心二意的了。"姜桦笑着说："我就知道事出有因。"罗国兴转向沈慧欣说：

“庞元元那儿我也顺便去了一趟,跟他谈了谈,也找杨经理侧面了解了一下。耳闻不如眼见,不亲眼看见不相信他进步这么大,难得他知道上进,人又踏实,我赞成你上次说的,让他再去上学。”沈慧欣欣喜地说:“好啊!你大主任不批准,我们不敢贸然行事。你看给他找哪一家学校?”姜桦接过来说:“要照我说,还是找他本来上初中的那家学校,就考他们的高中部。”罗国兴喝彩道:“好! 在哪跌倒就在哪爬起来。要是真成了就太有意义了!”王霞说:“我给他打件毛衣祝贺他。”施玉芬说:“你们先别忙,校长肯不肯收,还是个问题呢!”她时常在大家说得热火朝天时泼冷水,今天这一泼却像一贴清醒剂。几人互相望望,罗国兴嘟哝了一句:“试试再说嘛。”

二十四　盛极一时

办公室只有方静萍和陆文咏。陆文咏边兴致勃勃地写讲义,边在伊迪斯·华顿的小说集《伊坦·弗洛美》上做着标记。方静萍走过来搭讪:“在忙啊?”时间是治愈创伤的良药,她的气色明显比前段时间好多了。陆文咏说:“我想起有个地方可以插个小故事,讲起来更生动。”方静萍微笑道:“你也是有心人了。”

二人说了会儿闲话,陆文咏夸严汉和有毅力,方静萍则问了他书店的发展计划,末了,方静萍问:“陆辅导今年多大了?”陆文咏笑着反问道:“要给我介绍女朋友?”方静萍说:“是有这个打算。像你这样的帅小伙儿,长期单身可不是事儿,说不定连班上的女学生都要崇拜你呢!”陆文咏笑得有点不自然:“方老师真会开玩笑。”方静萍说:“不开玩笑,你要是愿意,我给你介绍很优秀的女孩子。有了女朋友,心也就定了。”陆文咏不笑了,很正经地说:“方老师,您想说什么?”

方静萍笑了笑："陆老师，你刚给高二(3)班当校外辅导员的时候，老实说我们几个老教师还不是太放心的，毕竟你年纪太轻，这种模式也有让学生分心的危险。后来各方面反应不错，我们才安心了。你和我们在具体的教学理念上有分歧，那不是大问题。不过最近外面有些传言……你知道的，不管对你还是对别的人，影响就相当坏了。"陆文咏说："我没有做过亏心事，不在乎别人怎么说。"方静萍斟酌了一下才说："我知道。我和'关工委'的姜桦是好朋友，她给我儿子那么大的鼓励，我对她女儿也就比别人更注意些。"她这话已经点得非常透彻。陆文咏的红钢笔在本子上戳出了一个小洞，红色像眼泪一样渗开。

有别的老师进来了，和方静萍、陆文咏互致问候。方静萍悄声说："姜桦很忙，我不想她为旁的事分心。你年轻有为，又有才华，我也不能眼看着……"话没说完，她和其他老师聊天去了，任由那半截子话钟摆一样晃得人头晕。

二节课下，陆文咏拿着讲义，和许梦圆并行。许梦圆说："你怎么专拣人多的地方走？挤死了。"陆文咏说："人少的地方，说闲话的多。"许梦圆警觉地说："说什么？"陆文咏说："今天有人给我提了个醒。听她的口风，倒是好意。不过听到这种话，心里当然不舒服。"许梦圆一惊："对不起，都是我……"陆文咏说："不用道歉，我是想说，在云倩没有回来之前，我们尽量不要单独见面——本来也没有这个必要。等她回来了，三个人一起，被人看见也没事了。"许梦圆像是噎了一下，过后才笑笑说："好啊。"陆文咏听她声调不对，侧头看她。许梦圆很突兀地说："不想见就不见吧！"笑了笑，转身就走。陆文咏在原地站了一下，返身向前慢慢地走去。

方静萍知道今天早上和陆文咏的对话分量很重，看到陆文咏的窘态，心里也有些不忍，但这些话是为他们好，不得不说，这时在讲台上整理东西，仍有些神思不定。有学生在做作业，有的在说笑，是课间休息的辰光。

罗小杰到讲台那儿说:“方老师,你最近身体好吗?”方静萍有点感动:“谢谢你!老师身体很好,精神……也很好。”罗小杰由衷地说:“方老师,你真了不起!”方静萍涩然而笑:“人活着要往前看,这个道理老师懂。你也要好好珍惜,不要浪费光阴。”罗小杰说:“哦!我爸爸常提起您呢,爷爷还说,你不去玩,他想好好烧两个菜都找不到理由。”方静萍笑了:“哪天老师带汉和上你家去坐坐。”罗小杰恭恭敬敬地说:“那我出去了。”他一走出教室,立即扮了个鬼脸。方静萍看向门外,耳边回旋的是罗小杰刚才的话:“我爸爸常提起您呢!”

然而并非每个人都像她那样悲欣交集。正在公路上跑货运的丁盛就兴头头的,一边开车,一边和旁边的老头子说话,脸上满是笑意。手机响了,他一手把着方向盘,一手接听:“喂,我是,你哪位?”他惊喜地说:“哦,庞元元,你好你好!上次吃了你的烧饼,你又不肯收钱,不好意思……这是你的新手机号?好,我知道了,这样咱们以后可以常联系了……我挺好的。老爷子身体好吗?那就好。下星期你们‘睿航’要搞一个慈善活动,罗主任通知我了……哦,姜主任也通知你啦?那就好,下周见!”

副驾驶位置上的老头问他:“谁呀?”丁盛喜洋洋地说:“一个兄弟。”他很想向老头说起罗国兴,但这势必牵扯到他的过往,那就不是所有人都能理解的了,说不定对他的生意还有影响,因此只把那股子欢喜劲儿憋在心里。

“睿航”集团的大型慈善活动放在城郊的一幢别墅里。一楼极大的客厅连带三间书房全部布置成精品书画的展厅,二楼的五个房间是自助餐室。别墅后面有一片园子,花草果树应有尽有,刘秘书在那里做了精心安排,一心要让黄俊贤满意,把姜桦比下去。

“关工委”原想集体出动,可事到临头,施玉芬因连日为孩子们补课,熬出病来了。她的子女不在身边,王霞自告奋勇当“全职保姆”。她们俩的亲近后来居上,简直有成为老姐妹的趋势。沈慧欣在夏秋之间,常发气喘,这天又不舒服,也不能来。当晚便只来了姜桦和罗国兴。

一楼不少人在参观书画。刘秘书花大力气邀来了本市一流名家的代表作悬挂四周。真草篆隶,翰墨流芳;花鸟虫鱼,清奇优雅。企业家们如看中了哪一幅,便当场买下,若两个以上的人看中了同一幅,则要竞拍。成交额现场公布,事后全数捐赠给“关工委”,设立基金,用作帮教、帮扶、帮学的经费。罗国兴自然高兴,见到黄俊贤,大赞不已。黄俊贤便笑指刘秘书说:“是她一手操办的。”姜桦笑道:“帮了我们大忙了。”黄俊贤笑着看看刘秘书说:“她一跟我说这个构想,我就说要全力支持。”杨经理也过来打招呼。姜桦笑道:“杨经理……”刘秘书笑了:“您叫错了。”姜桦愕然。刘秘书说:“人家现在刚刚荣升公司副总。”杨经理忙笑道:“你不也是总经理助理了吗?”姜桦、罗国兴齐贺二人。黄俊贤笑道:“以他们对公司的贡献,早该升了。”——以前是有人阻挠,如今随着刘、杨的升职,黄俊贤彻底掌控了公司,不仅在商业上,而且在携手“关工委”从事社会公益上再不必受人掣肘了。

说话间又有一幅飘逸、隽永画作拍了卖出去。姜桦笑说:“我和罗主任欣赏欣赏字画儿,你们先忙。”黄俊贤也不虚留:“走的时候告诉我,我叫人送你们回去。”为什么不是他自己送?这个问题同时浮上姜桦和刘秘书的心头。姜桦稍一思索便知道黄俊贤是不想给外人一个印象:他是出于私谊才举办这次大规模的活动,是和“关工委”有工作以外的关系才热心操办此事。刘秘书则暗自欣喜,她想,细节虽小,却说明问题,也许姜桦在黄俊贤心里有些褪色了。

罗国兴对书画之道甚为隔膜,更关心的是当晚能筹到多少资金。姜桦心分二用:一面留心成交价,一面沉醉在笔墨丹青的世界里。连书画上的印章,她也觉得方寸之间大有意趣。

她的一举一动刘秘书无不留意。刘秘书没料到她会对书画有兴趣,那神情不是附庸风雅者装得出来的。看来她的艺术修养是超出了自己的预期。

姜桦看了一阵,约上罗国兴到二楼吃东西。楼梯口的角落备了酒水饮料,一排玻璃杯从高到矮依次排列,罗国兴只喝了杯红茶。

二楼两大三小五间房,每间的主题都不一样。最左边一间主要是肉类,做工精细,配上少量的菜叶子和随时热着的汤汁,浓香扑鼻。第二间是素菜的天下,白绿紫黑,青菜香菇,西兰花荷兰豆,盘成一圈圈的素鸡,切成小方块的豆腐,削成细丝的百叶等等,是健康人士的心头好。第三间是水果,凡这个季节出产的水果无不齐备,一多半做成花瓣状,一小半完整无缺,各人可照自己的习惯选择。猕猴桃号称水果之王,姜桦劝罗国兴吃。罗国兴说吃不惯。姜桦笑说:"要是老沈在这,一定会给您恶补医学常识。"

隔壁一间是各类小吃,馄饨、米线、包子、糍粑、麻团、泡馍,南北兼顾。有专从大酒店请来的厨师候在那里,随点随做。糕点更极精致,八珍糕、百花糕、冰菊糕、脆皮鸳鸯糕、金丝卷筒糕……看得罗国兴连连感叹:"这得花多少工夫啊?"蛋糕类的少些,也有夹馅奶油裱花蛋糕、鲜奶栗子蛋糕、玫瑰豆沙夹心蒸蛋糕、叉烧甘露卷蛋糕、莲花蛋糕五种。此外尚有鲜虾眉毛酥、水晶白酥、京式状元饼、鲜藤萝花饼、芸豆卷、麻香卷、椒盐羊角面包、木鱼白脱夹心面包等。罗国兴面带不悦:"不就是吃个饭吗?人家企业家的口味刁也刁不到这个程度吧?有这闲钱不如下去多买两幅画了。"姜桦也觉过于靡费,同时隐约感到一层示威的意思。她不愿这么想别人,但种种迹象让她不得不如此猜度。费尽心思打击一个女人,张罗一场盛宴,取悦一个男子,还未必能如愿,她对刘秘书很有些同情。她信手拿起一块孝感麻糖，罗国兴则拣了个上海高桥薄脆。这一间他们待得最久，却尝得最少。

边上一间是主食，米饭、炒饭、水饺、面条，每一种又分出小类，光面条的浇头就备了6种。姜桦吃了碗鸡丝汤面，罗国兴吃了水饺。服务生看罗国兴只简单放了点佐料就吃了一大碗饺子，不搭小菜，不放浇头，满脸的不可思议。罗国兴毫不在乎，他要的只是抵饿，几十年就是这么过来的。

二人在门口碰到郭凌峰，站着谈了片刻。罗国兴说："你的纺织厂经营得很红火，我看也不比那些老板差了。以后要记得保持朴素作风。"郭凌峰点头受教，说："比起黄总还差得远，不会未富先骄的。"姜桦笑着说："富了也不能骄。"郭凌峰笑说："听说今晚别墅后的园子是一大亮点。我跟丁盛通过电话，马上去找他们。"姜桦说："回头我们也过去，现在先下楼看看义卖情况。"

三人分作两路，姜、罗找杨经理，郭凌峰到后园找丁盛等人。

郭凌峰信步进园，先闻到植物的清香。柿子树上累累地挂着小灯笼，广玉兰傲然挺立如一种气节。枫树叶子由青转红，半朱半碧，正像他自己，在罗国兴等人的无私关怀下，由青涩走向成熟。

许多人在游览，发出"啧啧"的惊叹声。因园子太大，人们隔得很远，彼此相安，绝无嘈杂之感。郭凌峰紧走几步，没看见丁盛，刚准备打手机，却见前面二女一男在说着什么。中间高挑身材的女孩子依稀相识，他想了想记起是姜桦的女儿许梦圆，曾在罗国兴家见过的。

郭凌峰赶上他们，打了招呼，问知另一个女孩子是许梦圆同学吴以兰，高个儿的小伙子是"星海书屋"的陆文咏。他知道陆文咏，只是没见过面，当下握了握手。

四人穿花拂柳，缓步向前，遇见一个大腹便便的中年人。那人朝陆文咏笑叫:"哟,大才子。"陆文咏笑道:"旷老板又拿我开心。"中年人说:"你今天来是?"陆文咏说:"文联、作协的领导对这次义卖非常重视,组织了几位作家来深度参与,这些人中除了我是后辈作者,别的都是卓有成就的前辈。过两天我们要提交有关慈善活动的散文和报告文学。"中年人笑着拍他的肩说:"发表了让我拜读一下啊!"

他们说话时郭凌峰有意避在一边,以免要花精神周旋。至少今晚,他是只愿以一个回头浪子的身份来共襄盛举,之前他已买下了两幅字。在这种场合,与人谈生意、说股市几乎是一种亵渎。刘秘书若知道了,必定笑他迂腐;黄俊贤如听到了,倒可能会佩服他有风骨。他这样想着,颇有些自得其乐。

陆文咏与那中年人着实寒暄了几句,又往前送出好远才回来。许梦圆不满地说:"你干嘛那么待见他?说不完的客套话。"吴以兰拉拉她的袖子。陆文咏平静地说:"我的书店得到他不少帮助,请作家过来签售和租场地搞讲座他也常帮忙。人在江湖……"许梦圆顿时明白他是在现实面前做了不得已的妥协,倒后悔错怪了他。郭凌峰原也奇怪陆文咏一介书生,何以网上网下把书店做得如此成功。这时才了然,陆文咏在社会上也是有他的交际圈的,并非一星半点不肯迁就的理想主义者。陆文咏笑着对许梦圆、吴以兰说:"看到辅导员的这一面,是不是很失望?"吴以兰说:"不会呀,以前觉得陆辅导不食人间烟火,今天觉得亲切多了。"许梦圆便也笑笑。她约了吴以兰来和陆文咏三人行,就是怕陆文咏再被人议论,体谅他的处境;此刻细想他为了事业要与形形色色的人打交道,拉关系,又不禁心生怜意。

再走一程,就见丁盛、庞元元、严汉和朝着这边微笑。郭凌峰赶上前去,四人勾肩的勾肩,搭背的搭背,十分亲热——严汉和对庞元元则较为疏远。众人之间有的认识,有的不熟,那认识的就为不熟的介绍。

庞元元初见严汉和时，不免有点窘迫。看到严汉和就想起严芷清，想到她的红衣服和烈火般的性子。为了他庞元元，她会糟蹋自己，跟他自己的母亲轻易抛弃父亲真可谓两个极端。

因为严芷清，严家全家都在怪他。只是由于姜桦、罗国兴、罗昌明等人的一再解劝，严家才勉强抑制住了激愤。庞元元自己也知道，因此同为"关工委"的受助对象，他与丁盛相处亲厚，与严汉和却保持距离——不仅为了避免尴尬，也是顾忌到严汉和的心情。今晚狭路相逢，索性处之泰然。他下意识地学着姜桦平日的大方和磊落。

有丁盛居间调节，三人未曾冷场。有应接不暇的美景可看，也就不会无趣。只有一小会儿，丁盛找地方方便去了，庞元元不得不与严汉和独处几分钟。严汉和是不会先搭理他的，他便问了问严汉和水果摊的情况，谈谈他爱吃的水果，说说眼下这园子里的水果种类。严汉和对这个话题感兴趣，也就顺着说些。庞元元又说了说他本人的近况。严汉和想："你无非是表白你脱胎换骨了，成熟了，对我们家来说，还有什么意义吗？"

庞元元并不急于求成，他深信总有一天他能以实际行动来融化他们怨愤的坚冰。

不久丁盛回来了，一来就忙不迭地说话，好像他明知道庞、严二人无话可说，急需补上刚才的空白似的。再不久，就见到了郭凌峰等人。

走过一条清凌凌的小河，月光下见一棵大树，枝头纷纷披下苍绿的叶子，枝叶间掩映着淡金的果实。郭凌峰说："那是香橼。"陆文咏久闻其名，素未谋面，不禁走近前去。鼻腔中一缕怡人的幽香，使人联想到疏影横斜，暗香浮动。香橼算不上美丽，倒有几分朴拙；并不甘甜，却自有夺人的气韵。那丝丝缕缕的芬芳不仅成全了它自身，也无形中感染了别人。陆文咏思忖："这树真像云倩！"许梦圆却觉得香橼树与英华内敛的陆文咏形成外在的和谐、本质的押韵。

她把这想法偷偷告诉吴以兰，吴以兰笑着点头。庞元元怪她们说私话儿，郭凌峰开玩笑说："有些秘密是不能跟你分享的。"丁盛、庞元元跟着发笑，许梦圆羞红了脸说："你们真会无风起浪。"吴以兰加了一句："无事生非。"陆文咏又笑接一句："以讹传讹。"丁盛说："文化人说话听不懂哎。"严汉和平时拙于言笑，这时却心情舒畅，跟着打趣："水平低，只能怪自己。"

几人边走边笑，又闹着要选个日子到庞家声那儿"吃霸王餐"。庞元元笑道："太没有问题了。馄饨、面条、烧饼管饱。"许梦圆拍手说："我要吃萝卜丝的！"庞元元说："冬天才有萝卜丝馅儿的。这个季节，做出来搁不住，很快就馊了。"这一回轮到他和丁盛、郭凌峰说得兴奋，许梦圆等人听不懂了。

郭凌峰转而谈到刚才的慈善活动，又由慈善说到"关工委"，这却是许梦圆、郭凌峰等人的话题交叉点，吴以兰、陆文咏也深有共鸣。

郭凌峰想起来问："庞元元，你可是保安，今天这场合你还逃班啊？"庞元元"喊"了一声说："黄总放我的假，让我有时间和哥儿几个交流交流、沟通沟通、高兴高兴、放松放松……"许梦圆、陆文咏、吴以兰都笑了。许梦圆说："早知道庞元元嘴巴溜，上回在大学碍着我妈还收敛些。今天原形毕露，果然名不虚传，是个话痨。"她说"名不虚传"时庞元元拱手说"谢谢"，谁知后面急转直下冒出"话痨"二字，他还在刹不住车地"谢谢"，越发引得众人笑不可抑。

严汉和正在发笑，冷不防一人从旁边树丛中窜出，把他碰了个趔趄。他腿脚原本不好，一下失去重心，差点跌倒。庞元元眼疾手快地扶住他。那人一抬头，竟是程天。他笑着敬个礼："对不起，对不起！碰到你们了。"他虽年少，但气质出众，笑容讨喜，声调悦耳，任何人都无法真的同他生气——只有小敏免疫。严汉和在母亲的生日宴会上见过程天一面，便笑了笑说："没关系。"严汉和看了眼庞元元，庞元元忙把扶他的手收回来。

程天也认出了严汉和，一眼又看见了许梦圆，说："找了你们半天，原来在这儿。"来不及说第二句，树丛中"悉索"一声，又窜出一人。庞元元伶俐地一闪，那人直接把丁盛扑倒在地。许梦圆、程天几乎笑出了眼泪，说："小杰，你也看清楚对象再撞啊！"罗小杰尴尬地摸头。丁盛带笑爬起，又伸手拉小杰起来。许梦圆替程天、小杰介绍了，吴以兰说："乖乖！我们的队伍像滚雪球啊！"程天笑道："沈奶奶家的保姆小敏姐还差点儿来呢，想来想去，沈奶奶有气喘病，家里还是要留一个人，才没来。"许梦圆刮脸羞他："你看你不如小敏孝顺吧？她就知道挂念沈奶奶，你就心安理得跑出来玩。"程天抗议："什么啊，我也想在家陪她的，她非要我来，说慈善活动能熏陶我！"许梦圆说："需要熏陶，说明你本质不好。"程天说："我们俩物以类聚。"陆文咏好笑地看着他们。

因为人多，大家自动分成前后两排，在泥泞小路上挨挨挤挤地走着。庞元元怕严汉和再给什么人撞到，或被路上的小坑绊着，不紧不慢地靠在严汉和旁边。严汉和心知肚明，却假装没在意。

一行十人"浩浩荡荡"地说笑前行。当中罗小杰才 15 岁，人小个儿矮，细胳膊细腿上安着一颗小圆脑袋，造型活像一颗稚嫩的豆芽菜。庞元元、程天比他大两三岁，经历曲折，屡尝忧患，开朗活泼之中就夹杂着沉凝。许梦圆、吴以兰又比庞元元等大上一两岁，陆文咏、丁盛、严汉和年龄均在二十四五岁左右，为人行事更稳健些。郭凌峰三十岁出头，诸人中年龄最长，成就最大，也最老成练达。

有高有矮，有胖有瘦，有大有小，有持重有活泼，他们组成了当晚最奇特的人群。

大家拐过一个弯儿，深入园子的腹地，顿时惊呆了：树上、草间、沟里，安置了无数小小的彩灯，如同瀚海群星。凡秋季没有的花卉，皆以丝绸、通草、软塑料、琉璃仿制，粘在枝头和草丛中，乍一看去，万花齐放，红橙蓝紫，色彩缤纷。灯光一照，彩上加彩，艳中套艳，浓丽潋滟，不可逼视。丁盛难以置信地说："我是在做梦吧？"罗小杰张大了嘴合不拢。吴以兰说："一辈子没见过这么漂亮的场面！"

程天回过神来，笑吴以兰说："这就一辈子了，你才多大呀？"严汉和对郭凌峰说："好看是好看，就是太艳了。"陆文咏也说："是太华丽了些。"许、吴、丁则极口赞好。庞元元促狭地提醒许梦圆："这是刘秘书设计的。"许梦圆立刻表示收回所有的赞美。

程天眼尖，指着路侧树根下的竹筒说："那是做什么用的？"郭凌峰说："要说纯粹是装饰吧又不大像。"陆文咏等围上去研究了一下，庞元元笑道："你们什么眼神儿啊？那上面不是写了字吗？"众人定睛一看，竹筒上方一条细缝旁边有"捐款箱"三个小字。众人纷纷投钱进去，说"这个点子绝！"每走一截，就有一个小小的"捐款箱"，越到后来投的人越少，走到园子边上时只有郭凌峰和陆文咏还投一点。罗小杰愁眉苦脸地说："这个月的零花钱都没了。"许梦圆笑道："你以为人家稀罕？大厅里现场买书买画的才是大头，这里的不过是烘托一下今天的主题。"

众人看着谈着回到入口，迎面见姜桦、刘秘书一起走过来。许梦圆、吴以兰一愣。姜桦大大方方地说："嚯，好大的阵势！"郭凌峰笑道："刚好一拨一拨地碰上了。"姜桦笑道："小杰、程天，我叫你们做朋友可是担着风险的，你们俩的淘气一加一可大于二。"程天笑道："不会的，我看着他。"罗小杰刚才摔了一跤，身上的泥还没拍干净，却也嘴硬说："我是大人了，不用你们看。"刘秘书一直含笑不语，这时才插了一句："姜主任，我领你去逛逛。"姜桦合应着，嘱咐大家到大厅一角的休息室里找罗国兴。

姜桦和刘秘书是从园子右侧兜过去，与郭凌峰等刚才左进右出的路线刚好相反，看到的景致就有所不同。途中不时见到竹子搭建的微景观，间或引来活水点缀。六角、八角、绿色、黄色，或如棚居，或如药圃，或如凉亭，或如篱舍，镂空雕琢，覆以青藤，体积虽小，却精致异常。姜桦由衷地称赞刘秘书的慧心巧思。刘秘书并不谦虚，露出当仁不让的笑意。

二人闲闲地散步，月亮的清辉使人身心舒泰。此情此景，倒意外地酿出一片平和的氛围来。姜桦决定开诚布公地与刘秘书谈一谈："你这么忙还特地约我出来，有什么话要说吗？"

刘秘书笑道："姜主任快人快语。您看今天的活动策划得还成吗？"姜桦真诚地说："很好！相信会在社会上引起反响，吸引更多的人加入到爱心队伍中来。"刘秘书得意地一笑："比起'关工委'平时的工作呢？"这话听起来并不那么友善，但对姜桦却是个契机，她说："我感觉这个活动更有声势，更引人注意，有立竿见影的效果；我们平时的工作呢，是水滴石穿，深入基层，更加持久和可延续。各有各的好处，难说谁高谁下。"句句是实话，既给"关工委"占住了地位，又不贬低对方的付出。刘秘书顿了一顿说："也对。"

姜桦脚下无意间踢到一个硬物，弯腰一看，是个小垃圾桶。放眼望去，不下几十个，一色的淡绿，古色古香，与环境浑然一体。仅此一端，就可见刘秘书筹划的精密。

两人在园中愈走愈深，逐渐到了彩灯辉映、穷奢极丽的中心地带。当中有一小块，自成方圆，偏居一隅，刘秘书自诩为精华中的精华，却被郭凌峰他们错过了。刘秘书成竹在胸，自不肯放过在姜桦面前炫耀的机会。

这里每隔一段就有一座安在树腰上的大灯，底座装着电池，头部能够旋转，放出暴雨梨花般的光华。它不是射出一条一条光波，而是喷出一篷一篷碎影，千点万点，流动闪烁，彼此呼应，千变万化，亮得如雪浪银花。那些人造的姹紫嫣红被这奇丽的光影逼出了一种接近病态的美丽，一枝一叶，一瓣一蕊，纤毫毕现。刘秘书一一指给姜桦看，这里如何如何，那里花了多少心思，姜桦也赞："真美！"刘秘书笑道："请姜主任给我的工作提提意见。"姜桦望着这一大片富贵繁盛、鲜花着锦的气象说："我是有一说一，说错了你别介意。"刘秘书一愣，心想所有人都为我的大手笔惊艳，你还能鸡蛋里挑骨头？但还是笑了一笑说："不介意。"

姜桦说："如果是你们公司十周年、二十周年庆典，还说得过去；但今晚的目的是筹善款，让'关工委'更有力量帮助有需要的人，布置得这么铺张，是不是有点儿'走题'了？"刘秘书淡淡地"嗯"了一声。姜桦和她走了几步，指着"捐款箱"说："再比如这个构想，非常新颖，但大厅里的义卖是重头戏，这里放上几个捐款箱，反而像是游园时的余兴节目，把严肃的事儿游戏化了。"这一点刘秘书暗暗认同，笑着问："还有呢？"姜桦想了想说："自助餐分五个主题看着是一目了然，但细想客人并不方便。有谁喜欢吃饱了肉再吃水果，再特地去吃素菜和小吃呢？客人要想荤素搭配，还得捧着盘子在五间房里走来走去。"刘秘书一惊，脸上渐渐地发烫了。偏偏左也是灯，右也是灯，令她无所遁形。

姜桦有意只看脚下："再成功的活动也难免有瑕疵，我没有亲力亲为，'站着说话不腰疼'。"她笑了笑又接着说："之所以有这些不足，还是因为你太想标新立异，太追求技术层面的枝节，归根究底，是太想表现给人看，而忽视了事情本身。"

"说到正题了！"刘秘书心道。她索性单刀直入："你说得对，我做这一切都是为了让黄总开心。"

姜桦看了看她说："当知道你专注的不是事而是人时，他恐怕不会开心。他不是那种肤浅的领导，只贪图下属讨他欢心。"

刘秘书勉强笑道："姜主任，您的口才相当了得。"姜桦摇了摇头："这是我的心里话，跟口才无关。"刘秘书说："那么在你心里，黄总是怎样一个定位呢？朋友、知己，还是别的？这一点我也很想听到你的心里话。"姜桦沉思了一下说："眼下是知己，以后呢，人生莫测，我暂时没办法回答你。"要换了别人，刘秘书准会以为是虚晃一枪的托词，但出自姜桦口中，就有令人信服的力量。

从左侧走出灯光范围，珠光宝气留在身后，脚下踩到的是月光。姜桦笑说："灯光虽然美，到底不如月光清爽。"刘秘书不置可否。

姜桦一路观赏，起了个话头说："听说你们上个月去了肯尼亚？"刘秘书眼波流转，言笑晏晏："可不是。意大利、法国多浪漫，美国、英国也很繁华啊，不知道为什么跑到非洲去！我说不去，黄总还生气呢！"姜桦不理她的弦外之音，笑问："你觉得他为什么选了非洲呢？"刘秘书笑道："新奇吧？黄总见多识广，欧美早去腻了，又或者肯尼亚那些落后地区反倒有商机。"

姜桦遥遥望见园子入口，便停了下来说："黄俊贤带你们到肯尼亚看动物大迁徙，看角马，是看一种粗砺的原生态。他跟我说，天道、商道、人道是相通的。我想他的潜台词是，虽然咱们人类自封为万物的灵长，却不是生物的唯一。他想让你们明白，不能对自然傲慢，对世界狂妄。在商场上纵横捭阖，在生活中就该谦卑温润些。这些东西比商机更重要。"刘秘书耸然动容，半晌才说："我知道他为什么看重你了。"

姜桦趁机开导她说："看不看重我还在其次，我今天最想告诉你的是，你们俩从根子上不是一类人。黄俊贤认识你在我之前，如果他对你有意，早就可以表达，就算没有姜桦，也有张桦、王桦、李桦。你为他做了这么多，就不为自己做点切实的打算吗？"刘秘书听到"你为他做了这么多"一句，险些儿要流泪，忙收摄心神说："打算？我还能有什么打算？"姜桦说："找个年貌相当、性情相投、真心喜欢你的人。"刘秘书此时早把与姜桦争胜的念头抛到了九霄云外，长叹一声说："随缘吧！"

二十五　双　声

晚风轻拂，凉意袭人。庞元元却敞着外衣，趴在窗口上看外面的夜空。靠墙的书桌上摊着一本打开的几何习题集。

庞家声端着一碗莲子猪心汤进来说："元元，喝碗汤补补脑。最近又上班又看书的。"庞元元回身接过说："我脑子发达，再补就不是人脑了。你喝了没？"

只一声问询，已让庞家声感到极大的满足。包馄饨、做烧饼、搞清洁，乃至这十几年独自带大儿子的辛劳顿时都不在话下了。他笑容满面地说："锅里还有呢，我哪有本事不多不少刚好煮一碗？"

庞元元理解父亲喜形于色的原因，感到自己从前对他有太多亏欠。但亲人之间，常常比朋友还羞于表达，稍带点感情色彩的话，在父子间就隔着蓬山几万重似的，因此他只是笑笑。

庞家声看儿子一勺一勺地喝汤，看他的喉结每一次吞咽发出轻轻的"咕"的一声，好似看到了营养和精力汩汩流入他体内，说不出的宽慰与快活。

庞元元搁下汤碗说："今天姜阿姨找我，说他们正想办法让我进学校读高中。难怪上次含蓄地问我愿不愿意再进修呢。"庞家声喜道："好事啊！"随即又踌躇，"不过你现在的工作要是不做了也可惜……"庞元元笑道："别说得好像两边等着我选一样。姜阿姨说，临江高中的董校长一点也不积极，所以他们还在努力争取。我就跟姜阿姨交了底，告诉她我找了好多资料，准备参加自考。要是他们能帮上我的忙，能上高中最好。要是不行，我就一边工作一边自学呗。像罗主任说的：条条大道通罗马。"庞家声笑着说："对的，只要有志向，有目标，你选哪条路爸爸都支持。店里生意好，我算了笔账，一年四万块钱是保底。多少学费付不起啊？"他拿起汤碗待要出去,庞元元轻巧地夺过,吹着口哨往厨房去了。

庞家声望望儿子高高的背影,轻抚着桌上的几何书,末了把窗户关起来,试试不漏风了才放心。

庞家的这场对话很快就折射到“关工委”里。

次日沈慧欣对罗国兴说:“我待会儿出去一趟,普法的事,罗主任你有空儿就陪梁主任先跑跑啊!”罗国兴问:“你忙什么去?”沈慧欣说:“找到严芷清了,在这附近的一个什么‘壹壹洗头房’,到处找她,没想到‘灯下黑’,就在眼皮底下。”罗国兴大奇:“咱们地毯式搜索也找不到,你是怎么找着的?”沈慧欣说:“庞元元告诉姜主任的。”罗国兴笑说:“他是怎么打听到的?”

沈慧欣说:“姜主任觉着时机成熟了,就找庞元元细说上高中的事儿,让他有个准备;同时也提到董校长的态度,说万一失败了也不要灰心。听说庞元元想自考,又着实勉励了一番,说做两手打算也对,并给他好多建议。庞元元看咱们处处为他着想,才下决心把他一直没好意思说的事儿全都告诉姜主任了:原来他和严芷清以前早恋,过后又……始乱终弃……”庞元元“招认”的不止这些,有些话,沈慧欣怕罗国兴听了动怒,略过不提。

罗国兴恍然大悟:“怪不得那天在法院门口她跟他仇人似的!”沈慧欣说:“他知道以前是他的错,又知道严芷清性子烈,就在QQ上假装女网友长期陪着严芷清,最近又借口寄东西给她套出了她打工的地址。”她不说足疗店而说打工,是在这么小的细节上也顾全到严芷清的颜面,哪怕她不在身边。罗国兴体会到这一层,有些感动;想到庞元元的良苦用心,又倍觉欣慰:“懂得将功补过,关心别人,就是好孩子。你有没有觉得,庞元元现在跟第一次和我们见面时已经是两个人啦?”沈慧欣说:“谁说不是呢!所以姜主任说他的话绝对可信,请我赶紧去找严芷清,她负责做方静萍的工作，争取叫她们娘儿俩见一面，加上上了轨道的严汉和，一家三口早点团聚。”罗国兴说：“好！好！要这样子才好！”

沈慧欣来到“壹壹洗头房”对面。汽车像水一样流过，阳光在车身上一闪一闪，就像水面的波光。她急切间过不去，只得先在原地等一会儿。因为是老花眼，远处的东西反而看得比较清楚，她依稀看见严芷清和几个浓妆艳抹的女人在说笑，心想庞元元的“情报”没错，不由大喜。

严芷清嗑着瓜子，吐得壳子乱飞。她旁边的女人说：“当心老板娘看见，又要挨骂。”严芷清当然没注意到街那边的沈慧欣，只顾和那女人说话：“哟，嗑几个瓜子就嫌地上脏啦？真是爱‘干净’的客人，也不上咱们这儿来了。”她把“干净”说得阴阳怪气。那女人说：“你呀，就是这张嘴最讨人嫌。”

里面叫：“都闲得没事啦？快进来！”

大家都进去了，独有严芷清仍倚在墙上，神情麻木。有个中年男人过来搭讪。严芷清瞟了他一眼：“先生，可以请我抽支烟吗？”男人摸摸身上：“不好意思，天天带的，今天偏忘了。”严芷清又问：“口香糖有吧？”男人尴尬地摇手。严芷清上上下下打量他：“要什么没什么，你这个人还真幽默！”朝里面一努嘴，“洗头到里边。”男人说：“小姐贵姓？”严芷清说：“找谁？”

男人不懂：“啊？”严芷清说：“不是问你。”她的目光落在他的身后。男人一回头，见到沈慧欣：“嗬，吓我一跳！”沈慧欣冷冷地说：“你这种人还知道怕呀？”男人说：“你谁啊你？”沈慧欣不理他，向严芷清说：“还认得我吗？”严芷清说：“认得，可惜这儿不是我家，不能请你里面坐。”沈慧欣温和地说：“我有点事，想跟你聊聊，你有空吗？”

男人等不及了，催促说：“到底洗不洗啊？”严芷清不耐烦地顶他：“要洗头还不容易？回去烧壶开水，往头上一倒，不仅洗了头还杀了菌、烫了发哩！”男人满脸通红：“不洗就不洗，你怎么骂人呐！”转身就走。严芷清不饶人地说：“你讲文明懂礼貌，才大白天大老远地跑到这儿来高消费。别跟我一般见识啊！不然你太掉价啦！”沈慧欣喝彩：“骂得好！”严芷清诧异地说：“什么？”沈慧欣说：“说你骂得好！这种人，还嫌骂得轻了！”严芷清笑了：“你倒是跟别人不大一样。”洗头房里传来一阵叫骂。严芷清脸色微变。

先前那女人慌慌张张地走出来拉住严芷清说：“老板娘听到你刚才说的话了，说你光会得罪客人，在那儿骂呢！”严芷清强撑着说：“大不了换一家做，咱们在这儿的气还没受够吗？”那女人劝她说：“别傻了，在哪儿不是一样？你去给她说点好话，等她气消了，大家说说笑笑地就过去了。”老板娘始终不露面，只在里头发威：“严芷清，你给我滚！上我这儿来的就得准备受气！你有本事另外找一家去耍清高，我这儿不养公主，也不养闲人！”同伴急得向严芷清连使眼色。

严芷清豁出去了，大声说：“闲？来了一个月，谁吃了你一口闲饭？就你那点儿待遇，别笑歪人嘴巴！谁是公主？谁清高啦？谁是二十四个月养的，天生使唤人的命？明天你把我这个月的工资叫人送来。你敢少我一分钱，我拆了你家招牌，烧了你的‘壹壹’，自己上公安局去自守！”话一说完立即就踏步离去。她的同伴想喊她又不敢出口。沈慧欣紧随着严芷清后面。

赶了一程，她和严芷清的距离越拉越远，她艰难地追着，气喘吁吁。严芷清浑然不觉，自顾自地往前疾走。走过一条街，向左折上另一条较小的街道，严芷清忽然停住：“你跟着我干什么？”

沈慧欣走上来说：“让我喘口气，慢慢说。”严芷清见她喘息急促，忙说：“你别吓我。”沈慧欣笑笑：“没事，走急了，歇会儿就好了。”一家名为

"非主流"的时尚用品店门侧有一张供人休息的木头长椅。严芷清说:"上那儿坐坐吧。"说着自己先过去坐下。沈慧欣随着坐下。

严芷清说:"这么大年纪还逞英雄,在家带孙子不定当些?"沈慧欣说:"孩子有人带总是好事,就怕没人管,或者开始管管,到后来就放弃了。"严芷清说:"少在这儿弯弯绕。是我哥叫你来的吧?你们还挺厉害,找得到'壹壹'这种破地方。"她脑中灵光一闪,指着沈慧欣说:"大头姐是你们的间谍,要不然就是你们当中哪一个的化名!怪不得老套我的话,只有她是最近才知道我地址的。"她不等沈慧欣说话又笑笑说:"我受骗上当也不止这一回了。你别怕打击我。何况你们又是为我好。"

沈慧欣说:"这件事以后再说吧。说句实话,我费心费力地劝你,是觉得你是个好姑娘!"严芷清夸张地笑了:"你说笑吧?从两年前开始就没有人敢表扬我了。连老爸都给我气死了,还是好姑娘呐?"沈慧欣说:"世上的人,总是看表面的多。我查过你好多资料,问过你家人,弄到这一步,不全是你的错。今天看你说了那么两段话,更知道你有骨气,也有志气!那男的,你骂得痛快;那个老板娘,你敢摔了饭碗和她针锋相对,我在旁边看着都解气。对了,只听见声音,没看见人,那老板娘长什么样子?"严芷清说:"套句网络用语:那人长得吧,怎么说呢,像素比较低。"沈慧欣笑了,严芷清也是一笑。沈慧欣说:"以你这样的条件、人品,跟着这种人也不嫌委屈?你别以为我是要接近你才专拣好听的说,我是确实觉得你好。你爸爸生前,一定不知道你刚才的那一面。"

严芷清不再那么玩世不恭了:"凭这几句话,姓严的叫你一声沈奶奶——你是姓沈对吧?"沈慧欣微笑:"你还记得?"严芷清说:"怎么不记得?我这人恩怨分明。我还没到'壹壹',还在别家足疗店时你就老来找我劝我,虽然也觉得你磨叽,可我知道你是对我真的关心。沈奶奶,我是不像人家说得那么不像人,可也不像你夸得这么一朵花儿似的。你甭在我身上浪费时间,我知道我自己在干什么。这一行也是青春饭,我也不会干到老。”她“噗嗤”一笑说:“就算我肯,人家也不要。”沈慧欣说:“我做了多少年工作,最怕你这样的:自己觉得很清醒,其实还是很迷糊;好像什么事都在计划里,就不知道计划没有变化快。你自己也明白你吃的是青春饭,干嘛不找个行当,定定心心地过日子呢?我是有什么说什么。说对了也不算本事,说错了你也别往心里去。”

严芷清看着街道上的人流与车流,过了片刻说:“我知道您心眼儿好,也是为了帮我……”她把“你”字改成了“您”:“不过您指的路,不见得是我想走的。”沈慧欣说:“那你想走什么路呢?只要是正路,我绝对支持。经济上有困难,还是其他方面有什么问题,你尽管提。能解决的给你解决,一时没法子的,你先干起来,再慢慢想法子。”严芷清站起来挥了挥手:“不用啦,您忙正事去吧,别在我身上白费劲儿。”沈慧欣诧异道:“正事?这不是正事吗?我可不是找你闹着玩儿的。”严芷清侧过头去叹了口气,很无奈地说:“你这位奶奶还真缠人。人家不用你帮啊!”说着走了。沈慧欣随即起身。

姜桦在夜色中走来。一辆早就停在楼下的轿车“嘟嘟”叫了两声。驾驶室玻璃窗摇下,黄俊贤伸出头来。

姜桦站住了。黄俊贤说:“我买了两张音乐会的票,上次想提前给你送来,正碰上罗小杰打人的事,一打岔就忘了。”姜桦意外地说:“今晚?”黄俊贤说:“是啊,中午刘秘书提醒我才想起来。”姜桦听到“刘秘书”,愣了一下说:“你怎么不先来个电话?”黄俊贤笑道:“你别告诉我你不去。”姜桦说:“说真的,你不用对我……们这么周到。”黄俊贤说:“我也说真的,我觉得我做得还不够。”过了一会儿,姜桦说:“自从许达成有了别的女人,我的心也死了。你确定你能让枯木返春吗?”黄俊贤说:“我们不谈抽象谈具体,今天这个大型民族音乐会是中央民族乐团演出的,一张票三百块钱。你要不去,等于浪费了六百块。你不是一向反对浪费的吗?"姜桦听到"中央民族乐团",眼睛一亮;听到"浪费",又脸色一暗,况且近来心意也略有改变,便说:"好吧,可是……还来得及吗?"黄俊贤兴奋地说:"快上车!八点钟才正式开始呢!"

他们急急赶到大礼堂门外,急急走进去。里面豪华典雅,人头攒动。黄俊贤引着姜桦找位置,嘴里念着:"3 区 4 排,3 区 4 排……"两人找到座位,比邻而坐。黄俊贤把早已准备好的塑料袋打开,拿了一瓶罐装的乌龙茶给姜桦。

姜桦说:"现在的茶也不用煮,也不用泡,也跟果汁似地贮在易拉罐里了。"她拉开拉环,很自然地放到黄俊贤手中的塑料袋里,喝了一口说:"味道还好。"黄俊贤说:"我问过圆圆,她说你喜欢乌龙茶。"姜桦笑道:"这丫头里通外国。"黄俊贤笑了:"你别怪她,是我威逼利诱她才说的。其实红茶绿茶性子都冷,只有乌龙茶温和,口感也好。你喜欢这个,证明你会保养。"姜桦略带自嘲地一笑:"还保养呢,都老太婆了。"

黄俊贤正要反驳,舞台上的大幕徐徐拉开,一人走出,是个风度翩翩的老者。他的后面端坐着乐队。老者向台下鞠了一躬:"亲爱的观众,感谢您的光临。请在演出前关闭您的手机,以免发出响声;请不要在演奏过程中发出声音,给您和他人营造一个良好的聆听环境。衷心谢谢您的配合!"又鞠一躬退下。

乐队成员有男有女,着装十分整洁。指挥上场,管弦乐《喜讯》响起,随后是模拟鸟鸣的《新编百鸟朝凤》。

姜桦专注地听着看着。黄俊贤也在专注地听,但有时,他会不由自主地瞥一下姜桦。姜桦低头吃力地看一下节目单:"《喜讯》《新编百鸟朝凤》,下面是……"黄俊贤探头过来指着一行字说:"是《卡门序曲》。"两人的头不知不觉中渐渐挨近。

严芷清行走在夜风中,似乎每一步都踩在《卡门序曲》的节拍上。走到一家“麦当劳”前,她停了下来。不一会儿,沈慧欣也走过来。严芷清问:“你不用下班,也不用回家?”沈慧欣说:“我要享福,就不会到现在的单位了,还计较什么上班下班?”严芷清说:“我知道革命为什么会成功了。放着你们这群不达目的不罢休的倔脾气,只要是个人,没有不害怕的。我投降了,请你吃饭吧!”沈慧欣微笑道:“傻话,怎么能用你的钱?找一家小吃店,我请你吃吧。”严芷清敏感地说:“我的钱怎么了?你嫌脏?”沈慧欣沉着地说:“我要是这么想,我还会跟着你吗?”严芷清笑笑:“那倒是。那你是帮我省钱了?”沈慧欣说:“你年纪做我孙女儿还差不多,你就当孩子跟着大人吃东西吧。”严芷清一乐:“随便。”

她们到小吃店里点了几个家常菜。严芷清又要了一瓶矿泉水。她说:“肯跟我正儿八经吃顿饭的人也不多了,我爸活着他都不会愿意。我妈跟我也像地下党接头似的,通个话都偷偷摸摸的,吃饭就更别提了。”沈慧欣说:“严汉和呢?”严芷清说:“他?老好人一个,从前我就笑他,连发个火都不敢发痛快了,现在,他就安安心心卖他的水果吧。”沈慧欣说:“其实,你父母和哥哥也是苦在心里。拿你爸来说吧,要是不在乎你,他干嘛老生你的气?”严芷清说:“您太美化他了。他是嫌我坏了家风,丢了他的人,不希望我回家。幸亏我识相,离他远远的,不然他早就大义灭亲,一刀宰了我啦!”她顿了一顿又说道:“后来我才知道他背地里找过我。这迟来的告白,还不如不来。要是彻底不知道,我心里还舒服点。”

沈慧欣说:“哪有做爸爸的不疼自己的骨肉?只是疼的方式不一样。”严芷清说:“那倒也说不定。两年前我谈了个男朋友,我怀了小孩,他坚决不认账,那孩子就不是他的亲骨肉吗?连流产他也没来。他倒不是怕丑——有那么要脸也不是他了;他是怕负责任。”

沈慧欣之前瞒着罗国兴的就是这件事。罗国兴嫉恶如仇,在他这个年龄,是不适宜大动肝火的。何况事过境迁,他自己也说,庞元元与当初相比早已判若两人。她很专注地听着严芷清诉说,并不插话,只搛了一块茄子到严芷清的碟子里。严芷清显然留意到了这一细节,望望沈慧欣,眼里第一次有了温和。她拿筷子拨着那块茄子,继续说下去:“我干脆全跟你说了吧,我走到今天这一步,一大半要怨他。那是我的‘初恋’。”她用嘲弄的语调说这个美好的字眼:“我这人是个死心眼儿,心想既然跟了他,就跟家里说了吧。我爸妈开始都不同意,说他流气,家庭条件差,说我年纪小,他更小,不能这么早就确定关系。我软磨硬泡寻死觅活,二老才松了口,答应跟他老爸谈谈,以一种类似订婚的形式把关系固定下来。等我以为基本上差不多了,告诉那小子不管要等多久,这辈子我非他不嫁时,他平常那张抹了蜜的嘴突然变了,劈头盖脸给我一顿臭骂,说他还未成年,空谈没有意义,说我大他三岁,以为真能‘女大三,抱金砖’啊? 又说他这一世也不要结婚,女人最靠不住。他妈妈小时候不要他跟人跑了,他大概落下了阴影。这下好了,我倒贴没人要,我们家一下子成了亲戚朋友的笑柄。有个一向关系就不大好的邻居当面说我自作多情,我给了她一个耳刮子。这一巴掌打出去,我的名声更完了蛋。流产的时候……”她停下来搛起茄子塞到嘴里,狠狠地嚼着,又“咕咚咕咚”喝了几大口矿泉水。

沈慧欣说:“慢点,别喝那么猛。”严芷清放下矿泉水说:“流产的时候他也不来露个面。其实从我告诉他我有了孩子,想要和他结婚他就开始躲我了。这以后我就觉着感情这东西不值一文钱,说得再好听也是废话!”

沈慧欣说:“后来你就破罐子破摔,人家一引诱,你就上洗头房去了?”语气责备之中有关心,严肃里面有惋惜。严芷清格格笑道:“我哪儿要谁引诱啊，是我自己跑去的。我特地跑到他家对面的洗头房里做了小姐，有意让他瞧见。后来又换过两家——我脾气大，容易顶撞人，在哪儿都待不长——我倒不想报复他了，反正是这么一回事，过一天算一天。”

沈慧欣说：“怪不得那时候我怎么问你你也不告诉我实话，原来里面有这么多曲折。你呀，知不知道最好的‘报复’是什么？是你活得体体面面的，比他还好。你放纵自己，吃亏的是你自己呀！”严芷清想了想：“您这话到位！我妈说我跟我爸都爱钻牛角尖，简直是一个模子印出来的，看来不错。”沈慧欣说：“所以说，你不是羞辱了他，反而是耽误了自己。”严芷清说：“他现在倒过得不错，这么个料子，居然当保安去了。你说这不是个笑话吗？”

沈慧欣顺口说：“你怎么知道的？看来你还关心他嘛！”严芷清笑笑，脸上稍带些窘态：“我不是自己打听的，是人家闲聊时听到的，还在街上碰到过一次——我怎么会去关心他？”她有点发愣：“她的老板当中有一个女的很难服侍，他的性子又不是能长期受人家气的，不知道有没有从‘睿航集团’跳槽。”

沈慧欣问：“你说的那男的是不是庞元元？”严芷清正喝了口汤，一听忽然呛得连连咳嗽。沈慧欣站起来帮她捶背，严芷清咳着说：“你怎么就猜上了？哦，是你们送他去的公司？你们在‘帮扶’他。”沈慧欣叹道：“我和罗主任给你们当‘社会调查员’，做调查报告的时候，也是紧紧围绕案情，别的私事没方便多问。也是最近才知道真相的。”她之前没说庞元元网上化名的事，这会儿更不会说了。她决定缓一缓，跟姜桦商议定了——最了解庞元元的莫过于姜桦——想好措词，找个机会再委婉地说。千万不能叫严芷清觉得是庞元元在长期耍她。这女孩子的脾性异于常人、难得此刻一步一步被自己朝预想的路上牵引过来，可别横生枝节，功亏一篑。

严芷清目光有些游离:“你们怎么连庞元元也改变得过来?他这人可难缠了。”沈慧欣说:“庞元元一开始可是伶牙俐齿,咄咄逼人,还是罗主任亲自陪他到北郊监狱去见了他以前的朋友……”严芷清说:“胡勇是吧?那也是个人物。”她轻蔑地笑了笑。

沈慧欣说:“从那以后,庞元元就好得多了。”严芷清回过神来说:“他在公司干得怎么样?我只见过一次,人模狗样的。”沈慧欣说:“小庞脑子好使,好人歹人他分得清,保卫科还表扬了他。”严芷清说:“这个人,聪明是很聪明的。”沈慧欣说:“他现在做人很规矩了,工作兢兢业业,还给他爸买营养品呢。”严芷清说:“恭喜恭喜,庞家声总算熬出头了。”她们相视一笑,沈慧欣又说:“还不单是认真负责的问题,他是从心里喜欢当保安。”严芷清陷入了沉思:“他这样的人真会改好?”沈慧欣不紧不慢地说:“庞元元可以,你就不行吗?——你哪一点不如他了?”

严芷清侧头朝门外看着,脸上混合着激动、伤感与不甘。

夜色洇上了灯光,于墨色中兑上了其他复杂的色泽。

京胡演奏着《夜深沉》。

姜桦、黄俊贤仍在观看演出。一曲既终,众人鼓掌。姜桦说:“京胡跟二胡就是不一样。京胡更脆亮些,精气神儿很足的感觉。”黄俊贤说:“我一听京胡,就觉得马上该有个花旦或者花脸跑上来了。”姜桦笑了。

主持人说:“下一个节目,古琴独奏,《高山流水》,表演者……”黄俊贤不等他完便说:“这个好!”姜桦说:“我听过古筝的《高山流水》,很清丽的,一点一点音符像一片一片碧螺春叶子浮在水上。古琴的倒没听过。”

演奏开始。缓慢,迂回,即使最沉重的部分也一样那么舒徐。黄俊贤极轻地说:“用古琴更原汁原味,更有古意。伯牙子期,高山流水……”看了姜桦一眼:“知音难求。”

姜桦不说话,握着乌龙茶的右手微微捏了一下罐子。

此后的节目姜桦一直听得不那么专心。黄俊贤因为她的不专心也分了心。他既想就这样陪她坐着,坐到永远,又觉得这台晚会实在太长——因为两人之间那紧绷的状态。演出终于结束了,乐队首席起身后,观众陆续退场。二人一言不发就到了外面。

姜桦耐不住这样的沉默:"哟,这么多车。"黄俊贤听她开口,忙接过去说:"够壮观的!"他一边找车一边又说:"这段时间单位里有没有什么事?"他知道这是唯一能调动她情绪的话题。

姜桦此刻却偏偏不在想这个,听了只机械地重复一声:"单位?"黄俊贤说:"我的意思是说,有没有像庞元元那样尽忠职守的好员工推荐给我。"姜桦说:"暂时没有。"内心隐隐有些失望。上次与刘秘书一番倾谈,她固然是说服了刘秘书,她自己同时也受了催化。照世俗的眼光看,刘秘书在女性中要算出类拔萃了,黄俊贤仍对自己这般执着,时间越久,令她感动越深。姜桦让刘秘书看清了黄俊贤不可能爱她,却也无可避免地让自己看清了黄俊贤不可能不爱自己。她越是证明刘秘书不适合黄俊贤,似乎就越是反证了她和黄俊贤才是思想、性情、志向上天造地设的一对。因之她对黄俊贤的态度便有了一些微妙的变化。只是黄俊贤并没领悟到,问道:"怎么了?"姜桦便说:"我是在想,我欠你的实在太多,而且越来越多。在生活上,在工作上,简直有点依赖你了。"黄俊贤喜出望外:"好啊,这样才体现得出我的重要性嘛!"

他开车把姜桦送到楼下说:"我就不上去了,圆圆大概已经睡了。"姜桦叫他路上小心驾驶。黄俊贤笑了笑回去了。姜桦又站了片刻才上楼开门,进门就说:"咦,你还没睡?"

许梦圆笑笑说:"睡不着。"姜桦说:"傻丫头,明天还要上课呢!晚上又要去看方老师。"许梦圆一听便急:"明天是10月10号啊……"姜桦说:

“双十就不能看老师啦?”许梦圆说:“没什么——万一我明天晚上有事呢?”姜桦说:“有什么事比上方老师家还重要? 初中三年她可没少为你费神。”许梦圆怏怏地说:“好吧,方老师当然第一重要。”

二十六　悲喜交加

罗国兴、沈慧欣在和一位五十来岁的男子——董校长交谈。罗国兴说:“请董校长帮帮忙。”董校长为难地说:“这种事在我们学校没有先例。此风一长,后果就难说了。”罗国兴有点急了,说:“都是为了孩子啊! 庞元元成绩不错,当年要不是出了那么一档子事儿,他自己多半考进你们学校了! 我们不是把个差生硬塞进来啊!”董校长说:“我知道,我知道。”罗国兴说:“您要不信,我这儿有他初中时的成绩单,几学期的分数都在上头。他爸爸一直没舍得扔,一直保存在那儿。”董校长接过来看看,还给罗国兴,只笑了一笑。

沈慧欣忖度着董校长的心意说:“我们也知道董校长为难,不过要不是难办,也不直接麻烦您,就先找教导主任了。这事儿只有您能拿主意,庞元元这孩子也只有您能给他一条自新之路。他以后成了材,不会忘记您的。”董校长说:“我虽然当这个校长,也不是都由我一个人说了算的。这样吧,我下午开个会,征求一下大家的意见,你们看怎么样?”

沈慧欣与罗国兴互相望了一眼,沈慧欣无奈地说:“那就麻烦您了。”

回到“关工委”,罗国兴说:“这校长根本没诚意,说是开会,其实还不是怕我们问起来,他好把责任把大家身上推?”沈慧欣说:“这一层我当然知道,可你总不能当面戳穿他。”罗国兴说:“我就想不通,这些人怎么这么冷漠?”沈慧欣说:“你也替人家想想。现在在高中当家不容易,他今天答应了我们,口子一开,以后这类事他就应接不暇了。在社会上,学校的声誉可能会受到影响。”罗国兴说：“多几个庞元元，他的声誉就打了折？”沈慧欣说：“在一般人那里，是这么个逻辑。我以前跟你一样，无条件站在孩子们一边，后来姜主任跟我聊过，我就觉着，得学学她的换位思考。”

王霞、施玉芬闻言都有些沮丧。

姜桦进来问道：“罗主任，老沈，事情怎么样？”罗国兴说：“别提了。”姜桦说：“不顺利啊？您哪儿能指望头一次就成功呢？”王霞说：“我也这么说呢！罗主任，准备哪天再去找他？我也一块儿去。”罗国兴说：“不用了，我就不信攻不下这一关。想当年……”沈慧欣笑道：“好了，罗主任一提当年，斗志就回来了。”

姜桦说：“下午打个电话问他们会议情况，其实是摸摸底，看他们开了会没有。不管他怎么答复，明儿上午再去。他要是躲着不见，咱们上他家去。态度上咱们客客气气的，精神上可得把他压倒。”说得大家都笑了。

沈慧欣怀揣着这件事回家，神色自然不轻松。见程天不在家，更添上一重心事。她问小敏：“程天这会儿该放学了，怎么还不回来？”小敏说：“不晓得，老师拖堂吧？”沈慧欣细想程天近一段时间的表现，断定他不会乱来，便不再猜疑：“晚上做点儿什么好吃的慰劳慰劳他？”小敏笑道：“他这两天倒真是辛苦了。您一劝，他还真坚持准时准点地上学了，把我吓得！”

才说到这儿，程天开门进来了——以前，由于小敏的坚决反对，一直没给他配钥匙。也是这个星期，沈慧欣才说服小敏给他配了一把。

小敏笑道：“回来啦？奶奶正在这儿念叨你呢！”程天进来笑说：“奶奶，小敏姐。”沈慧欣笑着说：“快去洗个手，一会儿好吃饭。”程天说：“今天吃什么？我知道，你们一定商议了好半天了。”边说边跑进去洗手。

沈慧欣向小敏说：“你去烧饭吧——对了，程天容易过敏，别放虾米。”小敏提醒她说：“你的腿老抽筋，不是说吃虾米补钙，能治你的病吗？”沈慧欣说:“叫你去你就去。”小敏想想加了句:“那你要买点钙片含含了。”沈慧欣笑了:“你在家里时间长了,也像个小医生了。”

小敏下厨房去了。程天一出来,沈慧欣就问他:“今天学了些什么?等会儿我听听你的英语。”程天笑道:“唉,有奶奶这个出过国的大行家,想偷点懒也不行。奶奶,我们口语学的是美式英语,不像你说话还带点牛津腔哩!”沈慧欣笑着白了他一眼:“调皮。”程天笑说:“奶奶,你被小敏姐传染,也翻起白眼来了。”

和沈慧欣家里的祖孙逗趣相比,方静萍家此刻只有更加热闹。姜桦亮出一袋点心说:“今天是代圆圆谢师恩来了,给你和汉和带点好吃的。”方静萍笑笑:“看你说的。”姜桦说:“汉和呢?”方静萍说:“出去买点熏烧,知道你们要来,他就说,除了果盘不缺,什么吃的都缺,就出去了。”姜桦、许梦圆笑了。

一阵钥匙开门的“咔咔”声。姜桦笑道:“说曹操曹操到。”过去开了门。严汉和后面竟还跟着罗国兴、罗昌明、罗小杰。方静萍说:“你们怎么一块儿来了?”严汉和关上门说:“我在楼下碰到罗主任、罗叔叔他们。”罗国兴说:“昌明说怕老同学孤单……”朝罗昌明说:“你到这儿就斯文了?在家怎么说来着?”罗昌明局促地说:“来都来了,说什么呀?”手上是一大堆吃的。姜桦看看罗昌明,看看方静萍,若有所悟地笑了。

罗国兴把一把黑伞靠墙放好,说:“外面好像要下雨了。”罗小杰走过来说:“姜阿姨,圆圆姐。”姜桦笑着点点头。许梦圆摸摸罗小杰圆滚滚的脑袋说:“从上次慈善晚会以后,又有好几天没看见你了。”罗小杰说:“这不就看见了吗?啦啦啦。”许梦圆笑说:“傻弟弟。”罗小杰顺口便说:“我傻,我快乐;我二,我健康。”罗国兴、罗昌明同时听到了,掉过头来。罗小杰顿时哭丧着脸说:“你们打我嘴吧。它不受我控制。我没想说那个话。”罗昌明笑了:“知道该打就免打了。”

严汉和喊大家过去吃东西。姜桦说:“是什么呀?”严汉和笑道:“您带来的开胃点心。”

许梦圆在众人的笑声中发了会儿呆,忽然跟方静萍耳语了几句。方静萍说:“现在出去?”许梦圆点头。方静萍审视着她,不言语。许梦圆万没想到方静萍是这个反应,又转而对姜桦说:“妈,我出去一下,一个小时就回来。”姜桦说:“专为看你方老师的,怎么就走了?”许梦圆撒娇道:“一个小时,就一个小时!好不好?妈!”吊在姜桦身上,扭股糖儿似的。

姜桦轻轻推开她,认真地说:“你去见谁?”

许梦圆听这话来意不善,结结巴巴地说:“见……一个朋友。”姜桦说:“男的女的?”许梦圆越发意识到不对劲:“你从来不反对我有异性朋友嘛!”姜桦叹了口气:“这个朋友,是开书店的吗?”许梦圆大吃一惊:“你……你说什么?”

方静萍看了罗昌明一眼,面有不满。罗昌明忙忙地辩解:“不关我事。我没跟姜桦说过。”严汉和走到方静萍身边说:“对不起,妈,是我说的。你和罗叔叔说话,我在房里听到了。我觉得不该瞒着姜主任。我矛盾了好几天,还是上午才告诉她的。”转向许梦圆说:“对不起,许梦圆。”方静萍说:“既然这样,说开了也好。”

姜桦说:“圆圆,我本来想晚上回家再谈,现在是不说也要说了。你跟陆文咏是怎么回事?”许梦圆满脸通红地说:“没怎么。”顿了顿,她陡然大声地说:“我说了,没什么!”姜桦缓了口气说:“好吧,咱们回了家再说。可是你今晚哪儿都别去。”许梦圆说:“不,我一定要去——过了今晚,我天天在家。”姜桦说:“你这么犟,我只有更不放心!过了今天就能在家,那今天是个什么日子?对你们有什么特殊意义?”许梦圆说:“我不能说,但我一定要去。”一看手表,哀求道,“来不及了,我要走了。”姜桦慢慢地摇头说:“圆圆,我要是让你去了,我就不配做你母亲。”许梦圆说:“妈!”姜桦说:“这事儿没得商量!”许梦圆心里已经绝望了,然而嘴上还在徒劳地解释:“我……我绝对不是做坏事,我是去帮他的忙。我知道,这时候,他一定在等我,不,是等我一起等一个人。”姜桦说:“我不知道你在说什么,总之不能出门。”

许梦圆缓缓地说:“我要是非去不可呢?”方静萍、罗昌明都劝“圆圆,你听话!”姜桦说:“妈妈、方老师还有这里这么多人,加起来比不上一个陆文咏,是不是?”许梦圆僵在那里半晌,突然跳起身来说:“对不起,妈!”关上门走了。姜桦跌坐在椅子上。

罗国兴安慰她:“姜主任,小孩子不懂事……”方静萍忧虑地看向门外。

她的目光仿佛穿过了大门,来到了楼下,又飞速地越过一条街道。那里,星海书屋的门口,陆文咏正在看手表。许梦圆静静地走到他面前。陆文咏惊喜地说:“你!”许梦圆说:“是我。”陆文咏说:“我以为你不来了!”许梦圆说:“为什么?”陆文咏说:“我看快下雨了,你又说你在方老师家。”许梦圆笑了笑:“我知道你希望我来。你说不紧张,其实还是紧张。”陆文咏坦然地说:“是,我怕见不到她。”许梦圆说:“时间差不多了,咱们进去等吧。”

二人进了书吧,在一个安静的角落坐下。陆文咏按自己的审美把这店装修得十分雅致:书架与书架间有足够的间距;几幅壁画很有格调;音乐潺潺,若有似无。一架仿古的老式西洋座钟给人一种时光倒流之感。

东南角有纯净水和纸杯,西北、西南设有几组座位,桌上是一些纯文学期刊。店里静悄悄的,只有顾客翻阅书页的声音。员工见老板来了,更在柜台里兢兢业业,算账的算账,分类的分类。

许梦圆拿出一张纸片推过去说:“上次在慈善活动上,在那大园子里看到假杜鹃花,做得活色生香的,我回来一查,原来杜鹃还是临江市的市花。我想写首诗，结果写成了歌词，你看看，打发打发时间。”陆文咏笑说：“再过一个多月，我的校外辅导就满期了，你很会搭末班车啊！”他们明明在想着另一件事，另一个人，却都竭力要填满之前这一段难捱的时光。陆文咏看那纸上写着《杜鹃诵》，先笑了一笑。许梦圆伸头过去和他一块儿看自己的大作。第一段写着：

洁白如雪沁淡雅，火红艳丽赛朝霞。
浅粉娇媚似含羞，金黄闪耀流高华。
斑斓的色泽如诗如画，悠远的传说荡气回肠。
啊，杜鹃，
声声布谷唤耕耘，阵阵啼血催播洒。
血泪滴落大地上，漫山遍野化新芽。
前世为鸟今世花，冉冉精魂绕天涯。
年年绚丽满人间，岁岁烂漫春与夏。

陆文咏点评：“这是借了一个民间传说，说杜鹃花是杜鹃鸟泣血化成。”许梦圆笑道：“知道这个出典不稀奇，一般人不用百度也晓得。”他们说话都尽量压低了嗓音，以防打扰到看书的客人。陆文咏笑着说：“我看题目就预计是一篇悲切的东西，你要是能翻出新意，偏偏写成豪壮的才有意思。”许梦圆一笑：“我不想违心地假装快乐。”就是说，她内心郁结沉重？陆文咏不便深想，再看第二段：

疏枝摇曳轻衬托，绿叶盎然全为她。
回望桃李都无色，比得芙蓉亦有暇。
飘逸的神韵清新脱俗，执着的情怀绵延流淌。
啊，杜鹃，
呕心沥血警世人，憔悴萎谢不言罢。

芳踪已随云影渺，灵性犹带蓓蕾发。
清脆鸣叫早暗哑，一腔缠绵藏花下。
纷飞翎羽虽凋零，千古赤诚传万家。
啊，杜鹃————

陆文咏点头说："这一段没有局限于小情小爱，格局还挺阔大。"许梦圆一手托腮说："有时候我在想，人是不是要失去了小情小爱，才能升华成大爱？"陆文咏说："你看看'关工委'就该知道，恰恰相反。那天我们从园子里出来，你和吴以兰去吃东西，我和罗主任聊了好久。我当时只恨没带着笔记本。将来我要多搜集资料，采访你妈妈单位所有的人，采访庞元元、郭凌峰、严汉和、丁盛。我想写一本关于他们的长篇小说。"

他罕见的眉飞色舞，让许梦圆觉得很有趣。要不是在等杜云倩，她会比他还起劲儿。

这个话题让他们摆脱忧思，振奋了好一会儿。可是座钟响了，陆文咏浑身一震，看了下手表。时间一分一秒地流过，杜云倩始终没有出现。许梦圆也在担心着，便说："你上二楼找找看，说不定……说不定刚才我们讨论歌词，没看见她。"这是个极渺茫的希望，陆文咏还是抓住了，跑到二楼转了一圈。等他下来时已将近十点。

陆文咏勉强想笑："连洗手间外我都等了，叫女职员进去看过了……别担心，我没事。好结果坏结果我都有心理准备……早就有准备了。"他话虽说得豁达，眼中的泪水却出卖了他。许梦圆忙说："说不定……是堵车，说不定城区改造她不认识路了。说不定……说不定她被小偷偷了皮夹子，现在跟朋友借了钱正在赶过来。我们再等一下。"陆文咏冷静了些："好，再等一下。"他注意到许梦圆的衣衫比较单薄，说："今天又降温了，你出来怎么不加件衣服？"许梦圆笑着撒谎说："来得太急了，我妈叫我带把伞,我都没顾上。”心想:“你到现在才发现我穿得少吗?”

忽然间,陆文咏“啊”了一声。

许梦圆顺着他的目光朝外看去。马路对面依稀有一个女人的身影。车来车往,那人一时间过不来。许梦圆百感交集地说:“是……吗?”陆文咏深深点头:“是,是!”拉着许梦圆跑出店外,用力挥手。那身影也向这边挥手,幅度很大,显然跟陆文咏一样难以自制。陆文咏向许梦圆兴奋地说:“等到了,等到了!我们等到了!”眼泪直泻下来。许梦圆笑说:“是你等到了。”陆文咏依然兴奋:“你不是一直想看她的吗?马上就看到了。”许梦圆微笑道:“我要走了。我妈在方老师那里,还在等我。”陆文咏稍微一想:“那好吧,明天,或者后天,或者周末,我们三个人一起去玩,把城里好玩的地方都玩遍……”

许梦圆乖乖地说:“好,我走了。”陆文咏抱歉地说:“今天不能送你了,过马路看着车!”

绿灯亮了,车辆停止。行人过街。对面的身影小跑着过来。许梦圆往反方向小跑着离去。陆文咏回头向许梦圆的背影望了一眼。

许梦圆上了一辆公交车,人很多,没有位置,她便站在那里,右手拉着扶手。她好像也不觉得挤,一径儿木木地站着。汽车正在行驶,路灯的灯光不时拂过她的脸,一时亮,一时暗。她悄然而立,没有什么明显的表情。

“妈妈肯定在生我的气,他又等到了要等的人。我上哪儿去呢?能上哪儿去呢?”她想。

沈慧欣在家帮程天复习英语。讲到一个单词,程天用手指点着书上。沈慧欣说:“你指甲这么长啦?”程天无所谓地说:“我还想染颜色呢,怕奶奶不习惯,才只修了修。”沈慧欣笑了:“形状是修得不错……”程天大喜:“你也说好看?”沈慧欣说:“可是太脏了。”程天不好意思地说:“早知道您看不惯。”沈慧欣耐心地说：“不是看不惯，是指甲长了，藏污纳垢的，会生病。你又不是小学生了，当然用不着奶奶说啦。”程天说：“那我天天洗，好不好？”沈慧欣说：“天天洗，好是好，就是太麻烦了。而且一不小心，折断了，那才往心里疼哪！”程天说：“那怎么办？”沈慧欣微笑道：“还是剪了方便。”程天笑了：“唉，好吧，剪剪剪，待会儿就剪。”

小敏在外间叫：“奶奶电话。”沈慧欣到客厅接起电话，是姜桦打来的，要她帮忙找许梦圆。程天、小敏感到沈慧欣的紧张，都看着她。沈慧欣说：“都快十一点钟啦！我知道我知道，她没上我家来呀！你别急啊姜主任，圆圆那么懂事，一定很快回去！”

这边方静萍问：“怎么样？”姜桦摇头说：“不在她家。”方静萍只得陪姜桦干坐着。姜桦守在电话机旁，焦虑难安。方静萍劝她：“你到沙发上靠一靠吧，反正也是等。”姜桦从椅子上挪到沙发上，短短的距离，她走得艰难，一坐下就心力交瘁地落下泪来。

方静萍忙走过去说：“姜大姐，别这样。罗昌明已经出去找了，黄俊贤不是也通知了吗？”姜桦流着泪说：“我是在想，圆圆从前有好几次说有话要跟我说，又说她做过一个梦。我工作忙，都没心思听她的。现在想听她说，又找不到她的人了。”方静萍叹息着说：“以前我们汉和……芷清也经常抱怨我，说我只关心学生，不关心他们。”

姜桦抽泣着说：“女孩子到底不一样啊！我一向都仗着圆圆比同龄人懂事，就拿她当成人看。其实她还是个孩子，只不过因为她爸爸的关系，有点早熟罢了。她平时会体谅我，反过来，我就很少为她着想过。这几年我们相依为命，她是我最大的安慰，要是出了什么事……我……”

门铃响了。姜桦却跳起来去接电话。方静萍瞧她六神无主，忙说：“是门铃。”她开了门。黄俊贤牵着许梦圆站在门口。

方静萍还没说话，姜桦已叫着“圆圆”一把握住了女儿的右臂。许梦圆红着眼圈说:“妈,你不生我气了?”姜桦笑嘻嘻地直掉泪:“不生气了,妈在方老师家是太急了。妈正在这儿担心你,怕你出事……”她哽咽着:“妈也就不想活了。”许梦圆抱着姜桦哭了。

黄俊贤说:“进去说吧。”把许梦圆带进门,随手把门关上。方静萍扶姜桦母女俩坐下。许梦圆急促地哭着说:“妈,我难过极了,我的心要炸开了!”趁势把连日的委屈都发泄了出来。姜桦拍着她,一边擦泪一边说:“圆圆乖,受了什么委屈跟妈说。妈在这儿好好地听。”许梦圆哭得嘴里含混不清地说:“你要听,你不准不听了! 我不管,反正我要说……全告诉你……”

二十七 惊 变

许梦圆在床上睡着了。姜桦温柔地望着她,过了一会儿,轻轻出房,带上房门。

方静萍不在,只有黄俊贤一人坐在那里。姜桦说:“咦,静萍呢?”黄俊贤说:“她看到你跟圆圆的情形,想起严芷清了。你前两天不是劝她了吗?她刚才想通了,找女儿去了。”姜桦点头坐下。

黄俊贤说:“圆圆没事了吧?”姜桦说:“睡了。还没问你,你是在哪儿找到她的?”黄俊贤说:“我一接到你的电话,就从饭店里出来……”姜桦略带歉意地说:“搅了你的公事吧?”黄俊贤故作轻松:“哪儿啊,是个不要紧的客户。我开车兜了三个圈子也没找着。哪知道一回家,圆圆正站在我家门口呢!”姜桦说:“这孩子一向喜欢你,这种时候她就想到你了。”黄俊贤说:“总算没事就好,我绕着城区转来转去,那会儿真急死了!”姜桦默默地看着黄俊贤,看了良久,忽然泪如泉涌,双手捧着脸,肩膀一耸一耸的。

黄俊贤从来没见过姜桦这样失态,大吃一惊:“怎么了? 啊? 是为圆圆还是你自己有什么事？只要我能办到的我都……你倒是说呀！"他情不自禁摸了摸姜桦的头发，又尴尬地收回："对不起，我……"姜桦伸手握住黄俊贤的手，抬起头来。泪光软化了她素日的坚毅："我知道，我全知道。"她吸了口气，低低地说："我没有什么事，也不全是为了圆圆，更不是因为又有了待业青年要往你那儿送。我就是觉得，每一次在我最孤单的时候，身边总是有你。"她顿了顿又说："我想哪天再去江边看水，或者带上圆圆，去坐一回游轮。高山流水，知音难求，我找到了，不能再错过了。俊贤，我现在明白了，我们都不年轻了，拖不起。"

黄俊贤不吭声，把姜桦的手贴在嘴上，眼角湿了。

许梦圆一觉醒来，双手抱膝坐在床上。外面姜桦和黄俊贤轻轻地说话，她似乎不曾听见。她忆起几小时前，黄俊贤对她说的："圆圆，你的事叔叔听懂了。叔叔就想问你一句话：你今年还不到二十岁，你该怎么样？你能怎么样？"许梦圆不由得想到临江大学里那场话剧，题目是《寻》，每一个角色亦都在寻找着人生的目标、生命的真谛。那些警策又精练的台词，陡然在她脑中叮叮当当响了起来。那是一种愉快的喧嚣，里面蕴涵着领悟和成长。她也该寻找她的路了，该走出迷失，往剧中人的情怀和境界上踽踽而去。至于别的，哭过了，说过了，剧烈的痛楚先化为淡淡的怅惘，再凝成情感的结晶，供她放在岁月的盒子里纪念和珍藏。

她把目光移到对面墙上，那幅画依然挂在那里。她仿佛又走进了那出现过两次的梦境中：

遍身白纱的她在晨雾中伫立。她长发垂肩，赤着双脚，所站之处，芳草鲜美，落英缤纷。她大大的眼睛中忽然反照出另一个人的缩小了的影子。那是一个帅气的男人。

男人问道："你为什么在这儿？"许梦圆犹豫了一下说："我……"她终

于甩了甩头:“我想说,你来得太早了。”男人说:“你知道我是谁吗?”许梦圆说:“你可以是……他,也可以是其他人,所以你只是个影子。”男人说:“那你还等?”许梦圆说:“我只是等着跟你说声再见。”男人温柔地叹息:“傻丫头!”伸手想揽住她。许梦圆轻轻推开他的手,将他推回到浓重的雾中。男人的身体仿佛被雾气消融了一般,渐渐消失了。

许梦圆在草地上抱膝坐下,遍身白纱变成了普通的睡衣,芳草地变成了小床,山谷变成了她平凡温馨的小房间。她从幻想中回到了现实——仍像刚才那样,坐在床上。

她下了床,把那幅画取下来放进柜子里,随便找了张“视力表”挂在原先挂画的位置上。她走到书桌里,拿出席绢的那本《追寻今生的最爱》,抚摸着书的封面,自言自语:“你是一本好看的小说,可毕竟只是小说。”她把书收到柜子里,回到床上躺好,闭上眼,睫毛上挂着一滴泪珠,脸上的表情却终于变成了恬静。

与她宁静和平的小世界相反,“睿航”集团里却正暗流涌动,危机四伏。

仓库后的高墙上,跳下了三条黑影。黑影很快摸到了仓库后窗。

庞元元巡逻而来,喝道:“谁?干什么?”电筒一扫,他立刻叫道:“来人哪,有小偷!”

白光一闪,一人持刀逼来。庞元元本能地想要后退,但看看仓库,咬咬牙掏出警棍,箭步向旁拉响警铃,又冲上前去拦阻对方。另两人包抄上来。庞元元以一对三,攥着警棍的手微微发抖。

方静萍见了姜桦和许梦圆的情形,心中酸楚,不由想到了严芷清。她去严芷清的宿舍,却没有人在。她等了一会儿,只得自己先回来。她在沙发上坐下,打电话给严汉和说:“喂,汉和,还在摊子上?……也不用这么辛苦,收拾收拾就回家吧。”

她刚搁下电话,房里突然一阵响动。方静萍一惊站起,说:“谁?”严芷清人未出现,先就说道:“妈,是我。”她从房里出来,慢慢地由暗处走到亮处。灯光先照亮了她的脸庞,然后是身体,最后是双脚。她从黑暗中走了出来。

方静萍说:“你……芷清,我去你住的地方找过你。”严芷清说:“我猜到了。我把住址告诉了沈奶奶,她们一定会告诉你。不过我没指望你真找我。”方静萍说:“所以你就主动回来找我了?”严芷清说:“沈奶奶同我聊到半夜,她有一句话说得对:‘不管你妈原不原谅你,你都不该躲着。’我是躲你,也是躲我自己,还是躲爸爸。”她说着说着又变得痛苦狂烈:“他是找不到我,气死、急死的,我有什么脸回来呢?”

方静萍走过去,拉住女儿的手:“那是妈的气话,你别放在心上。你要是肯回家住,我和你哥……你爸都安慰了。”严芷清犹疑地说:“你要我搬回来?”方静萍说:“我生日前几天,你爸爸还说叫你参加我的生日宴。他要是不疼你,何必满世界地找你?你就当圆了爸爸妈妈的心愿。”严芷清吸着鼻子不出声。方静萍说:“我刚才在你姜阿姨家,见到她担心女儿,我就想到你,想到我摔了你买的礼物,想到你哭着跑出去,又是一个人在外面,心像被撕碎了一样。”严芷清扶方静萍坐到沙发上。

方静萍说:“你有今天,从前我们总是怪你。看了你那封信,听了你姜阿姨那些劝,我才明白,有时候,当父母的不经意间已经把儿女给刺伤了。你和那个庞元元,我们谁也没有真正给你理解。你姜阿姨的女儿,为了一段单方面的朦胧的感情还伤心成那样;你比她要痛苦得多了!”严芷清搂住方静萍,眼眶上像生了一层锈。

二十八　牺　　牲

天阴阴的,“关工委”和居委会外的小院子里,树枝晃动。花坛里的花草被风刮得弯下腰去,像在默哀。宣传栏的玻璃上返潮,也像泪眼模糊。

室内,沈慧欣搁下电话。姜桦问:“怎么样?”沈慧欣说:“我已经向他承诺,事情成了,绝不对外泄露;我还说,他们可以给庞元元安排一次全面的摸底考试……”姜桦说:“董校长还是那样客客气气但含糊其词吗?”沈慧欣叹道:“现在求人办事真是难啊!”又说,“圆圆回来就好了,到底怎么回事啊?”姜桦轻声说:“我和静萍可以说是猜对了,也可以说是猜错了,有空儿再说吧。”

王霞对施玉芬说:“你看这天也奇怪,又不是夏天了,一会儿晴一会儿阴的。”施玉芬有点愤世嫉俗地说:“又是污染,又是开采,朝天上喷废气,朝地下挖根基,这气候愣是给那些人弄反常了。”

罗国兴进来,面色沉重:“姜主任、老沈、老王、老施,马上一起到‘睿航’去一下。”姜桦看这架势,以为黄俊贤那里起了商海风波,禁不住有点紧张,谁知念头还没转完,便听罗国兴说:“庞元元因公牺牲了!”

如同晴天霹雳,沈慧欣等五人同时大惊道:“什么?!”罗国兴沉痛地说:“昨天夜里有人摸到仓库偷东西,给庞元元撞上了。等其他人听到动静赶过来,他已经中了两刀,倒在地上了。好在歹徒被他一喊一吓,没偷成东西就跑了。歹徒留下了脚印,庞元元指甲里还有他们衣服上的纤维,公安局正在侦查。”他长叹一声:“这孩子……”

姜桦心痛难抑。沈慧欣黯然无语。王霞转来转去地说:“怎么会这样?怎么会这样?”施玉芬叹息着说:“先去了再说吧。”

他们五个人这样集体出发,似乎还是头一次。到了“睿航”,杨经理赶紧迎上前来说:“黄总早说你们会来。这次的事情险得很!我们仓库里有一种金属叫‘铊’,是制造光电管和光学玻璃的,有剧毒。万一小偷看到这种金属密封存放,觉得能卖大钱就偷出去,万一流到社会上,后果不堪设想！要不是小庞,公司财物损失还在其次,外面还可能有人中毒死亡!”众人唏嘘感慨,王霞拍着心口,施玉芬想想还觉得后怕。杨经理痛心地说:“我一直很看好小庞,想不到他会殉职！黄总决定明天为他开追悼会,让全体员工学习他的可贵精神!”姜桦问:“庞家声还挺得住吧?”杨经理说:“他父亲那边,黄总已经亲自去慰问过了;回头我和所有保安也会上门;抚恤金按公司最高标准发放。黄总想请庞家声到公司餐饮部工作,以给他终身保障。我们同时也在积极协助警方,争取早日把歹徒绳之以法。”他对罗国兴说:“罗主任,是你们给‘睿航’送来了这样的好员工,感谢你们!”与罗国兴重重地握了下手。

罗国兴说:“那我们现在去看庞家声,明天再来!”沈慧欣说:“我们先走了杨经理。”杨经理感叹道:“他的制服还是我找人为他定做的,想不到他就穿着这身制服走完了最后一程。他的追悼会是明天上午九点,在公司大会堂里。”众人站起身与杨经理握手,彼此的手掌心都是冰冷的。

探望了庞家声后,大家没有再回单位,各忙各的去了。沈慧欣一离开众人的视线,眼泪便扑簌簌地流下来。到家后,程天看出她心情不好,逗她说话,她也不大搭理。程天有意打岔:“奶奶,今天我和小敏姐到医院看过爷爷了。”沈慧欣“哦”了一声。程天说:“顾医生说爷爷的情况还可以。”他见沈慧欣仍不开口,便伸出一只手说:“看,我把指甲剪了。原来剪短了也蛮好看。我这手型适合弹钢琴吧？贝多芬、肖邦的曲子我都要学。”

沈慧欣看了看说:“还好看呢！都没剪整齐。小敏,去把指甲剪子拿来。”小敏拿来指甲剪,笑程天的指甲“像狗啃的”。沈慧欣给程天剪指甲。程天说:“奶奶,你别难过了,待会儿再剪。你先喝点儿汤。”

沈慧欣茫然地放下指甲刀，喝了口汤，忽然说："咦，小敏，不是叫你别放虾米的吗？"程天说："是我叫她放的。能治你的腿抽筋，干吗不放？你别怕我过敏，我那儿有阿司咪唑。"沈慧欣说："瞎说，药也是能随便吃的？"这天程天事事顺着她，又很有成就感地宣布他基本上不怕打雷刮风了。小敏从没见过庞元元，没有感情也就谈不上难过，她背着沈慧欣笑程天说："你要都像今天这么听话，就永远不会再做噩梦了。"程天和庞元元在慈善晚会上有过一面之缘，而且还是不久前的事，想不到那就是最后的也是仅有的一面，便摇了摇头，似通非通地说："好梦噩梦，人生如梦。"

第二天，众人到"睿航"大会堂参加告别仪式。哀乐声反复回响，花圈、挽联很多，绝大多数是"睿航集团"的领导和职工送的。郭凌峰带着丁盛等出了"白封子"，谁都没有料到这么快就失去了一个兄弟。方静萍与严汉和也来了，他们看着庞元元的遗像，那感觉更是一言难尽。刘秘书、杨经理等略知内情的人，见严芷清没有同来，均感诧异。

罗国兴代表长虹街道"关工委"，姜桦代表居委会各送了花圈。王霞、施玉芬慰问庞家声，姜桦、黄俊贤和刘秘书、杨经理轻声交谈。罗国兴朝门口看了两回。姜桦走过来对他耳语："老沈怎么还没来？"罗国兴说："我也奇怪呢！"另一边，王霞向施玉芬说："老施，老沈今天怎么回事？这种场合她还迟到。"施玉芬悄声说："人家本来没注意，你一说，他们就该发现了。"王霞忙捂上嘴。

猜测纷纷中，沈慧欣走了进来，她身后是洗去脂粉、一身素淡的严芷清。沈慧欣怕她在灵前失态，又怕她和庞家声起冲突，一大早就接她出去开导慰藉，来的路上又堵了会儿车，这才落在众人后边。

方静萍与严汉和迎上去。庞家声看见她，脸色于悲痛中混入了几分鄙夷。严芷清献了花圈，庞家声不便阻止，但没像对其他来人那样回礼。沈慧欣向他说了几句话，庞家声盯着严芷清，勉强点了点头。沈慧欣带严芷清见了罗国兴和姜桦等人。罗、姜与她握手。严芷清面色沉静，对罗、姜二人说了些什么。施玉芬向她点头示意，王霞一副要哭出来的样子。

沈慧欣、方静萍、严汉和陪严芷清走出大会堂，居然见到了几缕阳光。这光芒似乎刺痛了她。

一出灵堂，严芷清就面色大变，边走边骂："死得好！没良心的东西，该死！正经学好了也不跟我说，找到单位了也不告诉我！装神弄鬼扮女人套我的地址！"沈慧欣已把"大头姐"的来龙去脉跟她约略地提过。她没料到庞元元对她还有这样一份心意，想到有"大头姐"陪伴的那些日子，想到那点点滴滴、不绝如缕的关怀，又感又愧，又喜又悲，当时就热泪盈眶；此刻重提，更是泪如雨下。

沈慧欣忙说："别这样，别这样！来之前我特地找你就为了这个。一来人多不好看，二来庞元元也走得不安心。"方静萍也柔声劝她："芷清，你克制一下自己，啊？"严芷清镇定了一下心神，说："妈，我要跟沈奶奶说件事，你和哥到前面等我吧？"方静萍和沈慧欣交换了一下眼色，与严汉和先避开了。

严芷清说："是不是我随便说什么，你都不会笑我？"沈慧欣说："我要是想笑你，现在就不会站在你身边。"严芷清点头，眼神迷离："我一直盼望有一天，他会突然想起我来，心里有一点歉疚，再来看看我。我也不管他以前是怎么对我的，只要他找我，我就什么都原谅他，什么都愿意做。我眼巴巴地等了一天又一天，以为他不会来了。越是等不到他我就越恨他，越恨他就越忘不了他。等我知道他曾经用网友的身份来过，他又死了！他再也不会来找我了，我想哄哄自己，也没理由了！"

沈慧欣心疼地说："你这么喜欢他，为什么不早一点主动去找他呢？"严芷清说："凭什么？他不要我，我再送上门去，我成什么人了？"她擦着眼睛说："我送了花圈，又哭了一场，也对得起他了。等我找到好男人，他别在地下吃醋就行了!”沈慧欣说:“这样也好,拿得起,放得下。”严芷清有些羞惭:“你少来了,我也是刚刚才决定要放下的。”沈慧欣鼓励她说:“有这个想法就不简单了。自己折磨自己,到哪天算个头啊?你要活出个样儿来,找份工作先自立,然后再好好谈个小伙子。凭你这份儿人才,什么样的找不到?”严芷清不语。沈慧欣说:“区‘关工委’的梁主任上回发起举办了两期‘就业指导培训’,马上就是第三期了,你要是愿意……”严芷清嗓子哑哑地说:“在哪儿?”沈慧欣说:“在政治科技学校,第三期一开始我就通知你。你去听听,准有收获。”严芷清想了想说:“他那主要是干什么的?介绍工作?”沈慧欣如数家珍:“不止,帮助你们更新就业观念,掌握实用技术,提供就业信息和就业岗位,反正很有用。”

有人叫住了他们,一回头,竟是庞家声。罗国兴、姜桦都在他身后。

数月不见,庞家声苍老了许多。严芷清虽然被他故意怠慢,却不忍再口出恶言,只下巴一扬说:“干什么?”庞家声说:“你来看元元,是你的情分。刚才我不该那么对你。罗主任、姜主任提醒我了,我特地来跟你说一声。”严芷清淡淡地说:“不用了。”

庞家声走过来拍拍她的肩,想到她和他恐怕是这世上最舍不得庞元元的两个人,一种凄凉的温暖的同病相怜油然而生。严芷清竟似听到了他心里的话,一股剧烈的酸楚排山倒海般涌了上来,飓风一样把她推到庞家声瘦削的肩膀上。她痛哭着说:“庞叔叔,我们俩最难过了,不要再互相伤害了!”

众人都把头偏了过去,含着泪,仿佛又看见庞元元突然出现在罗国兴、沈慧欣身后,调皮地喊一声:“嗨!”看见他走出“睿航集团”的大门,还回头羡慕地看看保安。庞元元骑着自行车,双手脱把,两臂张开,作飞翔状,轻捷地掠过。他从前就是那样“潇洒”地去“关工委”,现在也是这样微笑着走向另一个世界。只不过那一层玩世不恭的气质终于消失殆尽。

姜桦上午忍着悲痛送别庞元元，中午还要强打精神来抚慰女儿。她做了饭，向房内说："圆圆，妈给你做了好吃的，快出来。"许梦圆走出来，面色憔悴，但又竭力振作精神："我知道，有鱼汤，有百叶卷烧肉，还有……"姜桦也尽力想显得轻松，微笑道："这个也猜出来就算你有本事。"许梦圆不确定地说："是青椒茄丝蛋皮吧？"姜桦说："不错，小狗鼻子真厉害。对了，今天妈还请了程天。"许梦圆问："那沈奶奶也来了？"姜桦说："她今天不大舒服，小敏又回乡下老家去了，所以叫程天上咱们家来吃一顿。"

门铃悠扬。许梦圆从门眼里一看，脸上有一丝喜色："不是程天。"她开了门，黄俊贤走了进来。

姜桦欣喜地说："刚刚要开饭，来，坐。"黄俊贤说："不忙，上回我来吃饭，发现厨房里油烟味特别重，估计是抽油烟机的排气口有点堵……"姜桦说："对了，家里没工具，我还想找个人来修的，一转身就忘了。"黄俊贤说："今天我自己带了工具来了，把管道通一通看。"他边说边放下一个袋子。姜桦说："吃完饭再弄吧，菜马上就好了。"黄俊贤答应一声坐了下来。

许梦圆观察着他们，看得姜桦脸有点红了。姜桦说："傻丫头，呆看什么？"许梦圆说："我发现了一个问题。以往你每次都同黄叔叔客气个没完，今天像是把叔叔当家里人了。"姜桦笑而不答。黄俊贤说："圆圆，不是像，只要你愿意，从今以后，咱们就是一家人了。"许梦圆一拍手说："好啊！"脸上焕发出了以往的生机。

她忽然"嘘"了一声。黄俊贤说："怎么？"许梦圆说："程天来了。"她一开门，果然程天正要举手敲门。程天说："咦，你怎么知道我来了？"许梦圆笑了："你今天走路拖泥带水，跟大象似的，我一听就听出来了。"程天却不似往日情状，脸上愁云密布，进了门说："姜阿姨好，黄叔叔好。"自己找位子坐下来。

姜桦说："圆圆，不准欺负程天，他比你小。"许梦圆向程天说："不生气吧?”程天一笑说:“我不会这么开不起玩笑。”黄俊贤笑了,说:“这孩子大气。”菜一道一道端上来,尤其是那道青椒茄丝蛋皮,青、紫、黄交相映衬,格外赏心悦目。

程天一碗饭吃完,许梦圆抢着帮他添了饭。程天礼貌地说:“谢谢。姜阿姨,本来我想上外面吃,奶奶说外面东西不干净,又没营养,叫我过来。她说麻烦你了,不好意思。”姜桦说:“这老沈也真是,又不是外人,孩子来吃顿饭,她也客气。待会儿打个电话给她,看她好点儿了没。”程天说:“阿姨,我要是不在了,你们要好好照顾奶奶啊!”姜桦奇怪地说:“当然了,老沈跟我比亲戚还亲,好好的为什么说这个?”程天心事重重地说:“没什么。”姜桦吃完了,搁下筷子就去打电话,说:“问候一下老沈。”

电话拨了半天都不通,姜桦放下电话,对程天说:“你奶奶是在家吧?”程天说:“在呀,在床上睡觉。”姜桦向黄俊贤说:“没人接。我怕她有事——她有哮喘的病根子……”黄俊贤也有点紧张:“要不我陪你上她家看一下?”姜桦点头说:“也好,这就去。”程天不假思索地说:“我不吃了,我也去!”许梦圆说:“那我呢?”姜桦头也不回地说:“等消息。”

一路上程天不断自责不该听沈慧欣的,明知小敏回乡了还让她一个人在家。姜桦安抚了半天他才安静下来。

到了沈家,黄俊贤敲了一声没人应门。姜桦果断地说:“程天开门!”三人急急进去,里面漆黑一片。程天跑进沈慧欣房内,不一会儿又出来说:“没人!”姜桦觉得不妙,说:“老沈上哪儿去啦?”黄俊贤说:“你别急,咱们下楼问问物业。”

大家马不停蹄地到了楼下,逮着那老大爷便问。老大爷说:“2 幢 401?姓沈的那家是吧?刚才有个人把她接了去了。”姜桦说:“谁?什么时候的事?”老大爷说:“大概十分钟之前,一个女的。”姜桦着急地说:“接到哪儿去啦?”老大爷说:“上了医院,瞧模样是呼吸困难。”程天凶狠地说:“你不早说！什么医院?”老大爷有点被他吓着了,定了定神才说:“应该就是附近的人民医院。”

三人来到人民医院。姜桦到值班室问人,和黄俊贤、程天一路找到病房区。在护士站姜桦问护士:“请问有没有一位刚住进来的沈慧欣?女的,六十多岁……”护士用电脑检索了一下说:“哦,在312病房。病人如果正在休息,请你们不要打扰她。”姜桦说:“我知道。谢谢你!”

程天抢在前面走。姜桦、黄俊贤随后。312病房外,可以从门上的探视口看见里面:沈慧欣已经熟睡,胸口的被子微微起伏,并无大碍。程天大大地松了口气。黄俊贤扶姜桦在走廊的长椅上坐下,叫程天也过来坐。

病房门开了,严芷清走了出来:“哦,是你,姜……”她笑笑说:“叫阿姨又把你叫老了,叫主任又觉得不习惯。”姜桦站起来说:“叫什么都无所谓,老沈没事了吧?”严芷清说:“暂时脱离危险了,医生说是很严重的哮喘,急救了才没事了。”姜桦握住她的手,心力交瘁地说:“谢谢你,小严!这一路上可把我急坏了!对了,你怎么会上老沈家去的?”

严芷清在椅子一侧坐下来说:“我去谢谢她,又顺便问问就业指导的事。去之前打电话她还接的,到了那儿敲门却敲不开来。楼下那个老头木呆呆的,跟我磨叽了半天,以为我是入室行骗呢!幸亏打了车来,沈奶奶没出事,不然我回去不把他头上几根稀毛儿揪下来才怪。”黄俊贤笑了:“可不能动不动就用武力解决问题啊!”程天终于轻松地笑了笑:“奶奶真有事,我也要找他算账。”黄俊贤笑道:“怎么个个都有暴力倾向?你看你们简直不讲理,人家知道什么?他也有他的职责嘛。随便来个人叫他开门他就开,他倒成了罪犯的万能钥匙了。”姜桦笑了,指指病房说:“小声点儿!”黄俊贤忙降低音量说:“哎!”

严芷清羡慕地看着他们,向姜桦说:“你先生真有风度,说话又有水平,又听你的话。”姜桦微笑着看黄俊贤。黄俊贤说:“听话是应该的。”又说,“不听她的听谁的?”严芷清笑了,起身说:“今天我在这儿守着,你们回家歇歇吧。”姜桦说:“那谢谢你了。”

严芷清一摇手,进了病房。

程天说:“我也留在医院。”姜桦说:“你明天还要上学呢,有一个人够了。”程天倔倔地说:“我不!”姜桦叹了口气说:“好吧,有什么事打电话给我。”程天答应着进去了。

姜桦对黄俊贤说:“回去把家里的抽油烟机修好,我给你做夜宵。”黄俊贤站起来说:“好,咱们回家。”

二十九　祖　孙　情

次日上午,姜桦、黄俊贤来看望沈慧欣。姜桦坐在床边。黄俊贤说:“这房间有点小,待会儿我去叫他们调一下。”沈慧欣说:“不用了,这就挺好,再说也住不了几天。”顾医生进来说:“沈医生,今天好些吗?”沈慧欣说:“好多了,谢谢你!”顾医生向姜桦、黄俊贤打招呼说:“你们是沈医生的同事吧?”

姜桦和黄俊贤跟他寒暄了几句。姜桦笑着对黄俊贤说:“我都忘了,老沈的爱人以前是这儿的院长,老沈自己也在这儿工作了十几年呢,要你逞能去调房间?”黄俊贤笑了:“你态度转得挺快的,刚才我提议换房你也没反对嘛!”

顾医生含笑说:“沈医生,我先出去了,你们慢慢聊。不过,您今天还是不能讲太多话,要卧床静养。”沈慧欣说:“谢谢!我会的。”顾医生朝姜、黄二人点了点头,出去了。

姜桦说:“上回小杰那孩子打了人,我们也没想起来找老沈。”黄俊贤说:“是,没请大神,请了小鬼,好在也不辱使命。”姜桦笑了。沈慧欣看出了门道，说："姜主任，黄总，你们……"姜桦笑着点点头。沈慧欣笑说："这就好，我早就盼着你们一起照顾圆圆呢！"

姜桦故意轻描淡写地说："有什么好不好呢，小青年谈恋爱像饮酒，像我们都是四五十岁的人了，只好算喝茶，没有激情可言了。"沈慧欣说："不管是酒是茶，反正你这件事我听了挺高兴的。"她咳嗽了几声，姜桦忙说："您躺好，别说太多话，又劳神。"沈慧欣无奈地笑笑："我是不服老也不行了。这个病也是多少年的旧病，从来都是吃吃药，休息一下就缓过来了，哪知道这一回差点就见不着你们了。"姜桦帮她把枕头垫高一点，一边说："趁着这次住院，该检查就检查，该调养就调养，单位有罗主任坐镇，您也不用操心。"

沈慧欣说："严芷清早上走了。这次多亏了她，不知道她再就业的事怎么样了。还有普法宣传……"姜桦说："这些您都不要多想。罗主任是主攻手，还有我这个副攻呢，还有老王、老施他们呢！您要是不好好养病，成天挂着这个记着那个，好像里里外外就剩您一个人，别人不在意，老施怕要生您的气呢！"为了减少话里的严重性，她一说完就笑了。

沈慧欣听了，想到施玉芬素日的多心，忙说："不错，老施心思最细，待会儿他们来看我，我可不提工作了。"姜桦笑而不语。以施玉芬的小心眼儿来使沈慧欣不要太操心，她自己都觉得她真有创意。

程天进来打招呼："姜阿姨，黄叔叔。"二人应了。程天把手上的脸盆放下，问："奶奶喝不喝水？"沈慧欣说："暂时不喝，你坐坐吧。"姜桦说："不知道的还以为是您的亲孙子呢！"沈慧欣沉默了一下说："所以呢，他要走了，我心里怪难受的。"程天低下头去。

姜桦诧异地说："上哪儿去？"程天半情不愿地说："我要去美国了。"黄俊贤"哦？"了声，与姜桦交换了一下目光。程天声音低沉地说话，比较像个男子汉了："我妈给我打电话，说沈奶奶经常跟她联系，告诉她我的情况，又讲给她许多道理。她跟爸爸谈了好久才帮我争取到去美国的机会。”姜桦说：“是老沈你自己提的？”沈慧欣说：“这孩子是我的开心果，可我不能这么自私。没有父母在身边，对孩子的成长有多不利，咱们这几年见得还少吗？”姜桦默默点头。沈慧欣说：“我和小敏再关心他，也不能代替母爱。我就对他母亲说了程天的许多好处，动之以情。另外又说了好多我们工作上的例子，发了一些青少年的案例到她的邮箱里。”

程天说：“早知道这样，我当初就不告诉奶奶我妈的地址和电话了。”姜桦说：“傻话。一家团圆，人家求还求不来呢！”她想了想，恍然说：“难怪昨天晚上你坚持留在医院，是要和你沈奶奶多聚一刻？”程天点头。黄俊贤问他：“什么时候走？”程天答道：“是后天的飞机。”姜桦心想：“这么急？”望着沈慧欣，欲言又止。

沈慧欣叹道：“这事儿明明是我促成的，可知道他真要走了，胸口又像空了一块似的。有时候麻木了，有时候想起来，又是一阵疼。”她嘱咐程天：“你走了要常给奶奶打电话，或者写写信。哪天回来了，第一个要看奶奶，不然奶奶要生气的。”程天也不直接回答：“奶奶，你身体不好，不能想多了。”他将毛巾在脸盆里过一下水，挤干，替沈慧欣擦脸。

姜桦猜他们分别在即，总有许多话要说，又坐一坐就拉了黄俊贤告辞出来。程天代沈慧欣把他们送出去，回来的时候，路过林院长的房间，脚步缓了下来，想一想，就推门进去。护士已经认得他了，朝他点了点头说：“我刚要出去一下，你来得正好。”她不等程天答应已经出门去了。

程天坐在林院长床前。林院长仍然躺着。挂钟在“滴答滴答”地走动。

程天坐了一会儿，慢慢地说：“爷爷，我知道你姓林，我不叫你‘林爷爷’，还是叫你‘爷爷’吧。我只来看过你几次，不过在我心目中，你就跟我爷爷一样。你不知道我长什么样子，可能永远也不会知道，不过不要紧，奶奶会告诉你的。她会每天都来看你，跟你说起我。小敏姐也会说起我。时间长了，你听熟了，就记住我了。”他想了想又说：“我后天就要走了，以后没人教我英语，叫我剪指甲，叫我吃饭之前要洗手了。奶奶身体还很虚弱，我不能在她面前刺激她；我又不想让外人看见我个大男人哭鼻子，就到你这儿来了。我跟你说，跟你哭，总不会丢人了吧？”

他说着说着已热泪盈眶：“我舍不得你，舍不得小敏姐——她有时候跟我翻白眼，我也没真记过仇。不过我最舍不得的还是奶奶。我姑姑嫌我烦，我朋友光会陪我玩，谁也比不上奶奶好。我扮鬼吓奶奶的时候，她也没有生我的气。但是刚才她说，要是我回国不第一个看她，她就要生气，你说奶奶是不是也挺小气的？”他擦擦泪，站起来说：“我走了，你好好休息吧——不，最好是醒过来，陪奶奶打打桥牌，跳跳老年迪斯科，早上上公园散步。那样奶奶在家就不孤单了。我告诉你个秘密，我就怕楼上又搬来个男孩，奶奶又把他接回家住。我就是我，我不是人家的影子，我也不要人家做我的影子。奶奶只准喜欢我一个人，爷爷帮我监督她。”顿了顿说：“我也不是叫爷爷白干的，我唱你最喜欢的歌给你听。其实现在有很多新歌都好听，不过我迁就你，还是唱你最喜欢的这个。”

他酝酿了一下，极轻地唱着，音不太准，声音还有些发颤：“我从山中来，带着兰花草，种在小园中，希望花开早。一日看三回，看得花时过，兰花却依然，苞也无一个。”

他向门口走去，哼出《兰花草》的后半段：“转眼秋天到，移兰入暖房，朝朝频顾惜，夜夜不相忘。期待春花开，能将宿愿偿，满庭花簇簇，添得许多香。”

他回过头来，轻轻地说：“爷爷再见！”

三十　雨　中　曲

一个月后，罗国兴心心念念要举办的巡回法制宣传终于开了头。在罗小杰的学校内，橱窗里是法律常识的宣传图片；操场上则搭起了台子。主席台上，区“关工委”的梁主任坐在一排人中间。旁边演讲者的声音通过话筒远远传送出去。台下坐满了学生，他们自带了教室的凳子。罗小杰想跟后面的同学讲话，刚一掉头，正碰上罗国兴的目光，吓得赶紧转过头去。

姜桦、罗国兴、沈慧欣远远地站在听讲的学生后面。沈慧欣说：“罗主任，你这普法教育的头一炮终于打响了。”罗国兴笑呵呵地说：“这只是个开始。咱们要做的事多着呢！还要向社会集资，给特困学生捐款；就业指导还要继续办……”姜桦笑着插嘴：“罗昌明的婚姻大事还要继续努力。”罗国兴说：“不错，家里的事也要上紧。姜主任，你跟方老师熟，这个红娘你可推不掉。”姜桦笑道：“人家《西厢记》里的老夫人是‘拷红’，你老爷子是‘托红’。”

“罗主任！”

罗国兴笑着一回头，见郭凌峰、丁盛站在身后；同时沈慧欣和姜桦看见了严芷清。罗、沈、姜均是又惊又喜：“你们怎么一块儿来了？”郭凌峰说：“听说有普法宣传，我们也来受受教育。”丁盛说：“郭总开车把我们一个一个接过来的。”罗国兴说：“没把车开进学校来吧？”郭凌峰连忙辩白：“没有，在校园里开车，耀武扬威的，对孩子的影响不好。”

沈慧欣笑道：“你倒想得挺周到。”她转而向姜桦和罗国兴笑着说：“我们‘建发纺织有限公司’董事长多有心啊！”丁盛也说：“多亏了郭总。要不是他给我垫了八万块，我的卡车可能现在还没拿回来呢！我会加紧还的。”郭凌峰说：“还钱不急，还情是要的。是罗主任他们为你奔走的，不然你姓丁姓'当'我都搞不清呢。"说得大家都笑了。

严芷清说:"我去听了就业指导,我想一个小服装店大概还开得起来,我妈听了也支持。我请区里梁主任代我想条路子,他第一个就提到郭总。郭总答应要帮我的忙呢。"她瞧了瞧郭凌峰,套近乎说:"他是纺织,我是服装,说起来也不是外人。"丁盛向严芷清轻声说:"说不定还成了家里人呢!"严芷清瞪了他一眼:"你欠老婆捶了!"丁盛笑着说:"良好祝愿嘛!"郭凌峰问他俩打什么哑谜,他们笑而不答,郭凌峰便对姜桦说道:"姜主任最近还那么忙吗?"姜桦说:"我可比不上罗主任和老沈呢。"

沈慧欣正跟严芷清说话,听姜桦提到自己便说:"说我们什么坏话呢?我可听见了。老王、老施有事去了,你看我们老同志人少,势单力薄了是不是?"姜桦笑着说:"听见了您还问?说您和罗主任不当心自己健康,只顾着帮扶帮教,也不想想岁数、精力,也不算算报酬、收入,又固执又专断,既没经济头脑,也没养生意识。坏话说了一箩筐,只等着你们去上访了。"众人都笑。姜桦和黄俊贤正筹办婚礼,人逢喜事,说话比平日加倍的利落与诙谐。

罗国兴说:"好了好了,到前面听讲座去吧,别忘了一趟来这儿的目的。"郭凌峰他们都应了。丁盛、严芷清先走,郭凌峰稍后,向姜桦、罗国兴、沈慧欣说:"我准备拿七千块钱给长虹街孤寡老人送温暖,不知道合不合适?"沈慧欣说:"你往年都是春节送的,今年怎么提前了?"郭凌峰说:"最近公司效益还不错,再说一年就一个春节,我又不是搞春节联欢晚会,也不用定死了每年就只一回。"姜桦等三人听得笑起来。姜桦说:"先去听讲座吧,回头再聊——别在下面开小会,有什么感想回去再抒发。"郭凌峰答应着去了,脚步沉稳而有力。

三人都望着他。

艳阳高照,风轻云淡。路旁一排树木很精神地立着。一位老花工在修剪长得歪斜的树枝。姜桦侧头看了一眼老人说:“罗主任,给我走个后门吧。”罗国兴和沈慧欣听她这样光明正大地要走后门,都奇怪地看她。姜桦说:“您跟梁主任商议商议,把这普法宣传的第二站放到董校长那个中学。”罗国兴、沈慧欣不觉深深点头。

姜桦说:“那个学校是庞元元的母校,对我们有特殊的意义。要让那里的孩子们从少年时代起就培养出法律意识。”罗国兴说:“宣讲那天我把庞家声请去,让严芷清陪他。他们俩现在像亲人一样呐。”

姜桦笑笑说:“不过我有一句忠告。”罗国兴问是什么。姜桦说:“咱们也不是万能的,普法宣传未必会得到所有学校的理解,尤其是初高中。万一有什么小挫折,工作要慢慢做。老沈不准发急,罗主任不许发火。”

罗国兴也笑了:“不发火,尽力而为。”沈慧欣微笑道:“我这身体,红灯都亮过了,还敢急呀?!”姜桦笑着说:“老革命了,可要说到做到啊!”

三人说了会儿话,安静下来,遥看台下排排而坐的同学,蓦然间心灵相通,互视一眼,都有悲欣交集之感。沈慧欣叹道:“要是庞元元还在,他一定会跟郭凌峰他们一道来。”罗国兴说:“庞元元机灵,可能还能帮我们出出点子、想想招儿。”沈慧欣一时感慨,眼睛也潮了。姜桦先没有吭声,半天才扶着沈慧欣说:“咱们照顾好庞家声和严芷清,照顾好所有有需要的青少年,照顾好我们自己。所有人高高兴兴、平平安安的,他在天堂里才会开心。”罗国兴附和:“对,对,怀念有很多种。老沈,我们劝人会劝,自己也要做到。”姜桦说:“庞元元刚牺牲时我很感叹生命如此脆弱,现在慢慢缓过劲儿来了,我又觉得我们至少要努力坚强,有所作为。”沈慧欣含泪点头。

演讲结束了,掌声如雷,经久不息。姜桦等三人、郭凌峰他们几个以及全体学生都被笼罩在这持久的热烈当中。

一架飞机轰鸣着划过苍穹。

姜桦、罗国兴、沈慧欣没要郭凌峰的车送，有意走走路，说说话，享受那忙碌后的愉快的疲惫。三人走到河滨公园，雨淅淅沥沥地下起来了。那雨势很小，却不像一时半刻就能停的，倒弄得三人犹豫不定，是继续往前呢，还是先躲一躲？最后姜桦笑指半空说："是太阳雨。天又不冷，咱们要不要跟它亲近一下？"罗国兴和沈慧欣都赞成。

三人沐浴在细雨中，与它融为一体。身旁不远的江面上行着一艘焦山驶往金山的画舫，把旅人们送往下一个美好的地方。姜桦他们在岸上走，那画舫就在水中行，若即若离，姜桦不由得想到"雨丝风片，烟波画船"。

小小的雨点蘸上了暖暖的阳光，连缀成条条斜飘的金丝。太阳雨滋润了土地，温暖着山川，疏解了干涸，照亮了沉郁，那么悄没声儿的，又那么义无反顾。

陆文咏在书店窗畔的桌子旁看雨，面前铺开的稿纸上是他刚刚写下的小说题记：

一生无悔，

百般滋味。

千帆过尽，

万载升平。

图书在版编目(CIP)数据

太阳雨 / 陶然著. —镇江：江苏大学出版社，2014.3（2019.8 重印）

ISBN 978-7-81130-697-2

Ⅰ. ①太… Ⅱ. ①陶… Ⅲ. ①长篇小说—中国—当代 Ⅳ. ①I247.5

中国版本图书馆 CIP 数据核字(2014)第 055668 号

太阳雨

著　　者/陶　然
责任编辑/林　卉
出版发行/江苏大学出版社
地　　址/江苏省镇江市梦溪园巷 30 号(邮编：212003)
电　　话/0511-84446464(传真)
网　　址/http://press.ujs.edu.cn
排　　版/镇江文苑制版印刷有限责任公司
印　　刷/保定市铭泰达印刷有限公司
开　　本/718 mm×1 000 mm　1/16
印　　张/15
字　　数/210 千字
版　　次/2014 年 3 月第 1 版　2019 年 8 月第 3 次印刷
书　　号/ISBN 978-7-81130-697-2
定　　价/42.00 元

如有印装质量问题请与本社营销部联系(电话:0511-84440882)